二晏及其词

民国诗学论著丛刊

叶嘉莹 主编
陈斐 执行主编

宛敏灏 著
唐红卫 整理

文化艺术出版社
Culture and Art Publishing House

图书在版编目（CIP）数据

二晏及其词 / 宛敏灏著；唐红卫整理. —北京：
文化艺术出版社，2017.8
（民国诗学论著丛刊 / 叶嘉莹主编，陈斐执行主编）
ISBN 978-7-5039-6273-8

Ⅰ.①二… Ⅱ.①宛…②唐… Ⅲ.①晏殊（991-1055）—
宋词—诗词研究②晏几道（1038-1110）—宋词—诗词
研究 Ⅳ.①I207.23

中国版本图书馆CIP数据核字（2017）第041438号

二晏及其词
（民国诗学论著丛刊）

主　　编	叶嘉莹
执行主编	陈　斐
著　　者	宛敏灏
整理者	唐红卫
丛书统筹	陶　玮
责任编辑	胡　晋　赵　月
版式设计	顾　紫
出版发行	文化艺术出版社
地　　址	北京市东城区东四八条52号　（100700）
网　　址	www.caaph.com
电子邮箱	s@caaph.com
电　　话	（010）84057666（总编室）84057667（办公室）
	（010）84057696—84057699（发行部）
传　　真	（010）84057660（总编室）84057670（办公室）
	（010）84057690（发行部）
经　　销	新华书店
印　　刷	国英印务有限公司
版　　次	2018年8月第1版
印　　次	2018年8月第1次印刷
印　　张	11.25
字　　数	213千字
开　　本	880毫米×1230毫米　1/32
书　　号	ISBN 978-7-5039-6273-8
定　　价	48.00元

本丛刊个别作者未能取得联系，请相关人士尽快与我社联系办理版权事宜。

联系电话：（010）84057672　（010）84057604

整理说明

一、本丛刊抱着"发潜德之幽光,启来哲以通途"的宗旨,主要选刊民国时期(1912—1949)成书的、学术价值或普及价值较高的、与诗词曲等广义的古典诗歌相关的论著。少数与诗歌密切相关的文学理论、文学批评、文学史著作,或成书于晚清的有价值的此类著作,以及同时期相关的汉学著作,亦适当收录。诗话、词话及新诗研究论著等,因为已有相关大型文献资料集出版或列入出版计划,故暂且不予收录。

二、本丛刊秉持开放包容的态度,期望较为全面地呈现民国诗学研究的多元气象;按照撰著内容和体例,大致分为"史论编""法度编""选注编"等编,分辑滚动推出,每编每辑十种左右;优先选刊1949年以后没有整理出版过的著作,以节约出版资源。

三、每部拟刊论著,我们都约请相关专家进行整理,并在前面撰写一篇"导读",介绍该著的作者生平、成书经过、学术背景、主要观点、诗学价值、社会影响等,以引导读者更好地理解原著。

四、整理时,以原著内容最全、文字最精的版本为底本,参校其他版本（如手稿本、期刊连载版等）和相关书籍，修订原版讹误，参照古籍整理规范出校勘记。校勘一般只校是非，不校异同。凡底本"误脱衍倒"者，皆据他本或他书订正，并出校记。引文与所引著作之通行本文字不同者，只要文意顺畅，亦读得通，一般不改动原文、不出校记。显著的版刻错误，如笔画讹误、不见字书者，或"日曰""末未""己已巳""戊戌戍"混同之类，如果根据上下文足以断定是非，一律径改，不出校记。注文中的魏妥玛注音，统一改为现代汉语拼音，但不出校记。为避烦琐，校记中征引他书，仅注明书名及页码，卷末另附"本次整理征引文献"，详列作者、书名、出版社、出版年等信息。

五、原版为繁体竖排，现统一改为简体横排，并参照最新版国标《标点符号用法》及古籍整理规范加以新式标点。繁体字、异体字一般改为规范的简体字；容易引起误解的人名、地名用字，通假字或民国时期特有的虚词（如"底"）等，则保留原貌。因版式改动，原版行文中提到的"右文""如左""左表"等，统改为"上文""如下""下表"等。

六、一些论著提到的外国人名、地名、书名等，译法与今日或有不同，为保存原貌，不作改动。个别论著的极少数提法，或有一定时代局限性，为保存原貌，亦不作删改，望读者鉴之。

七、我们的整理目标是争取形成可以传世的、雅俗共赏的"新定本"，但古人云："校书如扫落叶，旋扫旋生。"尽管我们僶勉从事，或疏漏在所难免，恳请方家赐正。

总序

1912年清帝逊位至1949年中华人民共和国成立,一般称为民国时期。这一时期,虽然政局不稳、战乱频仍、民生凋敝,但思想、学术、文化却自由活跃、异彩纷呈。主编过"中国现代学术经典"丛书的刘梦溪先生认为:"中国现代学术在后'五四'时期所创造的实绩,使我们相信,那是清中叶乾嘉之后中国学术的又一个繁盛期和高峰期。而当时的一批大师巨子……得之于时代的赐予,在学术观念上有机会吸收西方的新方法,这是乾嘉诸老所不具备的,所以可说是空前。而在传统学问的累积方面,也就是家学渊源和国学根底,后来者怕是无法与他们相比肩了。"[1]

的确,民国学人撰写的学术论著,虽然限于物质条件和学科发展水平,有些知识需要更新,有些观点有待商榷,有些论述还要深化……但仍然接续、充盈着中国固有学术的人文义脉和精魂,更具有为国家民族谋求出路、积极参与当前文化建设的现实关怀,更具有贯通古今、融会中西、打通文史哲、将创

---

[1] 刘梦溪:《中国现代学术要略》,生活·读书·新知三联书店2008年版,第123—124页。

作和研究相结合的开阔视野和博通气象,更具有"文章千古事,得失寸心知"(杜甫《偶题》)的传世期许和实事求是、惜墨如金的朴茂之风。这在人文学术研究显现出"技术化""边缘化""碎片化""泡沫化"等不良倾向的今天,颇有借鉴意义。而且,那时的不少论著奠定了后续研究的基本框架,不管就论析之精辟还是与史实之契合而言,都具有较高的学术价值。《中国诗学》主编蒋寅先生即深有感触地说:"最近为撰写关于本世纪中国诗学研究史的论文,我读了一批民国年间的学术著作。我很惊异,在半个世纪前,我们的前辈已将某些领域(比如汉魏六朝诗歌)的研究做到那么深的境地。虽然著作不太多,却很充实。相比之下,80年代以来的研究,实际的成果积累与文献的数量远不成比例。满目充斥的商业性写作和哗众取宠的、投机取巧的著作,就不必谈了,即使是真诚的研究——姑且称之研究吧,也存在着极其庸滥的情形。从浅的层次说,是无规则操作,无视他人的研究,自说自话,造成大量的低层次重复。从深层次说,是完全缺乏知识积累的基本学术理念……许多论著不是要研究问题,增加知识,而是没有问题,卖弄常识。"[1]

陈寅恪先生曾将佛学刺激、影响下新儒学之产生、传衍看作秦以后思想史上的一"大事因缘"[2]。近代以来的大事因缘,

---

[1] 蒋寅:《热闹过后的审视》,载《文学评论》1996年第5期。
[2] 参见陈寅恪《冯友兰中国哲学史下册审查报告》,《金明馆丛稿二编》,生活·读书·新知三联书店2015年版,第282页。

无疑是在西学的刺激、影响下发展本土学术。中国传统学术需要外来学说、理论的刺激与拓展,既是谁也阻挡不了的必然趋势,也是时代惠赐的绝佳良机。中华民族一向不善于推理思辨,更看重文学的实用价值、追求纵情直观的欣赏。中国语文亦单体独文、组词成句时颇富颠倒错综之美。而且,古代书写、版刻相对比较困难,文人往往集评论者、研究者、作者、读者等多重身份于一体,彼此间具有"共同的阅读背景、表达习惯、思维方式、感受联想"[1]等等。凡此种种,决定了"中国文学批评的特色乃是印象的而不是思辨的,是直觉的而不是理论的,是诗歌的而不是散文的,是重点式的而不是整体式的"[2]。反映在著述形态中,便是多从经验、印象出发,以诗话、序跋、评点、笔记、札记等相对零碎的形式呈现,带有笼统性和随意性,缺乏实证性和系统性。近代以来,不少有识之士如梁启超、王国维等先生,在西学的熏沐、刺激下幡然而醒,积极汲取西方理论和方法,为中国传统学术研究开辟出一片崭新的天地。胡适、傅斯年等民国学人沿着他们的足迹,在"救亡图存"的时代旋律鼓动下,掀起蓬蓬勃勃的"新文化运动",更加全面地引入西方理论、观念、方法、话语等,按照各自的理解和方式应用在"整理国故"实践中,在西学的参照下重建起现代学术。此后中国学术的发展,大体是在他们奠定的基础上拓展、深化。

---

[1] 叶嘉莹:《王国维及其文学批评》,北京大学出版社2014年版,第118页。
[2] 同上书,第11页。

民国学人的开辟、奠基之功,可谓大矣!

中华民族素来以"承百代之流而会乎当今之变"(郭象注《庄子·天运》语)的观点看待历史和当下的关系。[1]我们生逢今日之世,接续传统、回应西学,实为需要承担的一体两面之重任,缺一不可:对自己的文化传统没有继承,就没有东西和别人交流,永远趴在地上拾人遗穗,甚或没有鉴别力,将"洋垃圾"当"珍宝"供奉;而故步自封、无视西学,又会错失时代赋予我们的创新良机,治学难以"预流"。[2]相对而言,经历了百余年欧风美雨的冲刷和众所周知的劫难之后,如何接续传统越来越成了问题。特别是改革开放以来,学术界和出版界携手,大量译介西方人文社会科学理论著作和海外汉学研究论著,如影响颇大的"汉译世界学术名著"和"海外中国研究"丛书等,皆有数百种之多。这些论著的译介,于本土人文学术研究开拓视域、更新方法等功不可没,但同时,学界也仿佛患了"失语症",出现一味模仿海外汉学风格的不良倾向。"只要西方思想

---

[1] 参见刘家和《史学在中国传统学术中的地位》,《史学、经学与思想:在世界史背景下对于中国古代历史文化的思考》,北京师范大学出版社2005年版,第88页。
[2] 这里借用陈寅恪先生的说法。陈先生治学,有强烈的"预流"意识,在《陈垣敦煌劫余录序》一文中他说:"一时代之学术,必有其新材料与新问题。取用此材料,以研求问题,则为此时代学术之新潮流。治学之士,得预于此潮流者,谓之预流(借用佛教初果之名)。其未得预者,谓之未入流。此古今学术史之通义,非彼闭门造车之徒,所能同喻者也。"(陈寅恪:《金明馆丛稿二编》,第266页。)

稍有风吹草动（主要还是从美国转贩的），便有人"兴风作浪一番，而且立即用之于中国书的解读上面"[1]。这种模仿或套用，不仅体现在研究方法和论题选择上，有时甚或反映在价值取向和情感认同中。有学者将这称为"汉学心态"，提到文化上的"自我殖民化"的高度予以批判。[2]在此背景下，自言"一生受的教育都是西方文化影响下的'新学'教育"的费孝通先生，晚年阅读陈寅恪、梁漱溟、钱穆等前辈的著作，敏锐思考和回应信息交流愈来愈便捷的全球化时代民族文化转型的挑战，提出了"文化自觉"这个获得广泛共鸣的议题，呼吁当下最紧迫的是培养"能够把有深厚中国文化根底的老一代学者的学术遗产继承下来的队伍"[3]。学术是文化的核心，"学术自觉"是"文化自觉"的应有之义和关键所在。近年哲学界"中国哲学合法性"、文学界"传统文论的现代转化"、美术界"构建中国美术观"等讨论颇热的话题，皆可看作本土"学术自觉"的表征，共同汇聚成"构建中国特色哲学社会科学"这一时代命题。[4]站在这样的角度考虑问题，民国学人的论著无疑可以给我们带来丰

---

[1] 余英时：《怎样读中国书》，《余英时文集》第8卷，广西师范大学出版社2014年版，第395页。
[2] 参见包伟民《走出"汉学心态"：中国古代历史研究方法论刍议》（载《中国社会科学评价》2015年第3期）、顾明栋《汉学与汉学主义：中国研究之批判》（载《南京大学学报》2010年第1期）等文。
[3] 费孝通：《关于'文化自觉'的一些自白》，载《学术研究》2003年第7期。
[4] 参见习近平《在哲学社会科学工作座谈会上的讲话》，载《人民日报》2016年5月19日。

富的启示。

民国时期是中国社会从传统到现代的转型期，中西思想文化、旧学新知碰撞、交融发生的"化合"反应，远比我们想象的要复杂得多：既有固守传统观念、家数者，也有采用新观念、新方法者，还有似新却旧、似旧还新、新旧间杂者……只不过长期以来，在"西学东渐"的大背景下，我们对这段学术史的梳理、回顾往往彰显、肯定的是那些和西学类似的论著及面相。然而，在构建中国特色哲学社会科学、提升理论创新能力成为时代命题的崭新历史条件下，恰恰是那些被遮蔽的论著及面相，更具有参考价值。因为治学如积薪，以对西学的理解、借用而言，我们已后来居上，倒是这些论著在古今中西的通观视域中，坚守民族文化本位立场，汲取西方学术优长，进而促进优秀传统文化创造性转化和创新性发展的尝试和努力，长期以来被以"保守""落后"的判词给予了冷眼、否定，今天值得换一种眼光、花点工夫好好提炼、总结，因为这正是我们构建中华自身学术体系的可能萌蘖。诗学研究因为与创作体验、母语特性、民族心理、文化基因等关系更为密切，这方面的借鉴意义显得尤其迫切、突出。

我们欣喜地看到，最近几年，喜欢欣赏、创作诗词的朋友在逐渐增多，中小学加大了诗词教学比重，《中共中央关于繁荣发展社会主义文艺的意见（2015年10月3日）》亦强调"做好古籍整理、经典出版、义理阐释、社会普及工作"，加强对中华诗词出版物的扶持。[1] 全社会越来越意识到诗词之于陶冶情操、净化风气、传承中华优秀文化基因的重要性。不过，我们也要清醒地认识诗词传承面临的严峻形势。毋庸讳言，当下诗词氛围已十分稀薄，能够切理餍心、鞭辟入里地解说诗词或将诗词写得地道的人非常罕见。大多数从事诗学研究的学者已不再创作，现行评价、考核体系要求于他们的，不过是从外部审视、抽绎出种种文学史知识，这很难说能触及中华诗词的真血脉、真精魂。在此情势下，与其组织人马"炮制"一些隔靴搔痒、搬来搬去的"新著"，不如将传统文化氛围还很浓郁、诗词仍以"活态"传承着的民国时期诞生的有价值的论著重新整理出版：一方面，使饱含着先辈心血的精金美玉不至于湮没在历史的尘埃中；另一方面，也使当下喜欢诗词的朋友得识门径，由此解悟。这里特别需要说明的是，任何艺术都有一定的规则、法度，中华诗词的欣赏、创作亦然。初学者尤其需要通过深入浅出、简明扼要的入门书籍指引，掌握规则、法度。然而，又没有万能之法，"在丰富生动的创作实践中，任何'法'都会有失灵的时候；面对浩如烟海的作品，任何'法'都会有反例存在"[2]。由"法"达到对"法"的超越，进而"以无法为法"（纪昀《唐人试律说·序》），"行乎其所不得不行，止乎其所不得不止。

---

[1] 参见《中共中央关于繁荣发展社会主义文艺的意见（2015年10月3日）》，载《人民日报》2015年10月20日。
[2] 陈斐：《南宋唐诗选本与诗学考论》，大象出版社2013年版，第208页。

无用法之迹，而法自行乎其中"（李锳《诗法易简录》），才是中华诗词欣赏、创作的向上之路，希望大家于此措意焉。

近年来，随着逐渐升温的"国学热""民国热"，诸家出版社纷纷重版民国国学研究著作，陆续推出了不少丛书，如东方出版社的"民国学术经典文库"、江苏文艺出版社的"北斗丛书"、吉林人民出版社的"大师国学馆"、岳麓书社的"民国学术文化名著"、知识产权出版社的"民国文丛"、中国社会科学出版社的"民国学术经典丛书"等。这些丛书虽然也涉及了诗学论著，但往往是王国维《人间词话》、龙榆生《中国韵文史》、吴梅《词学通论》等少数几部。其实，还有很多具有较高学术价值或普及价值的民国诗学论著，1949年以后从来没有点校重版过。最近几年出版的"民国时期文学研究丛书""民国诗歌史著集成""民国诗词作法丛书""民国诗词学文献珍本整理与研究"等丛刊，虽然较为集中地收录了民国诗学研究某一体式或某一领域的论著，但或影印或繁体重排，都没有校勘记，且大多不零售，定价普遍较高，虽有功学界，然不便普及。有鉴于此，我们拟选编整理一套兼顾学术性和普及性的诗学专题文献库——"民国诗学论著丛刊"，以推动中华诗词的研究、创作和普及。

我们这次整理"民国诗学论著丛刊"，抱着"发潜德之幽光，启来哲以通途"的宗旨，在扎实、详细的书目调查的基础上，主要选刊民国时期成书的与诗、词、曲等广义的古典诗歌相关的论著。在理论、观念、方法、话语乃至撰著形态、体例等方面，则秉持开放包容的态度，古今中西兼收并蓄，以较为全面地呈现民国诗学研究的多元气象和立体景观。在实际操作中，大致按照撰著内容和体例，分为"史论编""法度编""选注编"等编，分辑滚动推出。"史论编"主要选刊诗学史论著作，如梁昆《宋诗派别论》、宛敏灏《二晏及其词》等；"法度编"主要选刊谈论、介绍诗词创作法度、门径的书籍，如顾佛影《填词百法》、顾实《诗法捷要》等；"选注编"重刊有价值的诗歌选本或注本，重要者加以校注、赏析。当然，这只是大致的分类。民国学人往往能够将创作和研究相结合，他们撰写的不少史论著作亦有介绍作法的内容，不少讲解法度的书籍亦会涉及史论，我们不过根据内容偏重及著作题名权宜区分罢了。诗话、词话及新诗研究论著等，因为已有"民国诗话丛编""中国新文学大系""民国文学珍稀文献集成"等大型文献资料集出版或列入出版计划，故暂且不予收录。

每部拟刊的论著，我们都约请在该领域有专门研究的功底扎实、学风谨严的中青年学者进行整理，并在前面撰写"导读"，以引导读者更好地理解原著。整理时，我们征询专家意见，制定了详密的工作细则，既改繁体竖排为简体横排，又参照古籍整理规范出严格的校勘记，争取形成可以传世的、雅俗共赏的"新定本"。版式、用纸、装帧等方面，则发扬讲究细节、精益求精的"工匠精神"，以提高阅读率为标的，处处流露着为读者考虑的温情。这些看似小事,实则关乎民族文化的传承和国民素养的提升。资深出版人、中华书局原副总编辑程毅中先生就曾指出,在商业利益的驱动下,现在很多出版社和书店都喜欢出版、销售大部头、豪华版的书,这些书定价高,消耗的纸浆和能源也多,但手里拿不动,不便于阅读和随身携带,对阅读率有负面影响。[1]我们充分考虑到了读者朋友在节奏紧张、时间零碎的现代社会里的阅读需求,所收论著都是内容丰实、装帧便携的"贵金属",人们在地铁上、候车时、临睡前、旅途之中、工作之余、休闲之刻……都可以顺手翻上几页,随时接受中华诗词的浸润,从而切切实实地提高国民的图书阅读率,为接续诗词命脉、传承中华优秀文化基因、营建"书香社会"略尽绵薄。

总之,精到稀见的选目、中肯解颐的导读、专业严谨的整理、美观大方的装帧,是我们的"民国诗学论著丛刊"为坊间类似丛书不可替代的鲜明特色及核心竞争力所在。感谢文化艺术出版社杨斌、郝庆军、陶玮等领导与编辑们的大力支持,让我们酝酿多年的设想从内容到形式都能得到近乎理想的实现。从会议结束后的偶遇交谈到正式签订出版合同,不到一周时间,这种一拍即合的灵犀相通亦堪称一段佳话。感谢众多专家、学者的耐心指导和辛勤耕耘!正是共同的发扬、传承中华诗词的

---

[1] 参见李小龙《丹铅绚烂焕文章——程毅中编审访谈录》,载《文艺研究》2017年第1期。

责任感和使命感让我们走到了一起,"正其谊不谋其利,明其道不计其功"(《汉书·董仲舒传》)。希望越来越多的读者喜欢这套丛书,由此领略中华诗词之美;希望越来越多的学者为我们出谋划策或加入我们的整理团队,一起呵护好这项功德无量的出版工程,让千载不磨之诗心在我们和后辈的生命中得到生生不已的感发!

叶嘉莹 陈斐

2016年10月28日草稿

2016年11月1日修订

导读

一、宛敏灏先生之生平经历

宛敏灏先生，生于1906年3月，字书城，号晚晴，曾化名宛保梁，笔名少怀，安徽庐江人。八岁至十二岁就学外家私塾，按规定诵读古今体诗歌，并曾手抄《白香词谱》以自行研读，在国学与诗词写作方面打下了较好的基础。十三岁至十五岁入庐江县立第一高等小学接受新式教育，1920年冬，以三年期考六连冠的成绩从高小毕业。1921年，赴合肥，以第四名的成绩考入安徽省立第六师范学校（1927年，省立第六师范学校与省立二中合并为省立六中，即今合肥一中）。在师范学校学习期间，宛敏灏逐渐显露出文艺创作的才能。1925年6月，宛敏灏主编《淝水怒潮》，该刊经常发表针砭时弊、唤起民众的重要文章。1926年，因北伐战争开始，安徽省立第六师范学校受到影响，未能开学，后用历年成绩代替毕业考试，宛敏灏以总分第一名的成绩从师范学校毕业；同年与表妹章氏结婚。1927年，在六中附小、成义小学、庐江县立第一女子完全小学（今庐江县城关小学）任教员、代理校长。1929年，应安庆第一实验小学

(其前身历经尚志小学堂、省立第一模范小学,后改称天柱阁小学,抗战后并入现在的高琦小学)之聘赴安庆教书。时安徽大学新任校长王星拱罗致教师,阵容甚盛,遂决定就近于安庆边求学边教课。7月考入安徽大学中国语言文学系,师从姚永朴(仲实)、陈朝爵(慎登)、周岸登(癸叔)、李大防(范之)等;同时在安庆第一中学、中心实验小学、第二实验小学任教。1934年,以安徽大学中文系第一名毕业,毕业论文为《二晏及其词》。大学毕业后,先在安徽省立安庆女子职业学校任教四年,发表学术论文近十篇。抗日战争爆发后,孑身走湖北武汉,任教于安徽旅鄂中学。1938年夏,辗转到重庆,任教于南渝中学(即南开大学附中),同时编撰了《抗战与天时》《抗战与地利》两本书籍,为抗战鼓与呼,被收入"抗战丛书",由中山文化教育馆出版。1939年秋,辗转于江津、白沙任教。1940年夏,任教于国立女子师范学院(1940年创办,原址在今重庆市江津区白沙镇新桥,1946年迁入重庆市九龙坡区黄桷坪,1949年以后与四川省立教育学院合并为西南师范学院,即今西南大学),任教兼行政工作七年。1946年夏,因为反对女师迁院、反对国民政府教育部部长朱家骅之事被解聘,9月回到芜湖,任安徽学院中文系教授,与弟宛渭合编《安徽省地理》出版。1948年,因当时通货膨胀严重,穹先生为了养家糊口,同时担任安徽学院、国立安徽大学、国立音乐院(1949年以后迁往北京,改名中央音乐学院)三校教授,在芜湖、安庆、南京三地间奔波。1949年12月,校毕《张于湖评传》，由上海交通书局出版；同时受聘为安徽大学文艺系教授。1952年8月，调任安徽师范学院中文系教授，先后担任科系主任、副教务长，兼安徽省政协委员。1958年8月，调任合肥师范学院（1958年，安徽师范学院的中文、历史两系的学生和大部分教师及外语科的全部师生迁往合肥，与合肥师专合并，成立合肥师范学院）中文系教授兼副教务长、安徽省政协常委等职。1970年元月，合肥师范学院与皖南大学合并，成立安徽工农大学，宛先生赴芜湖任教于安徽工农大学。1973年1月，安徽工农大学改名安徽师范大学，宛先生在教学之余，担任函授部顾问、教务处副处长等。"文革"后，任安徽师范大学图书馆馆长、名誉馆长，先后出版《词学概论》（上海古籍出版社1987年版）、《张孝祥词笺校》（黄山书社1993年版）。后来还曾任安徽省诗词学会顾问、巢湖地区诗词楹联学会名誉会长、中国作家协会安徽分会理事、安徽省文联委员、中国作家协会会员、中国韵文学会顾问、中华诗词学会顾问、《汉语大词典》编委、《词学》编委等。[1]1994年11月5日，宛先生在芜湖因病逝世，终年八十九岁。

宛敏灏先生是安徽省教育界卓有声望的老前辈，在中学与

---

[1] 参见宛敏灏《老去园丁忆合肥》，合肥市政协文史资料委员会、合肥市教育委员会编《合肥文史资料》第10辑，合肥市东方红印刷厂1994年版，第132—138页；彭国忠《宛敏灏先生年谱》，《词学》第22辑，华东师范大学出版社2010年版，第255—282页。

高校执教迄七十年,为国家和社会培养了大批优秀人才——仅以宛先生主持的安徽师范大学中国古代文学专业为例,该专业为"文革"后国家首批硕士学位授权点,宛先生偕刘学锴、余恕诚于1978年开始招收硕士生(唐宋文学方向),招收五届共八名研究生:周啸天、汤华泉(1978届),邓小军、丁放(1982届),沈文凡、周家群(1985届),彭国忠(1987届),彭万隆(1989届)。除周家群后从事摄影专业外,其余七人均在高校从事中国古代文学教学与研究,并均有比较出色的成就。宛先生学识渊博、治学严谨,致力于词学研究近七十年,与夏承焘、唐圭璋等同为当代词坛元老。早年治二晏词,中晚年专力于皖籍词人研究。其所著《二晏及其词》,夏承焘先生序云"二晏词情意窅渺,非如苏、辛、姜、史之易求归趣",此书"于其奥义微旨,爬梳无遗","运思之密",非"时下聊尔人所能为"。抗日战争期间,为爱国词人张孝祥作评传,唐圭璋先生称许其"正史籍之讹,纠方志之谬,显微阐幽,激励忠义。其有功词苑,良非浅鲜"(《张于湖评传》唐序)。1949年以后,宛敏灏先生潜心于研究安徽籍词人,积数十年之深厚功力,先后完成《张孝祥词笺校》《安徽两宋词人述评》等专著。晚年出版的《词学概论》更是宛先生的力作,该书由其词学讲义剪裁补缀而成,对词之体制、词调之由来与繁衍、词之章法与句法、音律的择腔与择律、词谱的编订及其用途、词韵的创始及其发展、词话的产生和内容等诸多问题做了全面论述,是一本系统介绍词学的有益读物。2009年，中华书局将其《词学概论》作为"诗词常识名家谈"丛书中的一种，与王力的《诗词格律》、启功的《诗文声律论稿》、夏承焘的《读词常识》、张中行的《诗词读写丛话》等一起重新出版，引起了较大的学术反响。

宛敏灏先生在教学与研究之余，还创作了大量的旧体诗词，发表在各种报纸杂志上，被选入安徽省诗词学会编《安徽当代诗词选》、刘梦芙编《二十世纪中华词选》、钱理群编《二十世纪诗词注评》、姜耕玉编《20世纪汉语诗选》、杨子才编《民国六百家诗钞》、毛谷风编《二十世纪名家诗词钞》、华钟彦编《五四以来诗词选》、施议对编《当代词综》等多种重要作品选。宛敏灏先生在《晚晴轩诗词选》序言中自叙其诗词创作经历："幼年入塾，日晡读诗，朗咏长吟，至以为乐。又有湘州吟社，群贤过往，时以诗词相唱和。耳濡目染，遂亦放胆试作，诸如古近体诗及部分词调格律，已能初步掌握。其后历小学至中师，究心科学研究；大学虽读语言文学专业，又忙于勤工助学，皆无暇更多致力于此。然以其为比较熟悉之文体，每遇抒情言志，辄复东涂西抹，倏忽七十年矣。"[1] 宛先生的诗词作品内容丰富、题材多样，20世纪二三十年代至80年代的六十多年里发生在中国大地上的重大历史事件——例如"五卅"运动、北伐战争、抗日战争、解放战争以及新中国成立以

---

[1] 宛敏灏：《晚晴轩诗词选·序》，安徽师范大学图书馆1986年版，第1页。

后的各个时期的巨大变化，均在宛先生的笔下有所反映，从中可见知识分子伴随着时代前进的脚步与国家和民族同呼吸共命运的忧乐情怀。例如《抗战胜利交通梗阻感赋》（1945年秋江津白沙镇）："小镇争传复九州，欲归无计转增愁。杞忧未解天倾虑，国事依然肉食谋。流落黎民江上望，升腾鸡犬太空游。一樽且买他乡醉，俯仰人间浩荡秋。"此诗忧国伤时，十分恰当地使用了"杞人忧天""肉食者鄙""鸡犬升天"等典故，辛辣地讽刺了国民党政府要员只顾接收敌伪的财产、争夺抗战果实，实权人物"一人得道"、相关亲属"鸡犬升天"的裙带关系横行，社会上一片乌烟瘴气，根本不管颠沛流离、生活在水深火热中的黎民百姓。又如《鹧鸪天》（1984年12月·负暄闲话，漫成小词记近来两大盛事：中英关于香港谈判联合声明签字，我科学考察队南极洲长城站建成）："忆读南华第一篇，鲲鹏变化翼垂天。争传禹域多新事，指顾香江复主权。　闲曝日，话牛年。春回消息柳梅先。老人南极迎传客，胜利红旗永昼鲜。"此词不避"主权""胜利""红旗"等现当代流行词汇，同时结合"南华""鲲鹏""禹域"等古典意象，新旧融汇，既有新时代气息，又有古典意蕴。

　　宛先生诗词作品中还有不少写景咏物、酬答友人、咏史题画、抒情遣兴之作，亦是那个时代知识分子心灵史的最佳注解。例如《鹧鸪天》（1974年夏秋间·四十年前在安庆城东寓庐植凤仙花有如五宝桃者，今久不见此花矣）："褪尽春红见凤仙，仙姿犹胜碧桃妍。枝头初绾同心髻，叶底先开并蒂莲。　情脉脉，意绵绵，不堪回首断肠年。三生有幸原虚语，一度思量一惘然。"此词表面上是咏凤仙花，实则借花起兴，以花拟人，词意缠绵凄婉、一往情深。又如《满江红》（1968年秋作·"牛棚"夜雨，僵卧默诵杜诗，感怀得此）："八月秋高，西风急、飞蓬卷席。恨儿辈、抱茅径去，公然为贼。广厦万间清梦冷，愁肠百结床头湿。叹诗人、愿望总成空，今犹昔。　天地转，从不息。晨昏变，恒相及。问盈虚消长，孰能移易？穷士应怀修竹节，楚囚漫对牛衣泣！励冰霜，早晚必春回，冬难塞！"此词上阕化用杜甫《茅屋为秋风所破歌》诗意，以古喻今，慨叹"文革"中知识分子的厄运；下阕抒发词人不为冰霜所折的坚贞气节，坚信苍茫宇宙和漫长历史的规律是不可移易的，穷困的知识分子应该保持修竹那样的凌云志和坚贞节，坚信寒冬必然过去、暖春定将到来！

宛先生与妻子相伴一生、伉俪情笃，老妻去世后，宛先生创作了多首情深意笃的悼亡诗词，例如《悼亡诗三首》："叶落萧萧夜梦惊，对床不复听鼾声。同甘共苦寻常事，死别生离万古情。""一去宁知更不归，神山昨夜雪纷飞。此生永诀从今始，回首前尘万事非。""鹤话尧年讶苦寒，小春未尽雪漫漫。妥灵祭罢儿孙哭，从此人间一见难。"此组诗歌明畅如话，情感深沉厚重，诚为佳作。又如《鹧鸪天》："海燕归来岁有期，蓬山一去渺无期。年年陌上花开日，故国同归不可期。　追往事，梦佳期,只今谁共话襟期?落霞孤鹜江天远,此恨绵绵未绝期!"此首悼亡词用的是独木桥体,六个"期"字饱含了宛先生对爱侣的无限情意!虽不如元稹、苏轼、贺铸的悼亡名篇,亦属难得的佳作。

宛先生传世诗词作品中的词较多,且词不入传统宗派,纯以诗法为之,明快清新,自成体格。其短调浑成流畅,圆转如珠,看似信手拈来,毫不费力,实则锤炼无痕,盎然味厚,游黄山诸作尤传诵一时。慢词亦不为艰涩晦僻之体,多取平顺畅达之调,如《高阳台·大别嵯峨》《满江红·千古兴亡》《满江红·四十年前》等,题材常写时事以发抒怀抱,笔力豪壮而不粗率,意境新颖而不浅俗。虽未到一流大家地步,亦不失为名手。所作旧体诗词,十年动乱中散失殆尽,幸存者结集为《晚晴轩诗词选》。曾与同事张涤华、祖保泉出过诗词合集《赭麓三松集》。[1]

二、《二晏及其词》的学术价值

一代有一代之文学,宋词可谓宋代文学的代表,二晏父子正是以这方面的成就而广为人知。关于晏殊的词,李之仪评价为"风流闲雅,超出意表……嚼味研究,字字皆有据,而其妙

---

[1] 参见刘梦芙《玥月词心照镜湖——论词学名家宛敏灏先生的词》,《近现代诗词论丛》,学苑出版社2007年版,第373—334页。

见于卒章,语尽而意不尽,意尽而情不尽,岂平平可得仿佛哉"(李之仪《跋吴师道小词》)。陈廷焯评价为"风神婉约,骨格自高,不流俗秽"(陈廷焯《云韶集》卷二)。顾随评价为"《珠玉词》之蕴藉作品可说是前无古人,后无来者"[1]。叶嘉莹评价为"大晏的词,圆融平静之中别有凄清之致,有春日之和婉,有秋日之明澈,而意象复极鲜明真切"[2]。关于晏几道的词,黄庭坚评价为"清壮顿挫,能动摇人心……狭邪之大雅,豪士之鼓吹,其合者《高唐》《洛神》之流,其下者不减《桃叶》《团扇》"(黄庭坚《小山词序》)。冯煦评价为"其淡语皆有味,浅语皆有致,求之两宋,实罕其匹"(冯煦《蒿庵词话》)。龙榆生评价为"《小山词》意格之高超,结构之精密,信为令词中之上乘;令词之发展,至此遂达最高峰;后有作者,不复能出其范围矣"[3]。吴世昌评价为"《小山词》比当时其他词集,令读者有出类拔萃之感。它的文体清丽婉转如转明珠于玉盘,而明白晓畅,使两宋作家无人能继"[4]。另外据20世纪90年代王兆鹏先生和刘尊明先生联袂发表在1995年第4期《文学遗产》的《历史的选择——宋代词人历史地位的定量分析》一文的三大排行榜,我们同样可以得知,不论是留存至今的词作数量和质量,

---

[1] 顾随:《驼庵诗话》,载《河北大学学报》1984年第2期。
[2] 叶嘉莹:《迦陵论词丛稿》,河北教育出版社1997年版,第53页。
[3] 龙榆生:《中国韵文史》,上海古籍出版社2002年版,第86—87页。
[4] 吴世昌:《词林新话》,北京出版社2000年版,第134页。

还是历代对二晏词的品评与传播，二晏均可当之无愧地被列入中国古代一流词人的行列。

宛敏灏所著《二晏及其词》是国内外第一部全面系统地研究二晏父子及其文学创作的专著。书稿于1934年3月至7月间连续发表在安徽省立图书馆编印的学术期刊《学风》4卷第2—6期中。1935年，商务印书馆将《二晏及其词》编入"国学小丛书"，半年内连版两次，在学术界产生了一定的影响。此书的成功，一方面使初出茅庐的宛敏灏先生坚定地走上词学研究的道路，另一方面作为很长时间内国内外二晏研究的高峰和宛敏灏先生早年的代表作，奠定了宛敏灏先生的学术地位。此书的学术贡献主要包括以下四个方面。

1. 系统考证二晏的家世、生平与交游

关于二晏家世、生平与交游的研究成果，最早的也是最重要的研究成果便是宛敏灏先生的《二晏及其词》和夏承焘先生的《二晏年谱》，这两项研究成果为后人研究二晏奠定了坚实的基础，成为后人研究二晏的必备参考书。宛先生先从"山水明秀的临川"入手，点明拥有美丽山水的临川自古人杰地灵；临川民俗"风流儒雅……乐读书而好文辞"；从而涌现了二晏父子、王安石、汤显祖等大批杰出人物。接着根据晏殊门生、文豪欧阳修撰写的《晏公神道碑》和地方文献《临川县志》《抚州府志》等，初步梳理出宋代临川晏氏世系。然后根据各种史料，总结出晏殊刚简真诚、廉洁俭朴、知人乐善、儒雅旷达、笃学不倦的个性,以及晏几道忠厚耿介、不苟求进、豪迈不羁、风流蕴藉、伤感多情的个性。再接着考证了晏殊与范仲淹、欧阳修、梅尧臣、韩维、宋祁、王琪、张亢、张先的交游,晏几道与黄庭坚、郑侠、沈廉叔、陈君龙的交游,进一步验证了二晏父子不同的个性。最后根据晏几道好友郑侠的生卒年推断出晏几道的生卒年,汇集了各种相关史料,编撰出二晏父子的年谱。这一部分考证显示了宛先生扎实的文史功底和勤奋刻苦的钻研精神——正如夏承焘先生在《〈二晏及其词〉序》中所说:"乡友周君予同介庐江宛君书城诒予书论词,于二晏之作钩稽至详……予居近文澜阁,得从容假读四库书;君客僻左,往往附舟车行数百里访一书。其治学之劬勤若尔,宜其所积之厚也。"或许我们现在会感觉到相关史料还有进一步系统梳理的必要,但是当时的艰苦治学条件下能做到如此水平,已经非常不容易!

2. 系统论述二晏父子的词坛地位、二晏词的时代背景与历史根源

对于词的发展历程,前人的看法不一。宛敏灏先生认为:"词肇于有唐,盛于五代,而灿于两宋。北宋名家踵起,其间递嬗演变之迹,可得而言;顾历来言者类皆未能尽当也。大抵前人重评论而忽其流变。"从而提出北宋词坛可分花间派(以宋初词坛为代表,具有调多小令、婉约秾丽、谐律能歌的特点)、革新派(以柳永、张先、苏轼为代表,具有始衍慢词、不避俚俗、解放词体的特点)、融合派(以周邦彦为代表,具有慢令俱工、融诗以律、能雅能俗、亦丽亦清的特点),并因此指出二晏父子的词坛地位是导宋词的先路、造艳词之极则。

对于二晏词的时代背景,宛敏灏先生认为晏殊词创作的时代背景是专制主义之极度发展、商业资本经济繁荣的北宋前期,"同叔在此种孕育之下,宜其多'风调娴雅''和婉明丽'之作也"。晏几道词创作的时代背景是农村经济之渐濒崩溃、强邻环伺下之民族危机的北宋后期,"于是激成其性情之乖僻,且纵酒放恣,作变态的享乐,更表现于其文学作品中……夫岂好为伤心哉,盖特殊之环境有以使然耳"。

对于二晏词的历史根源,宛敏灏先生认为晏殊词特色的形成,根源于晏殊喜欢"没脂粉气"的韦应物诗和冯延巳词——"祖述二主,宪章正中";晏几道词特色的形成,则根源于学习父亲晏殊词风和唐、五代词风。这一部分论述显示了宛敏灏先生宽广的学术视野和独树一帜的学术创新,或许我们会不完全赞同宛敏灏先生的观点,但是不失为一种颇有参考价值的研究视角。

3. 系统校对二晏词、收罗二晏诗文作品与生平轶事

民国以来关于二晏词辑佚、校勘方面的最早成果是民国初期朱祖谋的《彊村丛书》,以明代汲古阁刻本《小山词》为底本,以赵氏星凤阁明钞本对校。其次是民国中期林大椿以汲古阁本为底本,参照其他善本校勘的《珠玉词》《小山词》。传世的晏殊词主要有吴讷辑《唐宋名贤百家词》明钞本、毛晋汲古阁刻本、许宗彦止水斋明钞本、何义门校鹅湖周氏写经书屋钞本、胡亦堂与劳格辑《元献遗文·珠玉词》《四库全书·珠玉词》《四库全书·御选历代诗余》、晏端书晏氏家刻本等。宛敏灏先生不满足于前人的校对工作，以毛晋汲古阁刻本为底本，主要参考许宗彦止水斋明钞本、胡亦堂与劳格辑《元献遗文·珠玉词》、晏端书晏氏家刻本和《花草粹编》《词律》《词综》等词选，做了非常认真细致的校对。传世的晏几道词主要有吴讷辑《唐宋名贤百家词》明钞本、毛晋汲古阁刻本、许宗彦止水斋明钞本、归安朱氏校刻赵氏星凤阁明钞本、胡亦堂与劳格辑《元献遗文·小山词》《四库全书·小山词》《四库全书·御选历代诗余》、晏端书晏氏家刻本、《彊村丛书》本等。宛敏灏先生以《彊村丛书》本为底本，主要参考许宗彦止水斋明钞本、归安朱氏校刻赵氏星凤阁明钞本、胡亦堂与劳格辑《元献遗文·小山词》、晏端书晏氏家刻本和《花草粹编》《词律》《词综》等词选，做了非常认真细致的校对。二晏词的校勘工作十分烦琐，宛先生尽可能去寻找当时所能找到的版本，并参考这些版本，做出了很好的校勘，为后来学者进一步校笺二晏词打下了非常扎实的基础。

另外宛敏灏先生还尽可能考证了晏几道与莲、鸿、蘋、云、李师师的交往与词的创作，收罗了二晏的诗文作品和二晏的轶事，颇有助于读者理解二晏的个性及其词作。

4．系统研究二晏词的艺术风格及其影响

对于二晏词的风格及其影响，前人的意见不一。宛敏灏先生认为"二晏同承五代词风的余绪而继续发展，以此体裁风格

颇有相似之处，惟因背景不同，个性差异，故仍各有其特点"。宛先生认为二晏词的共同点是华贵——"华贵为二晏共同具有之风格。同叔起自田里，早年显达，历官要职，位极人臣，且虽生于积弱之宋，而真、仁两朝比较尚属太平盛世，环境如此，本身之遭遇又如此，宜其志得意满，而表现于文学者，亦复气象雍容，华贵赡丽。小山生于富贵家，耳目濡染，多满足的生活，虽其后仕宦连蹇，社会亦多隐忧，然方少年时，必为翩翩佳公子，所见皆歌舞升平也，故其词之华贵，不亚于同叔，且其表现力更较乃父为胜焉。"宛先生认为二晏词的第一个不同点是闲雅与风流的区别——"同叔闲雅而小山风流，闲雅与风流非有绝对不同处，特风流较闲雅更进一步耳。同叔词无强烈的彩色，无凄厉的音调，但出以平淡之笔，和婉之节，而声调自然，意境清新，形成一种闲雅的特殊风格……盖同叔身居朝廷，观瞻所系，作词已觉非是，更何敢作艳词？而小山则毫无拘束，饮酒纵乐之余，自不禁将其放佚行为表现于词，以发挥其思想情绪。故'风流'二字，惟小山足以当之。"宛先生认为二晏词的第二个不同点是清越与沉郁的区别——"同叔少年富贵，其处境颇类后主即位之初，故华贵闲适而外，只能有音调清越之作。至小山则暮年遭遇，大似后主将亡国前状况。歌儿星散，恍同隔世；当年韵事，渺不可追。且国事日非，情怀渐老，宜其'感光阴之易迁，叹境缘之无实'，而多沉郁之音也。"另外宛先生还特意指出晏殊词中颇有浅俗的作品——"其更劣者有四种：曰无病呻吟，曰歌谀君主，曰祝寿，曰咏物。"关于二晏词风格的形成，宛先生认为与二晏词之善写富贵气象、善于表现充实的情感、注意修辞的技巧三个方面有关。关于二晏词的影响，宛先生认为二晏因其独特的艺术风格影响了周紫芝、吴文英、李之仪、葛胜仲、纳兰性德等。

宛敏灏先生的《二晏及其词》对当下读者学习欣赏古典诗词具有一定的指导意义。一方面是有利于当今的读者理解唐、五代、北宋词的发展历程，二晏词的独特价值和历史贡献；另一方面能够激励有志于古典诗词研究的当今读者——当时二十多岁的宛敏灏先生不迷信盲从、不人云亦云，著作立足于大量收罗整理原始文献基础上的学术创新，正是学术道路的康庄大道，值得后人学习。

宛敏灏所著《二晏及其词》于1934年3月至7月间连续发表在安徽省立图书馆编印的学术期刊《学风》4卷第2—6期中。1935年，商务印书馆将《二晏及其词》编入"国学小丛书"，半年内连版两次。本次整理以印刷质量较好的1935年商务印书馆第二次印刷的版本为底本，对于整理过程中发现的讹误，皆参照他书等加以订正，并出校勘记说明。原书补正表的内容本次整理过程中已吸纳，故不再保留，亦不另出校勘记。

唐红卫
2017年10月

目录

序/夏承焘 | 1

第一章
绪　言 | 1

第二章
北宋词坛鸟瞰 | 12

第三章
二晏在词坛上的地位 | 42

第四章
二晏的故乡和家世 | 46

第五章
二晏的个性 | 56

第六章
二晏的交游 | 70

第七章
二晏的出处 | 83

第八章
二晏年谱 | 89

第九章
二晏词的时代背景 | 135

第十章
二晏词的历史根源 | 145

第十一章
二晏词的风格 | 150

第十二章
二晏词的艺术 | 168

第十三章
二晏词的影响 | 177

第十四章
二晏著述存佚考 | 183

第十五章
同叔之《珠玉词》 | 203

第十六章
小山之乐府补亡 | 211

第十七章
小山与莲鸿蘋云 | 222

第十八章
关于师师的讨论 | 230

第十九章
《珠玉词》笺校记 | 243

第二十章
《小山词》笺校记 | 269

附录
二晏轶事 | 305

本次整理征引文献 | 326

序

客岁，乡友周君予同介庐江宛君书城诒予书论词，于二晏之作钩稽至详；以予旧有各词人年谱，属举所获相商榷。函札往复，颇得共学之乐。予居近文澜阁，得从容假读四库书；君客僻左，往往附舟车行数百里访一书。其治学之劬勤若尔，宜其所积之厚也。

二晏词情意窅渺，非如苏、辛、姜、史之易求归趣；而君书于其奥义微旨，爬梳无遗。生数百年后而能推见古人之处境用心如亲见其人，其运思之密，夫岂时下聊尔人所能为哉！

前修考词家行实者，徐釚、张宗橚之书，辨订尚疏。挽近王静安先生为《清真遗事》，始为此学导其先路。顾静安不旁及他家；予所撰年谱亦仅襞襀琐细，不如君书之能见其大。以君之精进不已，他日倘尽疏两宋各名家，汇为词史，尤学林一胜业。予虽无似，拥彗清尘，尚望为门下一扫除也。

二十三年大暑，永嘉夏承焘序于杭州。

第一章
绪言

词人评传之重要 — 考定身世与评论作品 — 本书之愿望

一、词人评传之重要

《四库总目提要》曰:"词、曲二体,在文章、技艺之间。厥品颇卑,作者弗贵,特才华之士以绮语相高耳。"盖自来文人,"载道"之谬见颇深,"复古"之观念尤重,故目词为诗余,为薄技,为风人之末派,为文苑之附肩。以此词人姓氏多湮没而无闻,词人作品亦散佚而难考。方宋代词坛盛时,自理学、名臣、才人、志士、名媛、方外、巨佞、剧盗无不能词。今所知者,不过数百家耳。大词人如柳永、张先……《宋史》俱无传。即秦观、贺铸、周邦彦等,亦仅寥寥数行,备姓名而已。

降及晚近,去宋日远,对于当时词家之认识遂愈不真。时人著作,如词史、诗史、文学史等,或陈陈相因,隔靴搔痒,徒作肤浅之谈，或任意臆说，指鹿为马，自欺欺人。如坊间有所谓《中国文学史纲》者，竟以柳永为善作小词之代表。又有《中国文学小史》，称晏殊于康定间拜集贤殿学士、同中书门下平章事，兼枢密使，并谓其养尊处优，吃得心广体胖。（按《归田录》一言"清瘦如削，饮食甚微"。《青箱杂记》五谓"风骨清羸，不喜肉食"）又于周邦彦竭力诋斥，而曰："余实未读竟其词。"此等妄书不仅浅薄可笑，尤易贻误初学也。

更专就二晏而论，郑振铎之《中国文学年表》（见《中国文学研究》）于公元一〇二七年（宋天圣五年丁卯）下注云："晏殊知宣州，兴建学校，延范仲淹以教生徒。"考同叔延范，实于留守南京时，宋南京即应天府，事见《宋史》本传及欧阳修所撰《神道碑》。更查今《宣城县志》，同叔未入名宦。除十贤祠曾祀晏、范外，其他遗迹一无可寻。盖匪特范未尝来宣教授生徒，即同叔曾否知宣，尚属疑问。至和间，赵抃论宰臣陈执中家杖杀女使，奏状中曾引同叔笏击从人齿落事，谓"即时罢殊枢密院，出知应天府"（见《赵清献公全集》一）。《神道碑》亦始终未及宣州。《龙川别志》则谓："命出殊守金陵，明日以为远，改守南都。"惟《宋史》本传云："罢知宣州。数月，改应天府。"而《苕溪渔隐丛话》则又作"数日"，颇疑虽有知宣之命，而实未及赴任，已改应天府也。其所以同祀十贤祠者，清宁国知府佟越伟《重修敬亭山七贤祠记》（按原名五贤祠，祀谢朓、李白、韩愈、晏殊、范仲淹。后增张慎言、姜埰为七贤。

清道光间，又增梅尧臣、施闰章、梅文鼎为十贤）云："考《宋史》晏公本传，知应天府，延范仲淹以教生徒。范公本传亦云：晏殊知应天府，闻仲淹名，遂置府学。是范公教授应天乃宋南京，地距江南甚远，不知何据加以宣州教授之目，而并列诸祠。盖从来郡邑之志牵率傅会，而俗本通鉴谬以教授应天为宣州，与正史抵牾。"佟氏此言甚辨。郑表所列，殆沿吴荣光《历代名人年谱》之误，而吴氏又袭自通鉴，遂致以讹传讹也。又如陆侃如、冯沅君之《中国诗史》，于小山生卒，以为约在"西历一〇五〇？——一一二〇？"实嫌未合。考小山《鹧鸪天》（碧藕花开水殿凉）调，《花庵词选》注谓："庆历中，开封府与棘寺同日奏狱空，仁宗于宫中宴集，宣晏叔原作此，大称上意。"小山于庆历中已能作词，则纵如乃父之号称神童，七岁能文章，最迟亦应生于天历元年，即西历一〇四一年，盖庆历止于八年，其后已改元皇祐也。

　　略举数端，已见疏误。诚以一人之见闻有限，考证遂多不精，评论亦难尽当。虽自来词苑著述汗牛充栋，别集、总集、词谱、词韵、词话等，不胜枚举，或搜遗佚，或示准绳，固不乏征考文献，以论世知人为归者，然类皆芜杂琐屑不成片断。其能以一家为中心，详考生平，论其作品，实属罕觏。宜乎编撰文学史等书者，无可取材，末由参考，不得不撫拾陈言，聊充篇幅。爱好文学者遂多读其书而不知其人之憾。词人评传之撰述，顾可缓耶？

二、考定身世与评论作品

评传之第一目的,为考定身世。顾今日已成难题。宋词人除曾为显宦外,史俱无传。其政治上毫无地位者,虽当时文人笔记,亦罕及之,小山即其一也。小山之名,见遗于《宋史》,即其故乡《临川县志》,旧亦缺而不载。《续志》始据《江西通志》补录云:"晏几道,字叔原,殊第七子。能文章,尤工乐府。其《小山词》清壮顿挫,见者击节,以为有临淄公风。黄山谷序之曰:'叔原固人英也,仕宦连蹇而不一傍贵人之门,家人饥寒而面有孺子之色。人百负之,终不疑其欺己。其文上掩骚屈,下者亦岂减《团扇》《桃叶》哉?'其为时见推如此。"仅此数行,其称引山谷序文,尚复有误。更考明郭子章《豫章诗话》云:"晏几道,字叔原。其词在诸名胜中独可追逼《花间》,高处或过之。其人虽纵弛不羁,而不苟求进,尚气磊落,未可贬也。如'舞低杨柳楼心月,歌罢桃花扇底风',为世所称赏。有《小山集》一卷,山谷序曰:晏叔原,临淄公之莫子也……以为有临淄公之风。"盖亦自《直斋书录解题》及山谷《小山集序》摘录数语而已。卷末有胡思敬校勘记云:"首页十二行莫子疑是爱子之误。"尤为可笑,按"莫"即"暮"字,小山生于同叔暮年,故曰"莫子"。胡氏不明事实,致欲易为"爱子",虽亦可解,其如已失原意何?至其他宋人笔记及诗词话等,类多辗转互袭。穷搜所得,关于小山记载,竟不足十事,其可据以考证年代，又不足半数，此材料贫乏之难也。

关于同叔，则《宋史》有传，欧阳修文集又有《神道碑铭》。惜所载多无关文学，即政治上活动，年代亦不详。故欲知同叔生平，仍不能不求之于其著述及宋人笔记。而同叔文集散佚已久，《四库》著录者为清康熙中慈溪胡亦堂所辑，仅文六篇、诗六首及词若干而已。其后仁和劳格、南城李之鼎复有增辑，顾亦不逮什一。盖同叔在北宋号称能文，其集多至二百余卷也。据此则关于同叔材料之缺乏，正亦不亚于小山。更考之宋人笔记，虽轶事往往可见，而芜杂特甚。如正史谓同叔为张知白安抚江南时所荐，年十四，真宗召见，会试于廷。而《温公日录》则云："核大年以闻，时年十三，真宗面试诗赋。"又如《龙川别志》载同叔罢相知颍事曰："上归……欲重黜之。宋祁为学士，当草白麻，争之，乃降二官，知颍州。词曰：'广营产以殖货，多役兵而规利。'以他罪罗织之，殊免深谴，祁之力也。"而《东轩笔录》则记曾布谓许将云："昔晏元献当国，子京为翰林院，晏爱宋之才，雅欲旦夕相见，遂税一第于旁近以居之……遇中秋……召宋出妓饮酒赋诗……翌日罢相，宋当草词，颇极诋斥；至有'广营产以殖私，多役兵而规利'之语。方子京挥毫之际，余醒尚在，左右观者亦骇。"此同一事实而记载矛盾也。《西清诗话》云："元献初罢政事，守毫社，每叹士风凋落。一日，营妓曰刘苏哥，有约终身而寒盟者，方春日暄妍，驰骏马当郊，登高冢旷望，长恸遂卒。元献谓士大夫受人眄睨，随燥湿变渝，如翻覆手，曾狂女子不若，为序其事以诗吊之。"《苕溪渔隐丛话》曰："元献吊刘苏哥诗篇，盖指宋子京而言也。"考同叔以明道二年四月罢参知政事守亳，庆历四年九月罢相守颍州，是则刘苏哥之死远在宋草制之前，二者固毫无关系。又如《隐居诗话》载欧阳修赴同叔赏雪宴，即席赋诗，有"不惟喜悦将丰登，须怜铁甲冷彻骨"等句，同叔不悦。《潘子真诗话》遂记："永叔颇闻晏因赋雪诗有语，其后欧守青社，晏亦出殿宛丘，欧乃作启叙生平出处，以致谢悃。"今按欧集有《晏太尉西园赏雪歌》及《和晏尚书对雪招饮》各一首，同作于庆历元年。《隐居诗话》所引见前首篇末，而后一首有"应须红粉唱梅花"句，正与晏称引韩愈赴裴度宴"林园穷胜事，钟鼓乐清时"二句相似。更查欧与晏书虽有《潘子真诗话》所称引数语。然晏赏雪于庆历元年，而欧知谏院于庆历三年，据"及当钧衡，又以谏官而蒙奖擢"二语，则晏得赏雪诗后于欧似无甚不平。且欧守青社，晏殿宛丘，亦与事实不合，盖晏以庆历八年移陈州，而欧于熙宁元年八月始谪青州，集中有辞免札子及谢上表可按，其时同叔卒久矣。（按原书载欧集九十六，注皇祐元年知颍时作）是知赏雪诗一事，与晏相公书又一事，未可混为一谈。晏、欧纵有芥蒂，当不仅缘赋雪一诗，《潘子真诗话》颇有误处。以上二例又不明事实而记载错误也。重要之材料既多不存，其存者又复芜杂如此，故欲于数百年后考知其身世而能详赅无误，盖亦大非易事矣。

评传之第二难题为评论作品。夫批评之难，世有同感。良以各人之主观好恶不同，时代背景又复互异，故所论往往大相径庭。如《四库提要》推"词家之有吴文英，亦如诗家之有李商隐"。而张炎则曾讥其如七宝楼台，炫人眼目，拆下来不成片断。张炎称姜夔之《暗香》《疏影》为"前无古人，后无来者；自立新意，真为绝唱"。而《人间词话》则谓其"调虽高，然无一语道着"。《人间词话》于秦观《踏莎行》独赏识其"可堪孤馆闭春寒，杜鹃声里斜阳暮"二句词境凄厉；而苏轼则盛称其"郴江幸自绕郴山，为谁流下潇湘去"二语。他如陈师道谓"今代词家，推秦七、黄九"，而彭羡门以为"黄不及秦远甚"，是皆极端相反之论也。

古今于二晏之批评，亦颇有歧异。如李清照谓同叔与欧苏虽学际天人，然作为小歌词皆句读不葺之诗耳，又往往不协音律。而刘攽《中山诗话》则谓"元献喜冯延巳歌词，其所自作亦不减延巳"。冯煦《六十一家词选·列言》曰："淮海、小山，真古之伤心人也。其淡语皆有味，浅语皆有致。"而《人间词话》则云："余谓此唯淮海足以当之。小山矜贵有余，但可方驾子野、方回，未足抗衡淮海也。"至若同叔之"无可奈何花落去，似曾相识燕归来"，自来誉为名句，即同叔似亦自爱其造语之工，用之于词，同时又以之入诗。而吴梅《词学通论》独赏其"满目河山空念远，落花风雨更伤春"二语，以为"较'无可奈何'胜过十倍，而人未之知，可云陋矣"云云。艺苑纷纷，各是其是,盖由来久矣。

且居今日而评论古人,更有困难者在。盖流传词集,真伪难明,稍有不慎,即陷于错误。晁无咎,北宋人也。其论词有云:"晏元献不蹈袭人语,而风调闲雅,如'舞低杨柳楼心月,歌罢桃花扇底风',知此人不住三家村也。"(详见本书《小山词》笺)前称元献,后引小山词,如斯错乱,所论已失根据。此固评论时所最宜注意者。二晏词多与《阳春录》《六一词》《淮海词》《子野词》……相混,杂乱已久,不易辨认。例如《元献遗文》中所附之《小山词》,有《御街行》一首,词云:

> 霜风渐紧寒侵被,听孤雁、声嘹唳。一声声送一声悲,云淡碧天如水。披衣告雁儿略住,听我些儿事。　　塔儿南畔城儿里,第三个、桥儿外,濒河西岸小红楼,门里梧桐凋砌,请教且与低声飞过,那里有人人无寐。

此词通行之《小山词》俱不载,风调迥异,余疑其非小山作,后果于《花草粹编》中见之,题下注"古今词话"四字。盖《粹编》录自《古今词话》,并不知作者为谁。现《古今词话》已佚,无可稽考。更查《粹编》前一首之《御街行》,即"年光正似花梢露",正小山作,故后人辑《小山词》时,遂并后者亦录之。倘吾人据此词以评小山,则失之毫厘,谬以千里,宁不大可笑耶?

《六一诗话》曰:"晏元献公,文章擅天下,尤喜为诗,而多称引后进。一时名士往往出其门。圣俞平生所作诗多矣,然公独爱其两联云'寒鱼犹着底,白鹭已飞前'。又'絮暖紫鱼繁,露添莼菜紫'。余尝于圣俞家见公自书简,再三称赏此二联。余疑而问之,圣俞曰:'此非我极致,岂公偶得意于其间乎?'乃知自古文人不独知己难得,而知人亦难也。"博雅如同叔,犹未赏得梅尧臣诗之极致,使欧阳修有知人亦难之叹,信乎评人之不易也。

三、本书之愿望

考定词人身世及评论其作品之难,既如上述。然以词人评传之需要,讵可因噎废食?余于词无深究,所以勉为此书,实感于评传词人者之沉寂,欲聊凑热闹,以引起世人之同情,庶得改椎轮为大辂,而积水以成增冰也。

一代文艺之成功,必有其先导,同叔即宋词之先导也。故余首研同叔而并及其子。年余以来,时时留意于二晏身世之考定,而小晏生卒终无可考,以此迟迟未敢为文发表。去年秋,复专往各大图书馆搜寻材料,因得见胡芳二氏所辑之《元献遗文》及明钞《珠玉词》《小山词》多种,然终未能发见足以考定小山生卒材料也。兹以积时过久,恐已知之材料或竟遗忘,且搜寻所得已较现行各书关于二晏之记载稍稍丰富,故特缀辑成篇，聊供研究文学者作暂时之参考资料云尔。

晏氏父子词有回肠荡气之胜，嗜者当不乏人；然欲求一善本，大非易事。通常单行本仅商务印书馆有《珠玉词》《小山词》各一册，光华书局有《小山词》一册而已。商务《珠玉词》据汲古阁本，《小山词》据《彊村丛书》本翻印。光华《小山词》据称得郑叔问手校秘本，实即通行之重刻汲古阁本耳。各书讹文夺字，多未校订。余年来所见，除以上重印及其原据之本外，尚有晏氏家刻本及明钞本等，知各本颇有出入之处。如《珠玉词》，汲古阁本以《点绛唇》(露下风高)次卷首，明钞本则为《谒金门》(秋露坠)。《小山词》汲古阁本《玉楼春》共二十一调，明钞本则析为《木兰花》八首，《玉楼春》十三首，此编次之异也。至于字句之间，歧异尤甚，如《小山词·临江仙》"斗草阶前初见"上阕末句，毛本作"羞艳粉生红"，劳辑《晏元献遗文》本作"羞态"，而星凤阁明钞本则以朱笔改"艳"为"脸"，谅必有所本也。又如毛本《珠玉词》第三首《浣溪沙》换头云："为我转回红脸面，向谁分付紫台心。"诸钞本皆作"紫檀"，胡劳本《元献遗文》并作"红粉面"。以修辞言之，"粉面"当较"脸面"为胜。总之，各本实互有长短，爰于欣赏之余，比并互勘，录为校记，间附以笺，置于本书之末，以便参考，谅为爱读二晏词者所许也。

尝见一书曰《姓氏族谱合编》，于晏敦复下注云："字景初，殊曾孙……子叔原，号小山，著乐府，山谷为序。"果尔则小山为同叔之玄孙矣。俗书颠倒错乱,令人骇异。今吾为此书,或不至荒谬如此。然错误失当之处,当亦难免,幸读者教之。

第二章
北宋词坛鸟瞰

古今论词意见——个人私说（花间派—革新派—融合派）

一、古今论词意见

词肇于有唐，盛于五代，而灿于两宋。北宋名家踵起，其间递嬗演变之迹，可得而言；顾历来言者类皆未能尽当也。大抵前人重评论而忽其流变，晁无咎曰：

世言柳耆卿曲俗，非也。如《八声甘州》云："渐霜风凄惨，关河冷落，残照当楼。"比唐人语不减高处矣。欧阳永叔《浣溪沙[1]》云："堤上游人逐画船，拍堤春水四垂天，绿杨楼外出秋千。"此等语绝妙，只一"出"字自是著意道

---

[1] 沙　底本作"纱"，一般作"沙"。下文径改，不再出校记。

不出处。苏东坡词，人谓多不谐音律，然居士词横放杰出，自是曲中缚不住者。黄鲁直间作小词固高妙，然不是当家语，自是著腔子唱好诗。晏元献（？）不蹈袭人语，而风调闲雅，如"舞低杨柳楼心月，歌罢桃花扇底风"，知此人不住三家村也。张子野与柳耆卿齐名，而时以子野不及耆卿。然子野韵高，是耆卿所乏处。近世以来，作者皆不及秦少游，如"斜阳外，寒鸦数点，流水绕孤村"。虽不识字人亦知是天生好语。（《复斋漫录》）

李清照云：

本朝礼乐文武大备，又涵养百余年。始有柳屯田永者，变旧声，作新声，出《乐章集》，大得声称于世。虽协音律，而词语尘下。又有张子野、宋子京兄弟、沈唐、元绛、晁次膺辈继出，虽时时有妙语，而破碎何足名家。至晏元献、欧阳永叔、苏子瞻，学际天人，作为小歌词，直如酌蠡水于大海，然皆句读不葺之诗耳！又往往不协音律……王介甫、曾子固，文章似西汉，若作小歌词，则人必绝倒，不可读也。乃知别是一家，知之者少。后晏叔原、贺方回、秦少游、黄鲁直出，始能知之。又晏苦无铺叙，贺苦少典重，秦即专主情致而少故实，譬如贫家美女，非不妍丽，终乏富贵态。黄即尚故实，而多疵病，如良玉有瑕，价自

减半矣。(《苕溪渔隐丛话》)

以上晁、李二人,直取北宋词人,一一论列之而已。稍胜则有举若干人以为代表,如宋徵璧曰:

> 吾于宋词得七人焉:曰永叔,其词秀逸;曰子瞻,其词放诞;曰少游,其词清华;曰子野,其词娟洁;曰方回,其词新鲜;曰小山,其聪俊;曰易安,其词妍婉。他若黄鲁直之苍老,而或伤于颓;王介甫之劖削,而或伤于拗;晁元咎之规检,而或伤于朴;辛稼轩之豪爽,而或伤于霸;陆务观之萧散,而或伤于疏。此皆所谓我辈之词也。苟举当家之词,如柳屯田哀感顽艳而少寄托,周清真蜿蜒流美而乏陡健,康伯可排叙整齐而乏深邃。其外则谢无逸之能写景,僧仲殊之能言情,程正伯之能壮采,张安国之能用意,万俟雅言之能叠字,姜白石之能琢句,蒋竹山之能作态,史邦卿之能刷色,黄花庵之能选格,亦其选也。词至南宋而繁,亦至南宋而敝,作者纷如,难以概述。(《词藻》)

上[1]所举代表,乃任意去取,无与词之源流也。其比较进步者,或拟宋词于唐诗而述其盛衰,或就其风调而论宗派之正变。刘

---

[1] 上　底本作"右",据此次整理版式改。下文径改,不再出校记。

公勇《词绎》曰：

> 词亦有初、盛、中、晚，不以代也。牛峤、和凝、张泌、欧阳炯、韩偓、鹿虔扆辈，不离唐绝句，如唐之初不离隋调也，然皆小令耳。至宋则极盛，周、张、康、柳，蔚然大家。至姜白石、史邦卿则如唐之中。而明初比唐晚。

尤侗序《词苑丛谈》云：

> 唐诗有初、盛、中、晚，宋词亦有之。唐之诗，由六朝乐府而变；宋之词，由五代长短句而变。约而次之，小山、安陆，其词之初乎；淮海、清真，其词之盛乎；石帚、梦窗，似得其中；碧山、玉田，风斯晚矣。唐诗以李、杜为宗，而宋词苏、陆、辛、刘有太白之风，秦、黄、苏、柳得少陵之体。此又画疆而理，联骑而驰者也。

缘诗论词，原甚牵强，故俞仲[1]茅《爰园词[2]话》又曰：

> 唐诗三变愈下，宋词殊不然。欧、苏、秦、黄足以当高、岑、王、李；南渡以后，矫矫陡健，即不得称中宋、晚

---

[1] 仲　底本误作"伸"，据《爰园词话》作者名字改。
[2] 词　底本误作"诗"，据该著书名改。

宋也。

其论词宗正变者,如王世贞曰:

> 李氏、晏氏父子,耆卿、子野、美成、少游、易安至矣,词之正宗也。温、韦艳而促,黄九精而刻,长公丽而壮,幼安辨而奇,又其次也,词之变体也。

张綖曰:

> 词体大略有二:一体婉约,一体豪放。婉约者欲其词调蕴藉,豪放者欲其气象恢宏。然亦存乎其人,如秦少游之作多是婉约,苏子瞻之作多是豪放。大约词体以婉约为正,故东坡称少游为"今之词手",后山评东坡"如教坊雷大使之[1]舞,虽极天下之工,要非本色"。(以上并见《词统源流》)

《四库总目提要》亦云:

> 词自晚唐、五代以来,以清切婉丽为宗。至柳永而一

---

[1] 之　底本脱,据《历代诗话·后山诗话》(P.309)补。

变,如诗家之有白居易。至轼而又一变,如诗家之有韩愈,遂开南宋辛弃疾等一派。寻源溯流,不能不谓之别格,然谓之不工则不可,故至今日尚有花间一派并行而不能偏废。(见《东坡词提要》)

上列诸说,要非确论,无待繁引。至近人所述,亦大都未能脱前人窠臼,如刘毓盘《词史》有《论宋七大家词》一章,一依戈载《宋七家词选》,以周邦彦、姜夔、史达祖、吴文英、周密、王沂孙、张炎为七大家,其说盖与宋徵璧无异。所不同者,多取南宋词人耳。王易《词曲史》中之《衍流》《析派》二章,分论各甚详,惜无扼要之叙述,殆与晁、李诸氏之泛论词人近似。至陆侃如、冯沅君《中国诗史》称北宋为苏轼时代,而强附其他词人于下,自亦未安。

其差强人意者,如吴梅云:

大抵开国之初,沿五代之旧,才力所诣,组织较工。晏、欧为一大宗,二主一冯,实资取法,顾未能脱其范围也。汴京繁庶,竞赌新声。柳永失意无憀,专事绮语。张先留连歌酒,不乏艳辞。惟托体之高,柳不如张。盖子野为古今一大转移也,前此为晏、欧,为温、韦,体段虽具,声色未开;后者为苏、辛,为姜、张,发扬蹈厉,壁垒一变。

而界乎其间者独有子野，非如耆卿专[1]工铺叙，以一二语见长也。迨苏轼则得其大，贺铸则取其精，秦观则极其秀，邦彦则集[2]其成，此北宋词之大概也。（《词学通论》）

胡适曰：

> 苏东坡以前，是教坊乐工与娼家妓女歌唱的词；东坡到稼轩、后村，是诗人的词；白石以后，直到宋末元初，是词匠的词。（《胡适词选序》）

胡氏之说甚略，于词之演变，并未详其所以然。且赅括未尽，与张绖之析词为婉约、豪放二宗同弊。吴氏推崇子野备至，清陈廷焯已有此说。《白雨斋词话》云：

> 张子野词，古今一大转移也。前此则为欧、晏，为温、韦，体段虽具，声色未开；后此则为秦、柳，为苏、辛，为美成、白石，发扬蹈厉，气局一新，而古意渐失。子野适得其中，有含蓄处，亦有发越处。但含蓄不似温、韦，发越亦不似豪苏、腻柳，规模虽隘，气格却近古。自子野后一千年来，温、韦之风不作矣，益令我思子野不置。

---

[1] 专　底本误作"未"，据《词学通论》（P.46）改。
[2] 集　底本误作"极"，据《词学通论》（P.46）改。

比较词意，大致雷同，是吴氏此论实沿陈氏之旧而已。

总之，古今之蔽，在未明文学演变的常轨，故仅断断于正宗、变体之争，呶呶于歌者、诗人之辨，终未能将整个词坛作一鸟瞰也。

二、个人私说

（一）花间派

宋词之先驱为晚唐、五代，时政治紊乱，文艺道统亦堕落，长短句乃于此种时代背景之下应运而生。陆游《花间集跋》曰：

> 诗至晚唐、五季，气格卑陋，千人一律，而长短句独精巧高丽，后世莫及。

王士禛亦曰：

> 五季文运萎靡，他无可称。独所作小词，浓艳隐秀，靡金结绣，而无痕迹。

盖当时君唱于上，臣和于下。赵崇祚《花间集》所录凡十八家，别见于《尊前集》者又九家，尚有未及录者。其间要以温庭筠、韦庄、冯延巳及李煜为大宗。四家作品，后世尝有比较其优劣

异同。周济曰:

> 王嫱、西施,天下之美妇人也。严妆佳,淡妆亦佳,粗服乱头、不掩国色。飞卿严妆也,端己淡妆也,后主则粗服乱头矣。(《论词杂著》)

王国维曰:

> "画屏金鹧鸪",飞卿语也,其词品似之。"弦上黄莺语",端己语也,其词品亦似之。正中词品,若欲于其词句中求之,则"和泪试严妆",殆近之欤?

又曰:

> 温飞卿之词,句秀也;韦端己之词,骨秀也;李重光之词,神秀也。(《人间词话》)

严格而论,四家固不无微异之处,如韦尚清俊,而温、冯则较艳丽。后主晚年所作,独多亡国之音。然其缠绵清丽,不尚工巧,一以婉约为归,实具有同样作风也。此种作风,即花间派之特色。所谓花间派者,并非以《花间集》所载之作家为限,盖后主词载于《尊前集》,正中词则并《尊前集》亦未录之。然各家作风既同,则就广义言,自晚唐以迄宋初,不妨统称之为花间派也。

《花间》为最古之词总集,陈直斋《书录解题》谓为"后世倚声填词之祖"。《扪虱新话》九亦云:"唐末诗体卑陋,而小词最为奇绝。今人尽力追之,有不能及者。予故尝以唐《花间集》当为长短句之宗。"《花间集》为后世花间派之范本,自无疑义,然影响宋初词风最大者,尤推二主一冯。冯煦曰:"词至南唐,二主作于上,正中和于下,诣微造极,得未曾有。宋初诸家靡不祖述二主,宪章正中。"正中"思深词丽,韵逸调新"(陈世修《阳春录序》)。"虽不失五代风格,而堂庑特大,开有宋一代风气。"(《人间词话》)宋初词家代表如晏同叔、欧阳修,或得其俊,或得其深(刘熙载谓"晏同叔得其俊,欧阳永叔得其深"),要皆承其遗绪。于是花间派遂得活跃于宋初词坛,其特色约有三点。

1. 调多小令

词初无调,唐之乐府,五七言律绝诗而已。逮变为长短句而词调生,其初甚短,所谓小令是也。继乃有稍长之引近,其后则愈演愈长而为慢词矣。宋初承晚唐、五代遗风,规模《花间》,所用之调大都小令。六一词中如《凉州令》乃叠二词而成,当不能称之为慢。其《摸鱼儿》《御带花》可谓慢词,但《西清诗话》尚指《摸鱼儿慢》为刘煇伪作。《珠玉词》中稍长者,如《山亭柳》,实是引近。堪称慢词者,仅《拂霓裳》耳。小山晚出,仍袭其风，集中引近如《风入松》，慢词如《满庭芳》等，亦寥寥可数。其最长之《泛清波摘遍》，实与《六幺令》同系摘取大曲而变者，盖《泛清波》与《绿腰》，均见《宋史·乐志》。《泛清波摘遍》尚不类慢词，缘其前阕"催花雨小"至"尽有狂情斗春早"，与"秋千影里"至"暗惜光阴恨多少"，句律如一，而中间以"长安道"三字，似"暗惜光阴恨多少"句下，尚有平平仄三字一句也。至后阕"楚天渺"至"自悲清晓"，与"帝城杳"至"翠尊频倒"，亦复句律如一，颇疑此调如《小梅花》《烛影摇红》之类，本可分作两调（《梅花引》《忆故人》），叠合之遂成一长调，究非慢词也。（按此调别无他词可证，万树《词律》谓应分四段，说亦有理。引见本书二十章）

2．婉约秾丽

自来词有艳科之目，以为香泽绮罗，嘲风弄月，乃其正宗。诚以晚唐、五代以来，皆以婉约为贵。《旧唐书》称飞卿能"为侧艳之词"，《苕溪渔隐丛话》谓其"工于造语，极为绮靡"，《花庵词选》更赏其"词极流丽，宜为《花间集》之冠"。周济《论词杂著》曰："端己词清艳绝伦，初日芙蓉春月柳，令人想见风度。"正中词秀婉缠绵，尤丽于温、韦。其《贺圣朝》一阕，可谓极艳冶之致。后主初期作品，大都华丽温馨；亡国以后，始有回肠荡气之作，然婉约之风则一。宋初名臣每好为小词，如寇准之《江南春》、韩琦之《点绛唇》、范仲淹之《苏幕遮》、宋祁之《鹧鸪天》、钱惟演之《玉楼春》、司马光之《阮郎归》、陈尧佐之《踏莎行》,无一非芊绵温丽。其专精令词者,如欧阳修之艳丽清妙,几使后人不敢认系出自伊手,往往为之回护。如《书录解题》谓"公词多与《花间》及《阳春》相混,亦有鄙亵之语厕其间,当是仇人无名子所为"。《乐府雅词序》亦谓"小人或作艳语,谬为公词"。《西清诗话》更指明:"其浅近者,多谓是刘煇伪作。"是盖不明当时风尚原不以艳词为病。纵其"帷薄不修"纯系小人之诬陷,而其好为艳词,实难尽讳。虽集中不乏赝作混入,但亦不能强谓凡艳词皆非永叔所作也。晏氏父子,继声《花间》。《花间》之妙,三士禛称其"异纹细艳,非后人纂组所及"。然二晏之情调辞藻,固颇能神似,宜乎刘攽谓同叔所作"不减延巳乐府",陈振孙、毛晋皆称小山能"直逼《花间》"也。

3. 谐律能歌

词之发生,或谓导源于三百篇,或谓出于乐府,或谓变自唐代近体诗,并有以沈约之《六忆诗》为词之滥觞者。姑不论源流远近,其与音乐关系之深,实莫能否认。盖自五胡乱华以迄隋、唐统一,三百年间,因外国音乐之输入,使中国固有之音乐发生剧变。其结果遂促诗体革新而为词。《全唐诗》曰:

> 唐人乐府,元用律绝等诗,杂和声歌之。其并和声作实字,长短其句以就曲拍者,为填词。开元、天宝肇其端;元和、大和衍其流;大中、咸通以后,迄于南唐、二蜀,

尤家工户习，以尽其变。

是知当时之词皆能歌，且轻词而重声。宋初承五代之后，大乱既平，文事渐盛。虽新腔未出，而旧曲犹传。名臣硕彦，刻意倚声，皆能被之歌喉弦管。如晏同叔既招营妓，复纳歌姬。"急管繁弦""清歌妙舞"等句，每见词中，其"重头歌韵响琤[1]深，入破舞腰红乱旋"一联，刘攽特称其为"管弦家语"。乃李清照讥为"句读不葺之诗，又往往不协音律"。殆文人相轻之辞，未可取信。至小山所作，原欲补乐府之亡，每得一解，即以草授歌儿莲、鸿、蘋、云辈，持酒听之，为一笑乐，其集末自跋固明白言之矣。

（二）革新派

小词至宋初，盖已发展至登峰造极，"通行既久，染指遂多，自成习套。豪杰之士，亦难于其中自出新意，故遁而作他体以自解脱"（《人间词话》论一切文体所以始盛中衰之由）。于是有反花间派之词人张先、柳永、苏轼出。

自来论词者，均认为子野与耆卿近，而东坡则独树一帜，迥然不同。此种观察，殊嫌皮相。三家固同立于革新派旗帜之下，而气息相通者也。

张、柳并称，无待赘述。兹就世人以为极相反之苏、柳两

---

[1] 琤　据本书第十九章《〈珠玉词〉笺校记》所载，疑当作"铮"。

家,论其关系。《碧鸡漫志》曰:"今少年妄谓东坡移诗律作长短句,十有八九,不学柳耆卿,则学曹元宠,虽可笑,亦毋庸笑也。"盖当东坡少年时,柳词正倾倒一世,所谓"有井水处皆能歌之"。东坡受其影响,自意中事。故当时少年,皆公认东坡曾学耆卿,更证以东坡《与鲜于子骏书》云:"近颇作小词,虽无柳七郎风味,亦自成一家。"是知东坡虽笑少游学柳,而当与鲜于子骏书时,尚以无柳七郎风味为憾事。古今于东坡词,皆以豪放目之。但细按词集,真正豪放者仅《念奴娇》之《赤壁怀古》,《水调歌头》之《中秋》数阕而已。方之稼轩,相去盖远。故王国维曰:"东坡之词旷,稼轩之词豪。"若其令词中之《蝶恋花》《江城子》《浣溪沙》《菩萨蛮》《虞美人》《减字木兰花》,慢词中之《水龙吟》《雨中花》《永遇乐》《洞仙歌》《满庭芳》等,则大有柳七郎风味矣。王世贞更谓"枝上柳绵,恐屯田缘情绮靡,未必能过。孰谓东坡但解作'大江东去'耶"[1]。总之,三家均革新派之健者,特因时代稍有先后,运动遂亦各有所偏。兹列举其与花间派相异之点如下。

1. 始行慢词

关于慢词起源,古今聚讼。陈后主之《秋霁词》,万树《词律》已斥其于数百年前何以先知有此体。唐杜牧之《八六子》、钟辐之《卜算子慢》,证以二氏别无他词,即知其为伪托。后

---

[1] 此句出自清王士祯(原名王士禛)撰《花草蒙拾》,据《词话丛编·花草蒙拾》(P.680)考证,实为王士祯之语。

唐庄宗之《歌头》为五代时第一长词，亦不足征信，《词律》曾比之饩羊。盖衡以进展之序，慢词必兴于宋。虽不能谓始于耆卿，而至耆卿始盛，则信无疑义。李清照曰："始有柳屯田永者，变旧声，作新声，出《乐章集》，大得声称于世。"宋翔凤《乐府余论》亦曰："先于耆卿，如韩稚圭、范希文作小令，惟欧阳永叔间有长调。罗长源谓多杂入柳词，则未必欧作。余谓慢词当始于耆卿矣。"吴曾《能改斋漫录》言之尤详："按词自南唐以来，但有小令。其慢词起自仁宗朝，中原息兵，汴京繁庶，歌台舞席，竞赌新声。耆卿失意无聊，流连坊曲，遂尽收俚俗言语，编入词中，以便伎人传唱。一时动听，散布四方。其后东坡、少游、山谷辈，相继有作，慢词遂盛。"今考子野、耆卿遗集，慢词俱多，类皆自度新声，区分宫调。《安陆集》中如《山亭宴慢》《谢池春慢》《宴春台慢》《归朝欢》《卜算子慢》《喜朝天》《破阵乐》《倾杯》《少年游慢》《翦牡丹》《泛青苔》《劝金船》《碧牡丹》等，《乐章集》中，如《鹤冲天》《定风波》《卜算子》《女冠子》《抛毯乐》《鹊桥仙》《浪淘沙》《集贤宾》《望远行》《应天长》《洞仙歌》《长相思》《离别难》《玉蝴蝶》《临江仙》《瑞鹧鸪》《塞孤》等，类皆增衍同调之令而为慢。其他《戚氏》《夜半乐》《八声甘州》《竹马子》《安公子》《玉蝴蝶》《雨霖[1]铃》《望海潮》《水调》《倾杯乐》《木兰花慢》等，尤不

---

[1] 霖　底本误作"零"，据词牌名改。

胜数。故集中引令转居少数。其《轮台子》《凤归云》各有二首，字数相差甚多。《倾杯》一调，因宫调不同，竟致七首互异。盖耆卿洞晓音律，不肯墨守陈规。万树谓"柳集最讹，莫可订正"，陋矣！东坡继起，慢词亦多，除常见之调外，如《哨遍》《无愁可解》《醉翁操》《贺新凉》等，当其自度腔也。

2. 不避俚俗

此点亦革新派特色之一，尤以耆卿词中杂俚语最多。黄花庵曰："耆卿长于纤艳之词，然多近俚俗。"孙敦立云："耆卿词虽极工，然多杂以鄙语。"他如李清照"词语尘下"之论，盖均病其俚俗，不知此正耆卿之长也。花间派之雅词，转相蹈袭，以至宋初，已易穷迫落套。耆卿欲自铸新辞，故不惜尽收俚俗言语编入词中，使不落前人窠臼，且便于伎人传习，流播甚广。叶梦得谓："尝见一西夏归朝官云：'凡有井水处，即能歌柳词。'"(《避暑录话》)陈后山亦云："柳三变作新乐府，骫骳从俗，天下咏之。"(《后山诗话》)咸以其长于运用白话，易将情感溶[1]于景物中。虽寻常意境，亦能感人，不仅易于了解也。如其《昼夜乐》后半阕云：

一场寂寞凭谁诉？算前言，总轻负。早知恁地难拚，悔不当初留住。其奈风流端正外，更别有、系人心处。一

---

[1] 溶 底本作"镕"，据文意酌改。

日不思量,也攒眉千度。

又如《玉女摇仙佩》云:

飞琼伴侣,偶别珠宫,未返神仙行缀。取次梳妆,寻常言语,有得几多姝丽。拟把名花比,恐旁人笑我,谈何容易。细思算、奇葩艳卉,惟是深红浅白而已。争如这多情,占得人间千娇百媚。　　须信画堂绣阁,皓月清风,忍把光阴轻弃。自古及今,佳人才子,少得当年双美。且恁相偎倚。未消得,怜我多才多艺。愿奶奶、兰心蕙性,枕前言下,表余深意。为盟誓,从今断不负鸳被。

此等白话描写,如何真切。不独耆卿然也,东坡亦有之。如其《无愁可解》云:

光景百年,看便一世。生来不识愁味,问愁何处来,更开解个甚底? 万事从来风过耳,何用不著心里。你唤做、展却眉头,便是达者,也则恐未。　　此理本不通言,何曾道、欢游胜如名利。道即浑是错,不道如何即是。这里元无我与你。甚唤做、物情之外。若须待醉了,方开解时,问无酒怎生醉?

又其《满庭芳》云:

> 蜗角虚名,蝇头微利,算来著甚干忙。事皆前定,谁弱又谁强。且趁闲身未老,须放我、些子疏狂。百年里,浑教是醉,三万六千场。　　思量能几许,忧愁风雨,一半相妨。又何须抵死,说短论长。幸对清风皓月,苔茵展,云幕高张。江南好,千钟美酒,一曲《满庭芳》。

此类词在柳、苏集中甚多,无待赘举。惟子野词中则未曾见,盖子野介乎新、旧两派之间,尚不敢以常人不用之语言,写常人不屑道之事也。

3. 解放词体

衍令为慢,杂用俚语,皆词体形式上的解放,此耆卿等革新之初步也。迨东坡乃更进为内容上的解放,而词始极其变。兹择要述之:

苏轼前之词坛作风,竭力崇尚婉约,气骨不高。迨东坡独以洒脱旷达之气入词,而作风一变。惟历来均惑于"铁板铜琶唱大江东去"之说,以为苏词失之豪。故有"如教坊雷大使之[1]舞,虽极天下之工,要非本色"及"横放杰出,自是曲子缚不住者"种种评论。实则东坡之豪放,远逊于稼轩。陈廷焯《白

---

[1] 之　底本脱,据《历代诗话·后山诗话》(F.309)陈师道评苏轼词之语补。

雨斋词话》曰："苏、辛并称，然两人绝不相似。魄力之大，苏不如辛；气体之高，辛不逮苏远矣。"又曰："稼轩求胜于东坡，豪壮或过之，而逊其清超。"故与其谓苏为豪放，无宁谓苏为清旷也。东坡平生最景仰渊明，其襟怀之冲淡，作品之清高，亦复近似。张炎曰："东坡词清丽舒徐处，高出人表。"胡寅曰："眉山苏氏一洗绮罗香泽之态，摆脱绸缪宛转之度。使人登高望远，举首高歌，而逸怀浩气，超乎尘垢之外。"可谓深知东坡者矣。

东坡于词之辞句及涵意方面，亦有极大改革。花间派之小词，虽题底多有寄托，而表面不外风月绮语，男女艳情而已。至东坡词则无意不可入，无事不可言。如前录之《无愁可解》，乃反花日新越调《解愁》而说理也。《满庭芳》乃自写其闲适幽情也。其他戏谑调笑者有之，亲朋酬酢者有之，咏古抒怀者有之，纪游叙事者有之。且或以诗句入词，或以赋句入词，或以经句入词，甚至以文句入词。其《哨遍》云：

> 为米折腰，因酒弃家，口体交相累。归去来，谁不遣君归。觉从前皆非今是。露未晞，征夫指予归路，门前笑语喧童稚。嗟旧菊都荒，新松暗老，吾年今已如此。但小窗容膝，闭柴扉，策杖看孤云暮鸿飞。云出无心，鸟倦知还，本非有意。（后半阕略）

通篇隐括《归去来辞》，直如散文，不可谓非词之大解放也。

东坡词，后人多病其不协音律，以为东坡遂不知律，此实误解。今按其集中如上录之《哨遍》《无愁可解》及为营妓秀兰作以侑觞之《贺新凉》，补崔闲《琴曲》之《醉翁操》，叙《山海经》之《戚氏》，或系自度新腔，或系随声填写，歌竟篇就。试读小序，固多明言其词可歌也。惟以东坡为不知律，虽属大误；而其不肯迁就声律，亦难为讳言。陆游云：

> 世言东坡不能歌，故所作乐府多不协。晁以道谓绍圣初，与东坡别于汴上，东坡酒酣，自歌《古阳关》，则公非不能歌，但豪放不喜剪裁以就声律耳。

所谓"不喜剪裁以就声律"，亦东坡解放词体之一端。盖为完成文学内容，不能如张枢之易"琐窗深"为"琐窗幽"，终竟改为"琐窗明"也。

（三）融合派

反花间派发展达于极点，依文学自然的演变，遂不得不趋于融合。终北宋之世，以此派为最有势力，可以周邦彦代表之。

陈廷焯曰："词至美成，乃有大宗。前收苏、秦之终，后开姜、史之始。自有词人以来，不得不推为巨擘。后之为词，亦难出其范围。"近人如吴梅、王易亦皆以邦彦为能集北宋词之大成。所谓大宗及大成，意即谓其能融合前此各派也。故《四库总目提要》云："陈郁《藏一话腴》谓其以乐府独步，贵人、学士、市侩、妓女皆知其词为可爱，非溢美也。"

惟历来对于美成在宋词中的地位，颇有未能认识者，或以为美成不过承继柳永的作家，或以为美成空绝依傍，所谓前无古人，后无来者。即"大宗""大成"之说，亦言之而未能详也。兹特取前述两派比较，而论其关系焉。

1. 慢令俱工

北宋之花间派，作品多小令。例如晏、欧集中，词调未见以"犯"名者。首衍慢词之柳永，其《乐章集》中始有"尾犯""小镇西[1]犯"之名。《清真集》中则有"玲珑四犯""侧犯""倒犯""花犯"等。称慢者如《拜星月慢》《浪淘沙慢》《浣溪沙慢》《粉蝶儿慢》《长相思慢》，称引近者如《华胥引》《蕙兰芳引》《荔枝香近》《隔浦莲近》《红林檎近》。其《瑞龙吟》（万红友《词律》谓应分四段，《花庵词选》谓应分三段。今以杀声考之，万说误）、《兰陵王》《西河》皆三叠，实与耆卿之《夜半乐》《十二时》《戚氏》相埒。盖邦彦受柳永之影响甚大，昔人多目周为柳之继承者，正以其亦致力于慢词之创造也。张玉田曰："迄于崇宁，立大晟府，命周美成诸人讨论古音，审定古调。沦落之后，少得存者。由此八十四调之声稍传，而美成诸人又

---

[1] 西　底本误作"四"，据《乐章集校注》（P.199）改。

复增演慢曲、引、近，或移宫换羽。为三犯、四犯之曲，按月律为之，其曲遂繁。"（《词源》）陈直斋又曰："美成长词，尤善铺叙，富丽精工。"惟其长于铺叙，故能工慢词，于是"抚写物态，曲尽其妙"（强焕题周美成词）。"言情体物，穷极工巧。"（《人间词话》）其慢词之佳者甚多，尤以《兰陵王》《六丑》诸阕为最著。陈亦峰曰：

> 美成词极其感慨而无处不郁，令人不能遽窥其旨，如《兰陵王》云："登临望故国，谁识京华倦客。"二语是一篇之主，上有"隋堤上，曾见几番，拂水飘绵送行色"之句，暗伏"倦客"之根，是其法密处。故下接云："长亭路，年去岁来，应折柔条过千尺。"久客淹留之感，和盘托出，他手至此，以下便直抒愤懑矣。美成则不然，"闲寻旧踪迹"二[1]叠，无一语不吞吐。只就眼前景物约略点缀，更不写淹留之故，却无处非淹留之苦。直至收笔云："沉思前事，似梦里，泪暗滴。"遥遥挽合，妙在才欲说破，便自咽住，其味正自无穷。《六丑·蔷薇谢后作》云："为问家何在？"上文有"怅客里光阴虚掷"之句。此处点醒题旨，既突兀，又绵密，妙只五字束住。下文反复缠绵，更不纠缠一笔，却满纸是羁愁抑郁。且有许多不敢说处，言中有物，吞吐

---

[1] 二　底本误作"一"，据《词话丛编·白雨斋词话》（P.3787）改。

尽致。大致美成词一篇皆有一篇之旨，寻得其旨，不难迎刃而解，否则病其繁碎重复，何足以知清真也。

陈氏此论，直以为词中之极则矣。

邦彦不仅擅长慢词，亦颇工于引令。《乐章集》中几全部为长调，而《清真集》中则令词亦不少。"美成小令，以警动胜。视飞卿色泽稍淡，意态却浓。温、韦之外，别有独至处。"（《白雨斋词话》）如其《浣溪沙·咏夏景》云："翠葆参差竹径成，新荷跳雨泪珠倾，曲栏斜转小池亭。　　风约帘衣归燕急，水摇扇影戏鱼惊，柳梢残日弄微晴。"寥寥数语，意境幽绝。又如《少年游》后阕云："低声问向谁行宿，城上已三更，马滑霜浓，不如休去，直是少人行。"温柔闲丽，俗不伤雅。且出语浑成，毫无雕琢痕迹。此外如《蝶恋花》"鱼尾霞生明远树"之遒劲，《南乡子》"寒夜梦初醒"之凄清，实皆令词上品。陈廷焯氏尤称许其《玉楼春》《菩萨蛮》两阕。谓美成词有似拙实工者，如《玉楼春》结句云："人如风后入江云，情似雨余黏地絮。"上言人不能留，下言情不得已。故作两譬，别饶姿态，却不病其板，不病其纤。《菩萨蛮》上半阕云："何处是归舟，夕阳江上楼。"思慕之极，故哀怨之深。下半阕云："深院卷帘看，应怜江上寒。"哀怨之深，亦忠爱之至，似此不必学温、韦，已与温、韦一鼻孔出气矣。

又其《苏幕遮》上阕云："燎沉香，消溽暑。鸟雀呼晴，侵晓窥檐语。叶上初阳干宿雨，水面清圆，一一风荷举。"王国维氏于美成之《解语花》"桂华流瓦"句尚有讥议，独取此首，谓："美成《青玉案》词（按《人间词话》作《青玉案》误）'叶上初阳干宿雨，水面清圆，一一风荷举'。此真能得荷之神理者。觉白石《念奴娇》《惜红衣》二词犹有隔雾看花之恨。"可谓知言矣。

2. 融诗以律

革新派如苏轼往往以诗入词，不喜剪裁以就声律，前既言之。至美成则一面融诗入词，一面力求谐律，盖欲取两派之长而融合之也。

"以诗入词"与"融诗入词"原似有"创造"与"抄袭"之别。刘潜夫曰："美成颇偷古句。"王国维谓美成"不失为第一流之作者，但恨创调之才多，创意之才少"，殆亦指此欤？惟按之实际，则宋代词人大都不免"偷古句"之病，惟美成长于隐括，取材适当，运用自然。读者亦有不嫌其陈腐，转以善融诗句誉之者。张炎曰美成词浑厚，"善于融化诗句"。《四库总目提要》曰："其词多用唐人诗句隐括入调，浑然天成。"清郑文焯《清真词校后录要》亦云："词原于比兴，体贵清空，奚取典博？美成词切情附物，风力奇高。玉田谓其取字'皆从唐之温、李及长吉诗中来'一语，思过半矣……如清真词《西河·金陵怀古》'伤心东望淮水'，此数语实隐括刘梦得《金陵五题》咏石头城诗句，融会分明。"今按《清真集》中，融会诗句若《西河》者，盖不胜枚举。如《拜星月慢》换头之"画图中旧识春风面"，较杜甫诗"画图省识春风面"仅增一字易一字，自难免缀拾前人陈言之嫌。然如其《满庭芳》之"雨肥梅子"，亦似用杜诗"红绽雨肥梅"，则不见因袭痕迹矣。

邦彦之融诗入词，似受苏轼影响，而又求合律，则犹有花间派遗意。革新派如柳永亦重视音律者，惟因其流连坊曲，所作类皆自悦之乐，故调多参差。邦彦曾为乐府之官，故律尤精密。考邦彦对于音乐，造诣颇深，《西湖游览志》称其"以顾曲名堂"，可想见其以此自豪矣。《宋史·文苑传》曰："邦彦好音乐，能自度曲，制长短句，词韵清蔚传于世。"《四库总目提要》曰："邦彦本通音律，下字用韵皆有法度。"故徽宗置大晟府，而以邦彦提举其事，网罗名家，一时如晁端礼之为协律郎，万俟雅言、田为等之为制撰官，相与讨论古音，审定古调。又复从事创作，声律词调，颇多翻新。邦彦每制一词，名流辄为赓和。方千里、杨泽民各和清真全词为一卷。陈允平又有《西麓继周集》。各家和词与周词四声绝少出入，甚至清浊阴阳，无不合者。一步一趋，不敢稍失，直奉之为准绳矣。

3. 能雅能俗

花间派之词主"雅"，宋初词人犹保守此风。小山虽较晚出，以其为花间派承继者，仍不肯作俚语词。及至反花间派健将柳永、黄庭坚辈乃尽收俚语入词，雅词几不甚作。邦彦为融合派，故冶雅俗一炉。寻常每目为雅词作家之代表，误也。

今按《清真集》中之俗词如：

> 佳约人未知，背地伊先变。恶会称停事，看深浅。如今信我，委的论长远。好彩无可怨，洎合教伊，因些事后分散。　密意都休，待说先肠断。此恨除非是，天相念。坚心更守，未死终相见。多少闲磨难，到得其时，知他做甚头眼。(《归去难》)

> 几日来，真个醉。不知道窗外，乱红已深半指，花影被风摇碎。拥春醒乍起。　有个人人，生得济楚，来向耳畔，问道今朝醒未。情性儿，慢腾腾地，恼得人又醉。(《红窗迥》)

类似上举之词，尚有《大有》(仙骨清羸)、《万里春》(千红万翠)、《浣溪沙慢》(水竹旧院落)等。其余间用俚语之词，如《满路花》之"着甚情惊，但你忘了人呵"，《看花回》之"因个甚，抵死嗔人"，《迎春乐》之"醒醒个元些酒"等，实俯拾即是，尤以小令为多白描句也。至其雅词，兹录集中次第一首者为例：

> 章台路，还见褪粉梅梢，试花桃树。愔愔坊陌人家，定巢燕子，归来旧处。　黯凝伫，因念个人痴小，乍窥门户。侵晨浅约宫黄，障风映袖，盈盈笑语。　前度刘郎重到，访邻寻里，同时歌舞。唯有旧家秋娘，声价如故。

> 吟笺赋笔，犹记燕台句。知谁伴、名园露饮，东城闲步。
> 事与孤鸿去，探春尽是伤离意绪。官柳低金缕。归骑晚，
> 纤纤池塘飞雨。断肠院落，一帘风絮。(《瑞龙吟》)

细玩此词，颇似宦游回京，重访李师师之作。而隶事妙巧，含蓄不露，不愧称为雅词。至"因念个人痴小"句，颇似白话，又其融合雅俗之一证。

要之，邦彦词能雅能俗，其雅词当最为贵人、学士所爱，故沈伯时曰："凡作词当以清真为主，盖清真最为知音，且无一点市井气。"然《藏一话腴》云："贵人、学士、市侩、妓女皆知美成词为可爱。"夫市侩、妓女所爱者，恐非为其"雅"，正爱其有市井气耳。

4．亦丽亦清

《宋史·文苑传》云：美成疏隽少检，不为州里推重。宋人小说，纪其逸事甚多。盖邦彦亦如小山、耆卿等之风流不羁，故所作艳丽之词颇不少。其与二晏作风近似者，如：

> 楼上晴天碧四垂，楼前芳草接天涯，劝君莫上最高梯。新笋已成堂下竹，落花都上燕巢泥，忍听林表杜鹃啼。(《浣溪沙》)

> 薄薄纱橱望似空，簟纹如水浸芙蓉，起来娇眼未惺忪。强整罗衣抬皓腕，更将纨扇掩酥胸，羞郎何事面

微红。(《浣溪沙》)

至若"一笑相逢蓬海路,人间风月如尘土"(《蝶恋花》),"今宵灯尽酒醒时,可惜朱颜成皓首"(《木兰花令》),"砑绫小字夜来封,斜倚曲栏凝睇数归鸿"(《虞美人》),"应是采莲闲伴侣,相寻。收取莲心与旧人"(《南乡子》),"帘烘楼迥月宜人,酒暖香融春有味"(《玉楼春》)诸句,杂之二晏词中,真不易辨认矣。

柳永艳词,如《玉女摇仙佩》《殢人娇》《锦堂春》等,世多病其狎媟。而邦彦则有过之无不及。盖柳之"待伊要尤云殢雨,缠绣衾不与同欢,尽更深款款问伊,今后更敢无端"(《锦堂春》),仅能与周之"不是寒宵短,日上三竿,殢人犹要同卧"(《满路花》)相似,尚未能与其《青玉案》比也。词云:

> 良夜灯光簇如豆,占好事今宵有。酒罢歌阑人散后,琵琶轻放,语声低颤,灭烛来相就。　玉体偎人情何厚,轻惜轻怜转唧嗾。雨散云收眉儿皱,只愁彰露,那人知后,把我来僝僽。

又其《花心动》云:

> 帘卷青楼,东风满,杨花乱飘晴昼。兰袂褪香,罗帐

裹红，绣枕旋移相就。海棠花谢春融暖，偎人恁娇波频溜。象床稳，鸳衾谩展，浪翻红绉。　一夜情浓似酒，香汗渍鲛绡，几番微透。鸾困凤慵，娅姹双眼，画也画应难就。问伊可煞于人厚。梅萼露，胭脂檀口。从此后，纤腰为郎管瘦。

以上皆艳腻过于柳词者。其他如《玉团儿》云："炉烟淡淡云屏曲，睡半醒，生香透肉。赖得相逢，若还虚过，生世不足。"亦不让柳词之冶艳也。

邦彦不仅工艳词，其作风之清旷者，且与苏轼相伯仲。苏词如《念奴娇·赤壁怀古》及《水调歌头·中秋》等，皆昔人认为豪放者，然苏词此类究属少数，且非真正豪放者。故余述革新派时，曾论读苏词应取其清旷。今录周词之清者一例于下：

佳丽地，南朝盛事谁记。山围故国绕清江，髻鬟对起。怒涛寂寞打孤城，风樯遥度天际。　断崖树犹倒倚，莫愁艇子曾系。空遗旧迹郁苍苍，雾沉半垒。夜深月过女墙来，伤心东望淮水。　酒旗戏鼓甚处市，想依稀王谢邻里，燕子不知何世，入寻常巷陌人家，相对如说兴亡，斜阳里。(《西河·金陵》)

此外如《浪淘沙慢》(万叶战秋声露结)等词，其清劲处亦不减东坡乐府。《清真集》中艳词以外，皆此类也。邦彦之词既清丽参半，故古今论者，或取其艳，如《词苑丛谈》云："周清真虽未高出，大致匀净，有柳欹花嚲之致，沁人肌骨。视淮海不徒娣姒而已。"彭羡门亦曰："美成词如十三女子，玉艳珠鲜，未可以软媚而少之。"陈廷焯又曰："美成艳词如《少年游》《点绛唇》《意难忘》《望江南》等篇，别有一种姿态，句句洒脱，香奁泛话，吐弃殆尽。"至如《宋史·文苑传》谓邦彦"词韵清蔚传于世"。郑文焯曰："词原于比兴，体贵清空……美成词切情附物，风力奇高。"盖皆取其清也。

总之，北宋末之词坛，邦彦一派，实最有势力。"梦窗《黄花慢》词叙云：吴江夜泊惜别，邦人赵簿携妓侑尊，连歌数阕，皆清真词。毛开《樵隐笔录》云：绍兴初，都下盛行清真咏柳《兰陵王慢》，西楼南瓦皆歌之。玉田词叙亦两记杭伎沈梅娇、吴伎车秀卿辈'歌美成曲，得其音旨'。强焕叙言，式燕嘉宾，歌者果以公之词为首唱。"(郑文焯《清真集跋》)综观各家所载，则其流传之广可知。周济曰："美成思力，独绝千古。如颜平原书，虽未臻两晋，而唐初之法至此大备，后有作者，莫能出其范围矣。"斯言固稍嫌过誉，然以其能融合既往，自成一派。《藏一话腴》所谓"二百年来以乐府独步"，则信非溢美也。

第三章
二晏在词坛上的地位

> 导宋词的先路 —— 造艳词之极则 —— 与李氏、葛氏父子的比较

北宋词坛之分合,约如前章所述三期。其间演变之迹既明,则二晏之地位已不难概见。兹更列举数点,略述梗概。

一、导宋词的先路

自来一时代文艺之产生与成功,绝非突然如此,必根据历史的背景而演进。其泉源先导,类皆可寻,如司马相如之于汉赋,四杰之于唐诗。涓涓卒成江河,其功正未可没。研究宋词者,自亦不能不注意于晏同叔也。

夫唐人之词,多兴到之作,实非专诣。温、韦崛起,此风始盛。其后二主一冯,尤称翘楚。然五代与宋之交,数十年中,词坛沉寂。除十国遗留之老词人外,真正宋人如寇准、潘阆等

虽均善词，而作品寥寥。自晏殊出，始致全力于词，词坛乃复有生气。惟世人往往病其生于宋，死于宋，而作风竟莫能出五代范围；无论在形体及描写方面，皆仍《花间》旧体。余以为五代小词虽盛，然因社会纷扰，时代短促，令词并未能尽量发展，实有待于继续创造。故自同叔等承五代遗绪，天下景从，而小词乃发达臻于登峰造极。文学上自然的演变，遂衍而为慢词，铺张排比，音节纡徐，且不偏于婉约，形式内容均与晏氏所作相去甚远。然不经晏氏之承先启后，绝非一朝一夕可骤几此境已。故冯煦《六十一家词选·例言》曰："晏同叔去五代未远，馨烈所扇，得之最先。故左宫右徵，和婉而明丽，为北宋倚声初祖。"譬之椎轮积水，则宋词之盛，晏氏固有其先导之功焉。

二、造艳词之极则

同叔既导宋词之先路，小山继之，在形体上仍保持父风，所作类皆小令。于内容则其秾艳之处，不仅超越乃父，即《花间》亦罕能与比也。

自来目词为艳科，宋词人无不作艳词者。朱熹诗如道德论，而作词亦复描写艳情。惟宋人虽作艳词而讳言艳词，如《珠玉集》中颇多言情之作，而小山语人以"先君生平未尝作妇人语"，羞子为父隐耳。宋词之最冶艳者莫耆卿、清真诸家若，前曾略举数例，惟究非艳词上乘。《人间词话》云："词之雅郑，在神不在貌，永叔、少游虽作艳语，终有品格。方之美成，便有淑女与倡伎之别。"亦不满于美成之作也。

夫所谓艳词，并非以能多作淫词亵语为尽能事。纵穷极工巧，亦仅能目为淫词而已。淫词而能真，固亦不足为病。王国维曰："'昔为娼家女，今为荡子妇，荡子行不归，空床难独守。''何不策高足，先据要路津，无为久贫贱，轗轲长苦辛。'可谓淫鄙之尤，然无视为淫词、鄙词者，以其真也。五代、北宋之大词人亦然。非无淫词，读之但觉其亲切动人；非无鄙词，但觉其精力弥满。可知淫词与鄙词之病，非淫与鄙之病，而游词之病也。"小山工于言情而能真，又无游词之失。故陈廷焯氏虽嫌其"不免思涉于邪，有失风人之旨"，然不能不承认其"措词婉妙，一时独步"。又云："小山词如'去年春恨却来时，落花人独立，微雨燕双飞'。又'当时明月在，曾照彩云归'。既闲婉，又沉着，当时更无敌手。又'明年应赋送君诗，细从今夜数，相会几多时'，浅处皆深。又'晓霜红叶舞归程，客情今古道，秋梦短长亭'。又'少陵诗思旧才名，云鸿相约处，烟雾九重城'，亦复情词并胜。又'从别后，忆相逢，几回魂梦与君同，今宵剩把银釭照，犹恐相逢是梦中'，曲折深婉自有艳词，更不得不让伊独步。视永叔之'笑问双鸳鸯字怎生书''倚阑无语更兜鞋'等句，雅俗判然矣。""自有艳词，更不得不让伊独步"，可谓定评。王国维曰："大家之作，其言情也必沁人心脾。"小山之作庶乎近之。

三、与李氏、葛氏父子的比较

自来父子以填词名家者,前于晏氏惟南唐二主,后于晏氏惟葛胜仲与其子立方。然葛氏父子视晏氏父子固大有逊色,立方之《归愚词》尤不能与《小山词》比拟。《四库总目提要》曰:"其词多平实铺叙,少清新婉转之思。"即《丹阳词》亦未必能与《珠玉词》相埒。宜乎毛晋谓"晏氏父子俱足追配李氏父子"。冯煦叹为知言,并斥《丹阳》《归愚》之相承为不足数也。

第四章
二晏的故乡和家世

山水明秀的临川 —— 晏氏世系

一、山水明秀的临川

《宋史》本传曰："晏殊字同叔，抚州临川人。"《神道碑》曰："自其高祖讳墉，唐咸通中举进士，卒官江西，始著籍于高安……曾祖讳延昌，又徙其籍于临川。"考临川，宋属抚州，即今江西临川县也。地广多山水，灵谷、芙蓉之秀，甲于东南；汝、临、梦港诸流，清沧浩瀚。文人如王羲之、谢灵运等，均曾为临川内史。灵运好游览，其官临川，游放不异在永嘉时。铜陵、石磴、灵谷、墨池，皆其遗迹。谢有《华子冈麻源第三谷》诗云："南州实炎德，桂树凌寒山。铜陵映碧涧，石磴泻红泉。既枉隐沦客，亦栖肥遁贤。险径无测度，天路非陌阡。遂登群峰首，邈若升云烟。羽人绝仿佛，丹邱徒空筌。图牒复磨灭，碑版谁问传。莫辨百世后，安知千载前。且申独往意，乘月弄潺湲。

但充俄顷用,岂为古今然。"读此诗,山水之胜,可以想见。

临川民俗"风流儒雅……乐读书而好文辞"(《谢逸文集序》),"名儒巨公,彬彬辈出。故家遗俗,皆知尚气节,畏清议"(《黄勉斋集》)。政治家如王安石,词曲家如汤若士,俱临川人,其他历代名人,不胜枚举。

晏氏始迁临川故宅,在县北白鳝潭,去城约百里。《临川县志》云:"元献曾祖自高安迁居临川,垂没,谓子郜曰:'我死葬于床下。'郜徙家而葬焉。掘地得白鳝三,而其一死。以其二投水中。郜子固,固生三子,元献与弟颖举神童入秘阁而颖夭。"以上颇类神话,然明黎近《过白鳝潭有怀晏丞相》诗云:"七岁能文间世无,龙潭旧宅未荒芜。"则晏氏祖居白鳝潭,自属可信。

自同叔以神童荐后,即服官朝廷,虽丁父母忧亦未许终制。其后当即移居京师。《西清诗话》云:"红梅清艳两绝,昔独盛于姑苏。晏元献始移植西冈第中,特称赏之。"是知晏之新宅,在开封西冈。(按《能改斋漫录》十一又云:"元献晏公为丞相时,作新第于城南。")同叔有《忆临川旧游》诗云:

> 仲子幽居杳(胡本作"杳",从劳本改)蔼间,回环十亩尽萩峦。游鱼倒溯[1]清泉急,乳雉惊飞夕照(劳本作

---

[1] 溯 底本误作"沂",据《全宋诗》(P.1963)改。

"烧")干。系马短亭乘草茁,携壶芳榭(胡本原作"谢",从劳改)值梅酸。浮生莫道今如昨[1],曷月朋(胡作"明",从劳改)簪急此欢。(见胡辑《元献遗文》)

读此诗知同叔虽身居京师,而故乡山水犹时时萦怀也。

二、晏氏世系

《神道碑铭》曰:"有姜之裔,齐为晏氏,齐在春秋,晏显诸侯。传载桓子,婴称于邱。其后无闻,不亡仅存。"又曰:"其世次、晦显、徙迁不常,自其高祖讳墉,唐咸通中举进士,卒官江西,始著籍于高安。其后三世不显。曾祖讳延昌,又徙其籍于临川。祖讳郜,追封英国公。考讳固,追封秦国公。自曾祖已下,皆用公贵,累赠开府仪同三司、太师、中书令兼尚书令。曾祖妣张氏,陈国夫人;祖妣傅氏,许国太夫人;妣吴氏,唐(一作越)国太夫人。"

《临川县志》载:"晏延昌……殊曾祖,原封太师,康定元年追赠中书令兼尚书,余如故。晏郜,殊祖,原封太师,康定元年追赠中书令兼尚书,余如故。晏固,殊父,康定元年追赠金紫光禄大夫、太师、中书令兼尚书令、开府仪同三司、秦

---

[1] 今如昨 底本误作"如今昨",据《全宋诗》(P.1963)改。

国公。"

《五朝名臣言行录》云:"晏殊,元献公,字同叔,抚州人……公父本抚州手力节级。"

以上惟《名臣言行录》未及其父名字,《神道碑》及《临川县志》除封诰略异外,其各代名讳悉同。惟明郭子章《豫章诗话》(见《豫章丛书》)则云:"晏殊……祖墉,官江西,居筠。父延昌,徙临川。"郭书多误,盖不足据。

同叔兄弟三人(据《临川县志》 引见本章前节)弟名颖,《道山清话》云:"晏临淄,临川人,其未生时,有仙人曹八百见其父固,谓之曰:'上界有真人当降汝家。'自是其家日贫。临淄公既显,其季弟颖自幼亦如临淄公警悟。章圣闻其名,召入禁中,因令作《宫沼瑞莲赋》,大见欣赏,赐出身,授奉礼郎。颖闻之,走入书室中,反关不出。其家人辈连呼不应,乃破壁而入,则已蜕去。案上有纸,大书小诗二首。一云:'兄也错到底,犹夸浮相才。世缘何日了,了却早归来。'一云:'江外三千里,人间十八年。此行谁复见,一鹤上辽天。'其年十八岁也。章圣御篆'神仙晏颖'四字赐其家。"查《抚州府志》及《临川县志》俱载此事,大意略同。荒诞似未可信,然同叔当有季弟名颖者早卒,因《志》中屡见其名。《选举》《人物》又载其于景德初以童子召试,与兄殊留秘阁,赐出身也。

其他一兄弟已属费考,同叔家书今犹存两篇,一见《能改斋漫录》,略云:

> 殊再拜：庄客至，知大事礼毕，日月迅速，哀痛无极，奈何！奈何……殊家下仆使等，直至两日内破一顿猪肉，此持久之术……殊一生不曾干求，况今虽经位极人臣，更何颜求觅……此外希顺变善居！不备。弟殊载拜十一哥赞善，十一嫂县君座前。十二日。

此书未及其兄之名，考《临川县志》载有宋真宗除晏融殿中丞敕，于题下注云："元献兄，字华叔。"又其敕云：

> 具官晏融：三陛御史，是为耳目之官；一台纪纲，实系朝廷之治。矧兹言责之任，以纠官邪为功。宜得俊髦，克膺高选。以尔气节刚毅，趋操端方；学术通于古今，议论极其坚正。擢自赞善，往副台端。尔其执宪度于殿中，达视听于天下。使玩令者惩殄而加肃，犯义者愧悔而知非。副朕以期，为尔称职。可依前赞善大夫加殿中丞。

据此则晏融与殊所称之十一哥皆赞善大夫，颇易混为一人。但融字与殊同一"叔"字，极似兄弟，而与十一哥家书中则有"殊家"一语，显已别立门户。且自称"一生不曾干求"，又谓"位极人臣"，知是书必作于入相之后，其时十一哥方遭丧，大事甫毕，故书首曰"哀痛无极"而末云"希顺变善居"。依此推测，当同叔之从兄也。胡辑《元献遗文》中另有《答中丞兄书》云：

殊再拜三哥廷评三嫂座前：领手书，深喜王事外万福安宁。此中婆婆新妇等如常。冒物甚多，倍烦神明，骨肉不必如此！四郎思晦下三孩儿贻矩、宗愿，知已取在彼，令读书否……（中言教训子弟宜令学诗，学礼，亲近老宿有德，远轻薄之徒）……二娘子已商量与应茂才异等秀才富弼为亲，极有行止文艺。三郎一面为问觅新妇，婚姻事逼，日日婴心也。

此书作于与富弼议婚时，约在天圣王年，书中絮絮述教儿女及婚姻事，绌玩辞意，所谓中丞兄，殆即华叔。但前称三哥三嫂，后称己妻为二娘子，仍嫌费解。兹姑从《临川志》以融为同叔之兄。又《神道碑》云"事寡姊孝谨"，知同叔尚有姊，未详所适。惟据王铚《默记》，同叔有甥杨文仲，则其姊或适杨氏。惟《挥麈前录》又载同叔有甥曰李定巳。

同叔凡三娶，子八。《神道碑》云："公初娶李氏，工部侍郎虚己之女。次孟氏，屯田员外郎虚舟之女，封巨鹿郡夫人。次王氏，王太师尚书令超之女，封荣国夫人。子八人，长居厚，大理评事，早卒。次承裕（一作成裕），尚书屯田员外郎。宣礼，赞善大夫。崇让，著作佐郎。明远、祗德皆大理评事（按明远曾为秘书省交书郎，见年谱景祐元年）。几道、传正，皆太常寺太祝。女六人，长适户部侍郎同中书门下平章事富弼，次适礼部侍郎三司使杨察，其四尚幼。孙十有二人（一作三）人。"

又同叔卒后，仁宗以其子承裕为崇文院检讨，孙及甥之未官者九人，皆命以官，亦见《神道碑》。

按《宋史》本传云："子知止为朝请大夫。"而《神道碑》所述之八子中，并无名知止者。考《临川县志·选举》晏崇让以皇祐元年己丑冯京榜中进士，于名下注云："殊子，改名知崇，朝请大夫。"疑《宋史》所称者即崇让，后曾改名，惟"止""崇"二字互异，王铚《默记》亦作"知止"，疑《临川县志》误也。知止后为吴郡太守，见本书章八元丰元年谱。

同叔婿除富弼、杨察外，《豫章诗话》又载其另一婿为冯京。原文云："冯京，式之子也，既登第第一，初娶富弼女，再娶晏殊女，故曰'两娶相国女，三魁天下儒'。京后亦执政。晏元献又一女适富弼，则范文正所举者，此翁婿俱相也。"考《宋史·冯京传》写其初及第时，张尧佐强妻以女及京逃婚事，颇堪发噱。后以避妇父富弼嫌曾改官，未言娶同叔女事。更考苏轼《富郑公神道碑》云："公之配曰周国夫人晏氏，后公四年卒……女四人。长适保宁军节度使北京留守冯京，卒，又以其次继室，封安国郡夫人。"所谓两娶相国女者，盖指两娶富相国之女，而《豫章诗话》误也。

同叔有孙曰溥，字慧开，叔原之子，豪隽不羁，好古文，邃于籀学，作《晏氏鼎彝谱》一卷。靖康初，官河北，金人犯顺，散家财募兵扞贼，与妻赵氏戎服率义士力战死。（见《宋史翼》三十引《籀史》。按《宋诗纪事[1]》二十五亦称溥为叔原子)又二孙曰孝广、孝纯。孝广为邓州南阳县尉,女小字师姐,年十五,从叔孝纯官于广陵。建炎三年陷于虏,系以北去,每欲侵凌之,辄掷身于地,僵仆气绝,或自经,或投于井,皆救而获免。其主母爱之,抚育如己出,虏中争传夸焉。见费衮《梁溪漫志》(萧智汉《历代名贤列女姓氏谱》谓晏氏为殊曾孙孝广之女,萧书晚出,疑误)。曾孙敦复,《宋史》有传。敦复字景初,少学于程颐,颐奇之,秦桧主和议,敦复廷争甚力。桧使谓曰:"公能曲从,两府地旦夕可至。"敦复曰:"吾终不为身计误国家,吾姜桂之性,老而愈辣,请勿言!"高宗尝谓之曰:"卿鲠峭敢言,可谓无忝尔祖矣。"明黎近《过白鳝潭有怀晏丞相》诗结句云:"独留姜桂遗孙子,万古犹称烈丈夫。"盖即指敦复也。另有曾孙名袤,曾为同叔《类要》补阙并进之于朝(见《四库存目类要提要》)。玄孙大正作《年谱》一卷(见《直斋书录解题》)。又萧智汉《姓氏谱》载同叔有侄曰防,字宗武,曾官崇仁主簿,转万载丞。宽厚好学,著有《侯门集》十卷,《俱眠集》一卷(《临川志·宦业》所载略同),不知是否融之子也。

萧书又云:"(晏防)……侄中,从侄孙升卿、朋,曾孙敦复、敦临、肃、大止,曾侄孙绍休皆进士及第。"查《临川县

---

[1] 事　底本误作"诗",据该著书名改。

志·选举志》所载略异，中为殊侄孙，升卿及朋皆从孙，绍休、敦复皆曾孙，敦临及肃乃敦复弟，大正为五世孙。萧书"大止"疑即"大正"之讹也。兹据《临川志》采入本书年谱，以纪有及第年榜，较为可信。惟《临川志·人物志》于"列女"载："（烈女）晏氏丞相殊曾孙女，父孝广。"于"忠义"则载"晏孝广，殊曾孙"前后似不符合。岂"殊曾孙女"一语作"殊曾孙之女"解欤？然《梁溪漫志》言"晏元献四世孙女，其父孝广"，亦无"之"字，故仍以孝广为同叔孙。孝广祀临川忠义祠，县志《人物志·忠义》有小传，谓孝广留次子浩宁家，携长子湲为扬州尉。建炎三年与金人战死（详本书章八政和七年谱），此与《漫志》谓孝纯官广陵不合（萧著《氏姓谱》亦谓孝广为扬州尉，惟建炎误作炎兴）。又载"孝广殉难，女年十五，统帅欲娶之，女自刎死。李易为作传，赞曰：'父死于忠，女死于烈；忠孝一门，光我简牒。'（见《人物志·列女》）"是孝广女终死于难，亦《漫志》及《氏姓谱》所未述及。又《赵清献公（抃）全集》三，载至和间《乞追摄晏思晦勘断奏状》，中有思晦、垂庆等名，皆同叔三哥子也。

第四章 二晏的故乡和家世

综结上文，制为下表：

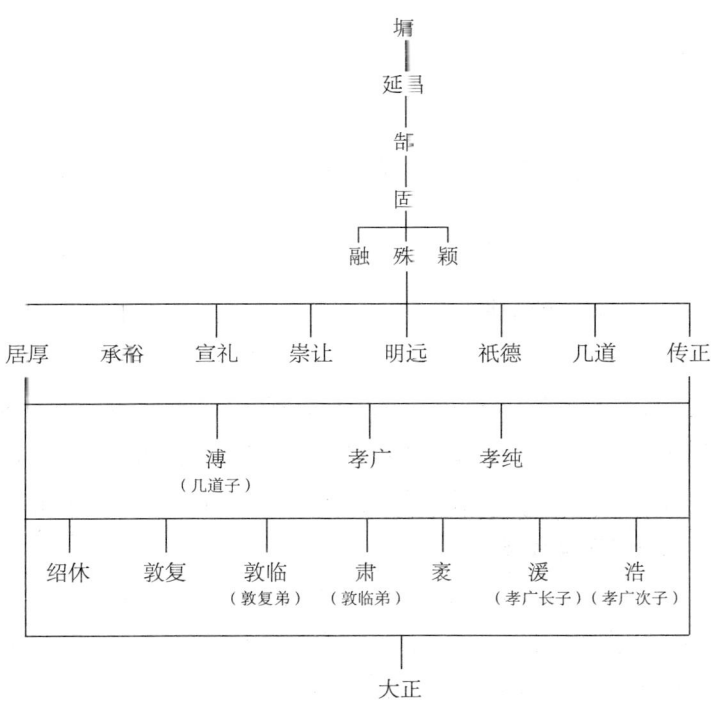

第五章
二晏的个性

同叔的个性 — 小山的个性

一、同叔的个性

文学家受周围条件之支配而形成其特性，**特性更**影响于其作品。故研究一文学家，必先注意其个性也。同叔家书仅自称"殊从来多介僻"，实则其特点有五，兹参考各书，分述如下。

（一）刚简真诚

临川民秀而能文，刚而不屈。（见《临川县志》黄勉斋《谕俗》）生于此种社会之同叔，故亦有同样的秉赋。《宋史》曰："殊性刚简……累典州吏，民颇畏其悁急。"《神道碑》亦曰："公为人刚简，遇人必以诚。"考同叔于天圣中曾上书论张耆不可为枢密使，忤太后旨。从幸玉清昭应宫，从者持笏后至，殊怒，以笏撞之折齿。盗入其第，执而榜之。既委顿，以送官，扶至门即死。（《五朝名臣言行录》）击仆而折其齿，执盗而私榜以毙，固嫌悁急太甚。然正直敢言，不畏忤旨，则其长也。《神道碑》曰："其为政敏，而务以简便其民。其于家严，子弟之见有时……未尝为子弟求恩泽。其在陈州，上问宰相曰：'晏某居外，未尝有所请，其亦有所欲耶？'宰相以告，公自为表问起居而已。"故其家书曰："殊一生不曾干求。"又《潘子真诗话》记欧阳修以书谢同叔，同叔得书，即于书尾作数语授掌记誊本答之，甚灭裂。坐客怪而问焉，晏徐曰："作答知举时一门生也。"意终不平。《画墁录》亦载张先议事府中，再三未答，同叔作色搊楚音曰："本为辟贤会道'无物似情浓'，今日却来此事公事！"凡此皆其刚峻之性有以使然也。

方同叔十四岁时，真宗召试诗赋论。同叔奏尝私习此赋，请试他题，帝爱其不欺。既成，数称善，遂擢秘书省正字。（见《宋史》）其后真宗选东宫官，以馆阁臣僚无不嬉游宴赏，独殊杜门与兄弟读书，遂批除执政。既受命得对，真宗面谕除授之意，同叔语言质野。对曰："臣非不乐游宴，直以贫无可为之具。"真宗益嘉其诚实。（见《梦溪笔谈》）惟同叔曾奉诏志李宸妃墓，并未直言仁宗为其子，似为白璧微瑕。但其时章献太后方临朝，故不敢斥言，言之，仁宗亦不得安。（《龙川别志》载吕文靖对仁宗云："若明言先后实生圣躬，事得安否？"上默然）宜《宋史》以为非其罪也。

（二）廉洁俭朴

同叔服官五十余年，位至宰相，然廉洁自持，居处清俭，其家书云:"殊家下仆使等至今两日内破一顿猪肉(定其两数,或回换买他鱼肉,亦只约猪肉钱数,以此可久),此持久之术,是以当为宗亲及相知交游言之。"又《避暑录话》云:"晏元献虽早富贵而奉养极约,惟喜宾客,未尝一日不燕饮,而盘馔皆不预办,客至旋营之……既命酒,果实蔬茹渐至。"故欧阳修为《神道碑》曰:"虽处富贵如寒士,樽酒相对,欢如也。"《宋史》本传亦称其"奉养清俭"。《能改斋漫录》更跋其手帖云:"公以书规兄嫂,守官必曰廉白,官不可营私,当以魏四工部为戒,首尾大约本于节俭……曾公南丰与公同乡里,元丰间,神宗命以史笔,其传公云:'虽少富贵,奉养若寒士。'考公手帖,则曾传可谓得实。而景文宋公谪辞乃云:'广营产以植私,多役兵而规利。'宋亦公门人,而必为此者,岂当时有不得已欤?"按《宋史》本传谓"所役兵乃辅臣例宜借者"。李心传《旧闻证误》言"殖私规利乃蔡君谟、孙之翰章疏中语",则未必尽实。宋奉命草麻,引用原句,固确出于不得已,非同叔果有其事也。至若平居书简文牒,未尝弃一纸,皆积以传书,虽封皮亦手自熨贴。读书每得一事,辄书其上,复传录为《类要》,叶梦得《避暑录话》谓犹及见之。既殁,又复薄葬,元祐中,盗发张耆墓,得金珠宝玉甚多,于同叔墓但得陶甓。破其棺,取金带,亦木胎而裹以金,金无数两。盗失望而恚,至碎其骨。事见《东轩笔录》,尤足为同叔廉洁俭朴之证也。

(三)知人乐善

宋代宰相之知人好贤,盖无出同叔右。得一善称之如己出。当时知名之士,如范仲淹、孔道辅、欧阳修等皆出其门,择婿又得富弼、杨察。方其为相也,益务进贤材,范仲淹、韩琦、富弼等皆进用;至于台阁,多一时之贤,故虽有赵元昊侵扰西陲,而韩、范等防御周至,卒不得逞。终仁宗之世,天下太平,为有宋一代所仅见,同叔与有功焉。

宋人传记,于同叔之知贤好客,往往乐道,如《能改斋漫录》云:"观庆历圣德诗名首诸公,则公之为人可知也。方国家承五季文章卑陋,公率杨、刘独变其体,识欧阳公诸生,遂以斯文付之,宋之文于是视古无愧。功德如范、富,气节如孔道辅,咸出其门。然则,仁宗致治太平,非公而谁。"《避暑录话》曰:"喜宾客,未尝一日不燕饮……苏丞相子容,尝在公幕府,见每有嘉客必留。"《范文正公年谱》云:"晏殊在枢府,荐一士为馆职,曾(按指王曾)谕之曰'公知范仲淹,舍而他荐乎',晏公遂以状举公……冬十二月甲子,以公为秘阁校理,晏丞相殊之荐也。"按《宋史》称同叔"知应天府延范仲淹以教生徒,自五代以来,天下学校俱废,其兴学自殊始"。以上举范事,《涑水纪闻》等书皆记之。

至若爱宋祁之才,欲旦夕相见,竟税一第于旁近,延居之。(见《东轩笔录》)崇仁李阳孙为丰州簿,官满徒走而归,重其廉洁,至有"不忍与君别,怜君仁义人"之句。(见《古今万姓统编》)爱才重贤之切,可以概见。故一时贤士,如梅圣俞、张子野、韩维、张亢辈,多从之游。今欧阳文忠公全集犹载有介绍新进士魏广晋谒书简,想见当时后进,大有"生不愿封万户侯,但愿一识韩荆州"之慨[1]也。

(四)儒雅旷达

同叔少年居富贵,性豪俊,所至延宾客,文采风流,一时罕偶。《避暑录话》云:"每有嘉客必留……必以歌乐相佐,谈笑杂出。数行之后,席上已粲然矣,稍阑即罢遣歌乐曰:'汝曹呈艺已遍,吾当呈艺。'乃具笔札相与赋诗,率以为常。前辈风流,未之有比也。"又《石林诗话》云:"尝遇中秋阴晦……既至夜,君玉(按王琪字君玉)密使人伺公,曰:'已寝矣。'君玉亟为诗以入曰:'只在浮云最深处,试凭弦管一吹开。'公枕上得诗大喜,索衣起,径召客治具,大合乐。至夜分,月果出,遂乐饮达旦。前辈风流固不凡,然幕府有佳客,风月亦自如人意也。"

其他风流韵事之见于前人笔记者,不一而足。庆历甲申元日,会两禁于私第。同叔席上自作《木兰花》以侑觞曰:"东风昨夜回梁苑……"于时坐客皆和,亦不敢改"东风昨夜"四字,见《古今词话》,《岁时广记》曾引之。又如《西清诗话》纪其尝与客饮红梅下赋诗曰:"若更迟开三二月,北人应作杏花看。"

---

[1] 慨 底本作"概",据文意酌改。

客曰:"公诗固佳,待北俗何浅也?"同叔笑曰:"顾伧父安得不然!"一坐绝倒。盖同叔亦雅善谐谑,不仅其幕客王琪、张亢然也。

同叔尝纳侍儿,每张子野至,辄令歌其词,后因王夫人不容,出之。子野为作《碧牡丹》,同叔怃然曰:"人生行乐耳,何自苦如此!"复赎之归。(见《道山清话》)其风流旷达如此。同叔终身富贵显达,然从非得自干求,盖亦淡于名利者。方其谪居颍州,次酒赋诗自若,曾于西湖建清涟阁,又手植双柳于阁前。其后欧阳修守颍,为建双柳亭,而清涟阁亦改为去思堂。(见《阜阳县志》)欧曾有《答杜相公宠示去思堂》诗云:"当年丞相倦洪钧,驲节初来颍水滨。惟把琴樽乐嘉客,能将富贵比浮云。西溪水色春长绿,北渚花光暖自薰(原注:去思堂在北渚之北,临西溪。溪,晏公所开也)。得载公诗播人口,去思从此四夷闻。"又其《和晏尚书夏日偶至郊亭》诗云:"关关啼鸟树交阴,雨过西城野色侵。避暑谁能陪剧饮,清歌自可涤烦襟。稻花欲秀蝉初唶,菱蔓初长水正深。知有江湖杳然意,扁舟应许共追寻。"此诗作于景祐元年,据其结句,则同叔于四十四岁时,已有致仕之意矣。

至其旷达之情见于词者尤多,如"绿水悠悠天杳杳,浮生岂得长年少。莫惜醉来开口笑,须信道,人间万事何时了"(《渔家傲》)。"须知一盏花前酒,占得韶光,莫话匆忙,梦里浮生足断肠"(《采桑子》)。"长安多少利名身,若有一杯香桂酒，莫辞花下醉芳茵，且留春"(《酒泉子》)。"朱弦悄，知音少，天若有情应老。劝君看取利名场，今古梦茫茫"(《喜迁莺》)。此类词《珠玉集》中颇多，盖同叔深能了解人生如梦，富贵浮云，而主张及时行乐也。

(五) 笃学不倦

同叔自幼好学，老而不衰。真宗朝，天下无事，许臣僚择胜燕饮。当时侍从文馆士大夫各为宴集，以至市楼酒肆往往皆供帐为游息之地。同叔时为馆职，独家居与昆弟讲习，上嘉之，遂选为东官官。(见沈括《梦溪笔谈》)及其出守州郡，公余仍手不释卷。(见《颍州志》)故欧阳修撰《神道碑》云："自少笃学，至其病亟，犹手不释卷。"《宋史》亦曰："晚岁笃学不倦。"盖皆纪实也。

同叔又好以学劝人，如《东轩笔录》纪苗振以第四人及第，既而应试馆职，同叔语之曰："君久从吏事，必疏笔砚。今将就试，宜稍温习也。"振率然对曰："岂有三十年为老娘而倒褓孩儿者乎？"同叔俯而哂之。后苗果不中选，当悔不听同叔之戒矣。

同叔读书，每得一事，即以书简文牒之封皮书之。后批门类，录为《类要》。今其书犹存。至于文集多至二百四十卷(据《宋史》本传)，惜已散佚。同叔在北宋号曰能文，《闻见后录》载宋祁尝以刘梦得"瀼西春水縠纹生"句"生"字何义为问，同叔曰：当作"生熟"之"生"解。子京叹服，以为妙语。《能改斋漫录》又记子京"白雪久残梁复道,黄头闲守汉楼船"诗句,曾经同叔点定。以二宋之才,犹从之问字请正,则其见重当时可知。史称"文章赡丽,应用不穷,尤工诗,闲雅有情思",盖皆由其好学不倦有以致之,非偶然也。

二、小山的个性

(一)忠厚耿介

小山忠厚耿介,盖深得其父之遗传。黄山谷《小山集序》曰:"余尝论叔原固人英也,其痴亦自绝人。爱叔原者皆愠而问其目,曰:仕宦连蹇,而不能一傍贵人之门,是一痴也。论文自有体,不肯一作新进士语,此又一痴也。费资千百万,家人寒饥,而面有孺子之色,此又一痴也。人百负之而不恨,己信人终不疑其欺己,此又一痴也。乃共以为然。"夫不傍贵人之门,不作新进士语,此其耿介也。虽饥寒而有孺子之色,己信人遂不疑欺己,此其忠厚也。忠厚固易见欺,耿介尤不合于当世,卒致陆沉下位,潦倒以终。然小山之人格,固因此而益见其伟大。山谷四痴之论,亦正称其贤也。

(二)不苟求进

大凡骨鲠之士,多不苟求进。同叔一生耻干求,更不曾为子弟乞恩泽。小山孤洁耿介,盖能遵守父风。于是一时权贵,皆以小谨望之。顾小山又安肯以察察之身,出入于公卿之门,奔走于形势之途？故虽为名相之子，终其身不过曾监许田镇而已。山谷序其集曰："平生潜心六艺，玩思百家，持论甚高，未尝以沽世。余尝怪而问焉，曰：'我槃跚勃窣，犹获罪于诸公，愤而吐之，是唾人面也。'"是知小山非不才者，特不见容于当世，致不能一用以展其抱负耳。故陈振孙称之曰："其人虽纵弛不羁，而不求苟进，尚气磊落，未可贬也。"平生好聚书，迁徙不便，其妻厌之，谓有类乞儿搬漆碗。小山因作诗有"生计惟兹碗，搬擎岂惮劳……阮杓非同调，颜瓢庶共操……幸免墦间乞，终甘泽畔逃……世久轻原宪，人方逐子敖。愿君同此器，珍重到霜毛"等句。（见《墨庄漫录》）虽游戏文章，亦可想见其心情与志气也。

（三）豪迈不羁

自古多才者类皆豪迈不守绳墨，大诗人李白即其一例。所谓"李白斗酒诗百篇，长安市上酒家眠。天子呼来不上船，自称臣是酒中仙"。词人小山，虽无李白之遭遇，而狂态则不多让焉。"磊傀权奇，疏于顾忌，文章翰墨，自立规摹，常欲轩轾人而不受世之轻重。"（见《小山集序》）《闻见后录》载其监颍昌许田镇时，手写自作长短句上府帅韩少师。少师报书"得新词盈卷，盖才有余而德不足者，愿郎君损[1]有余之才，补不足之德，不胜门下老吏之望"云。按《清波杂志》八亦略载此

---

[1] 损 《邵氏闻见后录》(P.151)作"捐"。

事，称韩官师玉汝。玉汝，韩缜字也（据《砚北杂志》称为韩持国，辨见章八元祐元年谱）。缜在北宋为著名酷吏。其在秦州，尝宴客夜归，指使傅勍被酒误随入州宅，与侍妾遇。缜怒令军校以铁裹杖捶杀之。故秦人语曰："宁逢乳虎，莫逢玉汝。"（详见《宋史》本传）其酷暴可以想见。且北宋大臣，皆讳言作词，如王安石因阅晏同叔小词曰："为宰相而作小词可乎！"（见《东轩笔录》）乃小山以一监镇官，独不畏本道大帅之严，而敢示以杯酒间长短句，昔李太白上韩荆州书犹曰："至于著作，积成卷轴，恐雕虫小技，不合大人。"今小山之豪，盖较太白为尤甚，方其自写长短句，想见狂态可掬也。

（四）风流韵藉

小山既不得志于当世，于是嬉弄于乐府之余，而寓以诗人句法，清壮顿挫，能动摇人心。（见《山谷序》）盖方其浮沉酒中，病世之歌词不足以析酲解愠，遂试续南部诸贤余绪，作五七字语以自娱也。其时有沈十二廉叔、陈十君龙，家有莲、鸿、蘋、云，品清讴娱客。小山每得一解，辄以草授诸儿，三人持酒听之，为一笑乐。（详见《小山词跋》——《四库提要》以为无名氏作，今考为小山自跋，理由见十六章）故今传之词，除叙其所怀外，大都兼写一时杯酒间闻见，所司游者意中事也。

《鹧鸪天》云："彩袖殷勤捧玉钟，当年拚却醉颜红。舞低杨柳楼心月，歌罢桃花扇底风。""守得莲开结伴游，约开萍叶上兰舟。来时浦口云随棹，采罢江边月满楼。""斗鸭池南夜不归,酒阑纨扇有新诗。云随碧玉歌声转,雪绕红绡舞袖回。""小令尊前见玉箫,银灯一曲太妖娆。歌中醉倒谁能恨,唱罢归来酒未消。　　春悄悄,夜迢迢,碧云天共楚宫遥。梦魂惯得无拘检,又踏杨花过谢桥。"此外如《生查子》之"醉后莫思家,借取师师宿",《浣溪沙》之"户外绿杨春系马,床头红烛夜呼卢"等句,不胜枚举。其为莲、鸿、蘋、云作者尤多(详见十七章)。兹即就上举《鹧鸪天》一调观之,已见当时宴游之胜,声色之乐,使淳于髡在座,亦必能饮一石矣。

黄山谷曰:"彼富贵得意,室有倩盼慧女,而主人好文,必当市致千金,家求善本。曰:'独不与叔原同时耶!'"毛子晋亦云:"恨不能起莲、鸿、蘋、云,按红牙板唱和一过。"文采风流,令人称羡至此。今之读小山词者,当亦有同感也。

(五)伤感多情

冯煦曰:"淮海、小山,古之伤心人也。"淮海姑置不论,小山之伤感多情,盖为不可掩事实。其词集自跋云:"已而君龙疾废卧家,廉叔下世,昔之狂篇醉句,遂与两家歌儿酒使俱流转于人间……追维往昔过从饮酒之人,或垄木已长,或病不偶。考其篇中所记悲欢合离之事,如幻,如电,如昨梦前尘。但能掩卷怃然,感光阴之易迁,叹境缘之无实也。"此实小山伤感由来之自白。然则小山之伤感,当起于君龙疾废,廉叔下世之后,但事实并非如此。方其浮沉酒中,已病世之歌词不足以析酲解愠,其所谓"愠",当与其伤感有关也。

今更以其词证之，如：

> 身外闲愁空满，眼中欢事常稀。(《临江仙》)
> 官身几日闲，世事何时足。(《生查子》)
> 衣化客尘今古道，柳含春意短长亭。(《浣溪沙》)
> 醉拍春衫惜旧香，天将离恨恼疏狂。年年陌上生秋草，日日楼中到夕阳。(《鹧鸪天》)
> 衣上酒痕诗里字，点点行行，总是凄凉意。红烛自怜无好计，夜寒空替人垂泪。(《蝶恋花》)

此身世之伤感也。所谓官身，恐正小山之自笑，读其"衣化客尘""闲愁空满"诸句可知。"年年陌上生秋草，日日楼中到夕阳"，词人多情，盖不胜身世之感。乃自怜己无好计，尚复替人垂泪，故以红烛自喻，词意尤为凄绝也。

> 从别后，忆相逢，几回魂梦与君同。今宵剩把银釭照，犹恐相逢是梦中。(《鹧鸪天》)
> 路隔银河犹可借，世间离恨何年罢。(《蝶恋花》)
> 淡水三年欢意，危弦几夜离情。晓霜红叶舞归程。客情今古道，秋梦短长亭。(《临江仙》)
> 初心已恨花期晚，别后相思常在眼。兰衾犹有旧时香，每到梦回珠泪满。(《木兰花》)

> 坠雨已辞云，流水难归浦。遗恨几时休，心抵秋莲苦。　忍泪不能歌，试托哀弦语。弦语愿相逢，知有相逢否？（《生查子》）

此离别之伤感也。全部《小山集》中，惜别之作，几占半数。此特信手摘录数句，以见一斑。如"路隔银河犹可借"，则因牛女传说而感及别离也。"兰衾犹有旧时香"，则因衾枕而感及离别也。"晓霜红叶舞归程"，则因景物而感及离别也。"忍泪不能歌，试托哀弦语"，则因弦歌而感及离别也。至若"遗恨几时休，心抵秋莲苦"及"今宵剩把银釭照，犹恐相逢是梦中"诸句，意尤深刻，然此犹可谓为伤春惜别，为文人普遍的情感。试更读以下诸词：

> 东野亡来无丽句，于君去后少交亲。追思往事好沾巾。白头王建在，犹见咏诗人。（《临江仙》）
> 今感旧，欲沾衣，可怜人似水东西。回头满眼凄凉事，秋月春风岂得知。（《鹧鸪天》）
> 阑干倚尽犹慵去，几度黄昏雨。晚春盘马踏青苔，曾傍绿阴深驻。落花犹在，香屏空掩，人面知何处。（《御街行》）
> 凭江阁，看烟鸿，恨春浓。还有当年闻笛泪，洒东风。（《愁倚阑令》）

小绿间长红，露蕊烟丛，花开花落昔年同。惟恨花前携手处，往事成空。(《浪淘沙》)

绛蜡等闲陪泪，吴蚕到了缠绵。绿鬓能供多少恨，未肯无情比断弦。今年老去年。(《破阵子》)

"人面何处""往事成空"，是不仅有别离之恨，兼有生死之感矣。秋月春花，凄凉满眼；倚阑闻笛，泪洒东风。读"吴蚕到了缠绵"等句，想见此老词人暮年之凄楚。至"白头王建在，犹见咏诗人"，盖尤不胜世事沧桑之感已。

总之，感觉敏锐的诗人，往往于现实社会表示不满，但又无力量反抗，于是因内心之苦闷而流于悲观。故小山之伤感，并非与有生俱来，盖亦社会背景使之然耳。

第六章
二晏的交游

同叔的交游——范仲淹、欧阳修、梅尧臣、韩维、宋祁、王琪、张亢、张先等；小山的交游——黄庭坚、郑侠、沈廉叔、陈君龙等

一、同叔的交游

同叔自张知白安抚江南，以神童荐于朝廷后，遂赐同进士出身，留秘阁读书。真宗使陈彭年视其学，陈亦豫章人，且词学优良（见《豫章诗话》）者也。迨立朝后，乐善好客，又以进贤为务，故交游遍天下。一时名士，如范仲淹、孔道辅、欧阳修等皆出其门。兹择往还较密者略述如下。

（一）范仲淹

同叔因论张耆不可为枢密使，忤太后旨，罢守南京。自五代以来，天下学校皆废，同叔乃大兴学校，闻范仲淹贤，延之以教生徒。时范遭母丧，遂应聘掌府学，常宿学中，训督学者

夜课，诸生读书寝食，皆立时刻。使诸生作赋，必先自为之，欲知其难易及所当用意，亦使学者准以为法。由是学者辐凑，虽范之善诱，亦同叔之知人也。其后更荐范于朝，遂除馆职。适冬至立仗，礼官定议，欲媚章献太后，请仁宗帅百官献寿于庭，仲淹奏不可。同叔大惧，召仲淹怒责之，以为狂。仲淹正色抗言曰："仲淹受明公误知，常惧不称，为知己羞，不意今日更以正论获罪于门下也。"晏惭无以对。（以上参考《涑水纪闻》）然仲淹后虽名位相亚，犹以门生事同叔。（见《石林燕语》）其《过陈州上晏相公》诗云："曩由清举玉宸知，今觉光荣冠一时。曾入黄扉陪国论，重求绛帐就师资。谈文讲道浑无倦，养浩存真绝不衰。独愧铸颜恩未报，捧觞为寿献声诗。"今《范文正公集》中除此诗外，犹有《依韵奉酬晏尚书见示》律诗及《又用前韵谢晏尚书以近著示及》等篇。其《上资政殿晏侍郎书》，即与晏论谏上寿事也。又《东轩笔录》记范掌西监时，一日晏谓范曰："吾有女及笄，仗君为我择婿。"范曰："监中有二举子，富皋、张为善并可婿也。"晏曰："然则孰优？"范曰："富修谨，张疏俊。"晏曰："唯。"即取富皋为婿，按皋即富弼。家庭琐事，尚与之相商，则二人之友谊可见矣。

（二）欧阳修

天圣八年，同叔知礼部贡举，欧阳修试得第一。庆历三年，同叔为相兼枢密使，时范仲淹、韩琦、富弼等皆进用，欧亦官知谏院，《朋党论》即是年所进也。故其后致同叔书有云："伏念曩者相公始掌贡举，修以进士而被选抡；及掌钧衡，又以谏官而蒙奖擢。出门馆不为不旧，受恩知不为不深。"《潘子真诗话》谓此因赏雪诗开罪于晏，叙生平出处以致谢惘者。其说未可尽信，第一章曾略辨之。今考欧集与晏唱和之诗颇不少，如：

> 晏太尉西园贺雪歌（庆历元年）
> 寄谢晏相公（明道二年）
> 和晏尚书夏日偶至郊亭（景祐元年）
> 和晏尚书自嘲（景祐元年）
> 和晏尚书对雪招饮（庆历元年）

此外尚载有庆历七年及皇祐七年《与晏元献公书》各一，一为魏广先容晋谒，一谢同叔唁其母丧者。《跋元献公书》一则，有"公为人真率，词翰亦如其性"等语。同叔既没，欧奉仁宗命撰神道碑铭，今亦存集中。并作挽辞三首，其二、三两首云：

> 四镇名藩忽十春，归来头白两朝臣。上心方喜亲耆德，物论犹期秉国钧。退食图书盈一室，开樽谈笑列嘉宾。昔人风采今人少，恸哭何由赎以身。
>
> 富贵优游五十年，始终明哲保身全。一时闻望朝廷重，余事文章海外传。旧馆池台闲水石，悲笳风日惨山川。解

官制服门生礼,惭负君恩隔[1]九泉。

(三)梅尧臣

梅与欧为莫逆交,少即以能诗名天下,知同叔好才士,故持诗往谒之,自是时相唱和。二人友谊见于诗话者,如《西清诗话》云:同叔守汝阴,圣俞往见之。将行,同叔置酒颍河上,因言古人章句中全用平声,制字稳贴如"枯桑知天风"是也。恨未见侧字诗。圣俞既引舟,遂作五侧体寄同叔云云。更考《宛陵集》载有和晏诗叙云:"以近诗贽尚书晏相公,忽有酬赠之什。称之甚过,不敢辄有所叙,谨佽韵缀前日坐末教诲之言以和。"盖同叔曾与圣俞论诗,圣俞未敢置可否也。此外尚有(一)《谢晏相公》、(二)《依韵和晏相公》、(三)《途中寄上晏相公二十韵》、(四)《依韵朱学士廉叔忆颍川西湖春色寄献尚书晏公且将有宛丘之命》、(五)《得许昌晏相公书》、(六)《九日撷芳园会呈晏相公》。后二首年代较晚,前三首盖均初谒晏时所作,其《途中寄上晏相公二十韵》有云:

> 平生独以文字乐,曾未敢耻贫贱为。官虽寸进实过分,名姓已被贤者知。疏愚生不谐豪贵,守此退缩行将衰。颍川相公秉道德,一见不以论高卑。久调元化费精力,犹且

---

[1] 隔 底本误作'阴',据《全宋诗》(P.3791)改。

未倦删诗书。唐之文章别芜秽，纤悉宁有差毫厘。谓其耽学可与语，便与渊奥祛危疑。浮言近意不历口，直欲海窟挐蛟螭。再拜膝前荷勤诲，垂橐稛载归忘饥。解艇水驿无几舍，新诗又遣牙兵持。上言行李览物景，聊可与妇陈酒卮。下言狂斐颇及古，陶韦比格吾不私。相公贵且事翰墨，我辈更得专游嬉。今将蒿芹荐俎豆，定亦不以微薄遗……

此诗叙述晋谒经过及二人之互相倾慕颇详，盖其时梅颇感晏之知己，故其《谢晏相公》有"刻意向诗笔，行将三十年……今惭此微贱，重辱相公怜"。《依韵和晏相公》又有"微生守贫贱，文字出肝胆。一为清颍行，物象颇所览……试知不自量，感涕屡挥掺"诸句也。

至如卷十二载有《尝惠山泉郡阁阅书投壶和呈晏相公》《拟王维观猎》（晏相公坐中探赋）、《题腊药》（尚书晏相公腊日投壶输诗七首便以腊日所用物赋先成四首上呈）、《腊酒》《腊脯》《腊笋》《和挑菜》（十二月十二日）、《和腊日啄木二首》（十二月十二日陪步后园所闻见）、《语鸠》（此以上三首补前投壶所输七首）诸诗，读其注语，知二人曾以诗博投壶胜负也。同叔卒，圣俞作长诗《闻临淄公薨》以哭之，其末云："我为故吏摧肝肠，洒泪作雨春悲凉。精魄其归于天乎，必为星宿还高张。骨肌其归于土乎，必为蕙芷不灭香。墓碑墓铭谁能尽其美，我为欲传万古须欧阳。"

（四）韩维

维字持国，能诗。同时唱和者为圣俞、永叔，其与同叔关系，犹可于《南阳集》中见之。和晏之作，如《和晏相公湖上遇雨》《和晏相公湖上四首》《和晏相公湖上十月九日》等是，其《陪晏相公游韩王水硙园》云："行遍洛川南北岸，自怜探赏颇穷幽。不知物外清闲境，只在韩王水硙头。"观此则韩固常追随同叔作清游也。晏卒，韩作诗云：

出留守府之东，游李相园，赵令竹林观，楚家桂树子。去岁数从元献公为此行，作三绝以道悲怆之意。

府东朱户昔尝开，日日从公远胜来。游屐吟豪成故事，断松飞溜有余哀。

李家池上朱樱熟，赵令林中锦箨春。更欲题诗论旧赏，自惭非是绝弦人。

曾陪樽酒咏芳丛，今日迟留意不同。（原注：公诗云"更作丹花满烟叶，欲令佳客剩迟留"）红萼似知人惨淡，乱随清泪落春风。

风景依稀，交游永绝，持国盖不胜其睹物怀人之感已。

（五）宋祁

祁与兄郊，时称二宋，皆同叔门下士，过从甚密。《东轩笔录》载同叔爱子京之才，欲旦夕相见，至税一第于旁近以居之,其亲密可见也。

其后二宋虽甚贵显,为文必手抄寄同叔,恳求雕润。尝以"白雪久残梁复道,黄头闲守汉楼船"二句求正,仍注"空"字于"闲"字之傍。批云:"二字未定,更望指示。"同叔书其尾曰:"空优于闲,且见虽有船不御之意。"事载《西清诗话》。《闻见后录》称子京尝从同叔问诗,引见前章。其时同叔不仅身居显要,且以文章称天下也。

《宋史·李虚己传》谓其"喜为诗,数与同年进士曾致尧及其婿晏殊唱和。初,致尧谓曰:'子之诗词虽工,而音韵犹哑。'虚己未悟。后得沈休文所谓'前有浮声,则后须切响',遂精于格律"。《老学庵笔记》更谓虚己以其法授同叔,同叔以授二宋,自是遂不传。然则二宋诗格律之善,实同叔之教也。宜乎子京《笔记》对同叔推崇备至,谓:"天圣初元以来,搢绅间为诗者益少,惟丞相晏公殊、钱公惟演、翰林刘公筠数人而已。至丞相王公曙、参知政事宋公绶、翰林李公淑,文章外亦作诗而不专也。其后石延年、苏舜钦、梅尧臣皆自谓好为诗,不能自名矣。"按子京《出麾小集》,甚为同叔所重,曾为叙冠篇以行于世,宋庠诗有"览子京西州诗稿,感知音之难遇,偶成短章",即指此也。

(六)王琪、张亢

当同叔为南京留守时,幕下王琪、张亢最为上客。亢体肥大,琪目之为牛;琪体骨立,亢称之为猴。二人以此互相讥消,琪尝嘲亢曰:"张亢触墙成八字。"亢应声曰:"王琪望月叫三声。"(见《归田录》)又一日水纲至八百里村,水浅当剥,府檄张往督之。王曰:"所谓八百里驳也。"张曰:"未若三千年精矣。"元献为之启齿。(见《渑水燕谈》)观此则二人固皆滑稽之雄也。

《孔氏谈苑》云:"晏丞相殊知南京,王琪、张亢为幕客。泛舟湖中,以诸妓随。晏公把柁,王、张操篙。琪是南人,知行舟次第。至桥下,故使船触柱,厉声曰:'晏梢使柁不正也。'"盖宾主相得,日以赋诗饮酒为乐。佳时胜日,未尝辄废。尝中秋阴晦,同叔已寝,琪竟以诗起之,乐饮达旦。故叶梦得曰:"前辈风流固不凡,然幕府有佳客,风月亦自如人意也。"(以上参考《石林诗话》)

今考《元献遗文》中,仍存有与君玉唱和之作,其《假中示张寺丞、王校勘》一首,载《宋文鉴》。腹联用"无可奈何花落去,似曾相识燕归来",其《浣溪沙》词又用之。盖不仅爱其造语之工(《四库总目提要》云:岂爱其造语之工),殆宾主相得,故不嫌一用再用也。

(七)张先

北宋有两张先,均字子野。惟一为乌程人,一为博州人。与同叔往还者,乌程张先也。《名臣录》称张子野曾为《珠玉集》作序,今本无先序,盖传写佚之矣。上述文人,类皆以诗与同叔相唱和。惟子野则以词。同叔于词为当行,子野则以"三中""三影"称于时者，故相处甚得。当知永兴军时，曾辟子野为通判。今《珠玉集》中，虽难考定与子野有关之作，然子野词中，犹有明白注出者，如《玉联环》之"送临淄相公"、《木兰花》之"晏观文画堂席上"、《碧牡丹》之"晏同叔出姬"等是。同叔出姬事见《道山清话》，又《画墁录》载同叔以"本为会道'无物似情浓'"诮子野，均引见前章，兹不赘。

二、小山的交游

同叔交游有不胜枚举之憾，而小山则可考者寥寥数人而已。即此数人中，犹有未可尽信者，如《绿窗新话》引《古今词话》云："晏元献之子小晏善词章，颇有父风。有宠人善歌舞，晏每作新词，先使宠人歌之。张子野与小山厚善，每称赏宠之善歌。偶一日，宠人触小晏细君之怒，遂出之。子野作《碧牡丹》一曲以戏小晏……小晏见之，凄然与子野曰（'曰'字，赵万里辑《古今词话》补）：'人生以适意为贵，吾何咎之有？'乃多以金帛赎姬，及归，使歌子野之词。"据此，则子野颇与小山厚善，然据《道山清话》则出侍儿为同叔事。依吾人推想，小山恐未尝纳姬，故词集跋中未道及，《古今词话》所载当误也。

又或虽知有其人而无法考得其身世行实者，如高平公是也。《小山集跋》曰："七月己巳，为高平公缀辑成篇。"据此，则高平公当为小山之知己者。然此高平公究为何许人乎？考《宛陵集》中存有《闻高平公殂谢述哀感旧以助挽歌三首》，据诗中大意，则其人固有与小山友善之可能。然考《宛陵集》前后各篇，则此诗当作于皇祐四年壬辰五月至七月中。其时郑侠仅十二岁，小山年龄约与侠相等，至多不得过二十岁，与集中跋意悉不合。是知梅尧臣所挽者又自另一高平公。据《清波杂志·碧云騢》条，即范文正公仲淹也。词跋中所称之高平公，殆即范纯仁欤！（考详章八元祐元年谱）至小山交游之较可考者，约得以下数人。

（一）黄庭坚

小山词集，山谷曾为之序，犹存《豫章先生集》中。《文献通考》及《图书集成·词曲典》俱录之。小山为人，犹可据此序得知梗概。其评《小山词》云："至其乐府可谓狭邪之大雅，豪士之鼓吹，其合者《高唐》《洛神》之流，其下者岂减《桃叶》《团扇》哉！"序末又云："若乃妙年美士，近知酒色之娱。苦节臞儒，晚悟裙裾之乐。鼓之舞之，使宴安鸩毒而不悔，是则叔原之罪也哉！"初读一若山谷以作艳词罪叔原者，实则山谷固亦爱作艳词。故曰："余少时，间作乐府，以使酒玩世。道人法秀独罪余以笔墨劝淫，于我法中当下犁舌之狱。特未见叔原之作耶？虽然，彼富贵得意，室有倩盼慧女，而主人好文，必当市致千金，家求善本。曰：'独不与叔原时耶！'"然则篇末云云，盖山谷犹为文以载道之观念所束缚，以为必如此方可谓持论终不失正也。

（二）郑侠

《侯鲭录》载，熙宁中，郑侠上书事作，下狱，悉治平日往还厚善者。侠家中搜得晏叔原与侠诗，裕陵称之，即令释出云云。据此则二人曾往还唱和，且竟牵连下狱，其友谊之笃，自非寻常可比。惜今之《西塘先生集》及《西塘诗钞》中，俱无可考二人交谊之作矣。

侠之下狱，在当时政治上实一重大事。侠原与王安石友善，后以政见不合，不惜牺牲禄位以争之。念民间疾苦，致绘为《流民图》擅发马递投银台以进，卒因小人之攻讦而获罪。一再远谪，还乡时惟存一拂而已。则其人必耿介不阿，廉洁自守。且特具敏锐之眼光以观察社会，而能深谋远虑者也。小山与之友善，殆因意气相投欤！

（三）沈廉叔、陈君龙

沈、陈二人之名，见于《小山词》自跋，其身世俱不可考。盖亦饮酒纵乐、不求闻达之徒也。小山云："始时沈十二廉叔、陈十君龙，家有莲、鸿、蘋、云，品清讴娱客。每得一解，即以草授诸儿，吾三人持酒听之，为一笑乐。"是知小山所谓往者浮沉酒中，作五七字语以叙其所怀，兼写一时杯酒间闻见，所同游者意中事，皆与沈、陈有关。又有吴无至者，亦小山之酒客。（见《豫章先生文集》二十五《书吴无至笔》）殆沈、陈之流亚欤！

《小山词跋》又曰："已而君龙疾废，廉叔下世，昔之狂篇醉句，遂与两家歌儿酒使俱流转于人间……追惟往昔过从饮酒之人，或垄木已长，或病不偶。考其篇中所记悲欢离合之事，如幻，如电，如昨梦前尘。但能掩卷怃然，感光阴之易迁，叹境缘之无实也。"然则《小山词》之得流传后世，实缘两家之歌儿酒使，而日游星散，不堪回首，宜小山暮年之多伤感也。

此外如《诗眼》载，叔原尝见蒲传正，曰："先公平日小词虽多，未尝作妇人语。"传正引"绿杨芳草长亭路，年少抛人容易去"句以诘，小山乃以白居易"欲留年少待富贵，富贵不来年少去"两句释之。蒲传正与小山关系仅见于此，其身世亦不可考。（按《花草粹编》八载有蒲作《望梅花》二阕）以小山之孤介，平生交游无多，固亦意中事；然绝不至仅此数人，盖其词集中颇有酬应之作，如：

铜虎分符领外台，五云深处彩旌来。春随红旆过长淮。（《浣溪沙》）

金凤阙，玉龙墀，看君来换锦袍时。姮娥已有殷勤约，留着蟾宫第一枝。（《鹧鸪天》）

绿橘梢头几点春，似留香蕊送行人。明朝紫凤朝天路，十二重城五碧云。（《鹧鸪天》）

都人离恨满歌筵，清唱倚危弦。星屏别后千里，重见是何年。（《诉衷情》）

以上大都迎送之词。又如《玉楼春》云："一尊相遇春风里，诗好似君人有几。吴姬十五语如弦，能唱当时楼下水……"亦酬赠之作。他若洪迈于其《容斋四笔》中称，曾得晏几道叔原一帖与通叟少公者。按少公为县尉之称，通叟为王观之字，观有《冠柳集》一卷，今佚。其词散见于选本有与小山相混者，如《生查子》"关山魂梦长"是，详见本书《小山词》笺。

第七章
二晏的出处

富贵显达的同叔 —— 仕宦连蹇的小山

一、富贵显达的同叔

《神道碑》曰:"年始十四,一日起田里,进见。天子(按指真宗)时方亲阅天下贡士,会廷中者千余人,与夫宫臣、卫官,拥列圜视。公不动声气,操笔为文辞,立成以献。天子嘉赏,赐同进士出身。遂登馆阁,掌书命,以文章为天下所宗。逮陛下(按指仁宗)养德东宫,先帝选用臣属,即以公遗陛下。由王官、宫臣罗登宰相,凡所以辅道圣德,忧勤国家,有旧有劳,自始至卒五十余年。"盖同叔少年显达,历事真、仁两朝,自十四岁迄六十五岁,以仕宦终其身也。

考同叔所历官,在真宗朝,自擢秘书省正字、直史馆后,曾历官太常寺奉礼郎,光禄寺丞,集贤校理,著作佐郎,同判太常礼院,升王府记室参军,左正言直史馆,户部员外郎,太子舍人，知制诰，判集贤院，翰林学士，左庶子兼判太常寺，知礼仪院等职。迨仁宗朝又历官右谏议大夫兼侍读学士，给事中，景灵宫副使，判吏部流内铨，以易侍讲崇政殿，礼部侍郎，知审官院，枢密副使，刑部侍郎，南京留守，御史中丞，兵部侍郎兼秘书监，资政殿学士，翰林侍读学士，知礼部贡举，三司使，枢密副使（未拜）参知政事，尚书左丞，礼部尚书，知亳州陈州，刑部尚书兼御史中丞，三司使（第二次），知枢密院事，枢密使，检校太尉，同平章事，集贤殿大学士，同中书门下平章事兼枢密使，工部尚书知颍州、陈州、许州，户部尚书，观文殿大学士，知永兴军，充一路都部署安抚使，知河南府，行兵部尚书，兼西京留守，累进阶至开府仪同三司。勋上柱国，爵临淄公，食邑万二千户，实封三千七百户。方其以疾归京师，遂留侍讲迩英阁。既卒，赠司空兼侍中，谥元献。

以上为同叔终身所历官，据《宋史》本传及《神道碑》录出。其升降迁徙年代，具详本书第八章年谱中。惟各书所载，亦有不尽相同，如《宋史》本传及《神道碑》均以同叔之拜同中书门下平章事，在同平章事之前。

　　康定初，知枢密院事，遂为枢密使。进同中书门下平章事。庆历中，拜集贤殿学士、同平章事兼枢密使。(《宋史》本传)

　　复召为御史中丞，又为三司使，知枢密院事，拜枢密

> 使，再加检校太尉，同中书门下平章事。庆历三年三月，遂以刑部尚书居相位，充集贤殿大学士兼枢密使。(《神道碑》)

以上《神道碑》虽未言庆历三年拜同平章事，但其拜同中书门下平章事，则亦认为在庆历三年以前。考之《仁宗本纪》及《宰辅表》则均相异：

> 庆历二年……七月戊午，晏殊……加平章事。庆历三年……三月戊子……以晏殊为集贤殿大学士兼枢密使。(《仁宗本纪》)
>
> 庆历二年……七月壬午……晏殊自枢密使加同平章事。庆历三年……三月戊子，以晏殊自检校太尉，刑部尚书，司平章事，加同中书门下平章事，集贤殿大学士兼枢密使。(《宰辅表》)

考《宋史·职官志》云："宋承唐制……三师三公不常置，宰相不专任。三省长官，尚书门下，并列于外，又别置中书禁中，是为政事堂，与枢密对掌大政。"是知同中书门下平章事者，必内外并兼。又曰："国初循旧制，以中书门下平章事为宰相之职，复用两制官一员，判门下省事。官制行（按指神宗改官制），始厘正焉。"观此则《宰辅表》所载当较为可信也。

宋代官人受授之别，有官、有职、有差遣。官以寓禄秩，叙位著；职以待文学之选，而别为差遣以治内外之事。其次又有阶、有勋、有爵。故仕人以登台阁、升禁从为显宦，而不以官之迟速为荣滞；以差遣要剧为贵途，而不以阶勋、爵邑有无为轻重。时人语曰："宁登瀛，不为卿；宁抱椠，不为监。"同叔一生所历官职，以同中书门下平章事兼枢密使、处理军国大事最为显要；而以观文殿大学士职为最清高。学士之职，资望极峻，无吏守，无职掌，惟出入侍从，备顾问而已。观文殿即旧延恩殿，庆历七年更名，皇祐元年诏置观文殿大学士，宠待旧相，须曾任宰相乃得除授也。他若三司使所以总国计，称为计相。参知政事自至道元年以后，与宰相轮班知印，同升政事堂，押敕齐衔，行则并马。枢密院掌军国机务、兵防、边备、戎马之政令，出纳密命，以佐邦治，而知枢密院事，枢密副使，亦仅亚于枢密使。太尉居太傅上，除赵普以开国元勋，文彦博以累朝耆德，曾特拜太师外，余如王旦、吕夷简虽官宰相二十年，亦止以太尉致仕，故皆非等闲之官职也。（以上参考《宋史·职官志》）至如出任外官，如南京、西京，类皆近畿名藩。故尝有歌千里伤行客者，同叔怒曰："余平生官守未尝去王畿五百里，何千里伤行客也。"（见《复斋漫录》）然其后曾知永兴军，守长安。同叔出镇外藩，盖以此为最远也。

真、仁两朝，在宋比较为治世。同叔生当其会，虽历经显宦而无甚功业。然亦有足称者，如真宗之崩，宰相丁谓、枢密佞曹利用，各欲独见太后奏事，无敢决其议者。同叔建言太后垂帘听之。皆不得见，议遂定。其言太后谒太庙，有请服衮冕者，太后以问，同叔以《周官》后服对。凡此皆能识大体，持正论，而泯事端于无形也。方元昊寇边，数建利害，请罢内臣监军，悉授诸将阵图，使得应敌为攻守计，又募弓箭手，教之以备战斗，又请出宫中长物助边费。凡他司之领财利者，俱罢还度支。深谋远虑，不愧将相才也。至若上疏论张耆不可为枢密使，贬南京而大兴学校，终身乐善不倦，以荐拔人材为务，亦皆常人所难能。且真宗每以方寸小纸谘访，辄细书以答。则大事之密决于同叔者必多也。故王安石谓"为宰相何讵作词"，其兄安国曰："彼亦偶然自喜而为尔，顾其事业亦不止此。"（据《宋稗类钞》《东轩笔录》字句略异）《宋史》以同叔与庞籍、王随、章得象合传，亦于传末论云："方之诸人，殊其最优乎！"

二、仕宦连蹇的小山

同叔一生所历官职，钞录一过，已感不胜其烦；小山则适得其反，平生出处，几无可考。《宋史》既遗其名，前人笔记又鲜记载。据黄山谷《小山集序》云："持论甚高，未尝以沽世……仕宦连蹇，而不能一傍贵人之门。"则小山终身必未曾一为显宦也。

黄昇《花庵词选》注谓庆历中，开封府与棘寺同日奏狱空，叔原作《鹧鸪天》词，大称上意，则小山此时或随父入朝，或已居近职。考同叔《神道碑》载："几道、传正皆太常寺太祝。"不知作词时是否即系官此。小山为同叔暮子，方同叔卒时，年必尚幼，当因父而得官也。

　　此外可考者，惟知其曾监颍昌府许田镇而已。《闻见后录》载其曾手抄长短句上府帅韩少师，韩少师据《砚北杂志》为韩维，据《清波杂志》为韩缜。维于元丰间知颍昌府，缜以元祐元年罢为观文殿大学士知颍昌府。时小山年约五十左右，垂垂老矣。

　　小山少年浮沉酒中，与沈廉叔、陈君龙辈征歌狎伎，惟声色是娱，费资千百万而不惜。迨廉叔下世，君龙疾废，歌儿酒使，星散天涯。此时之小山疑亦潦倒不堪，家人饥寒，而已以行为不检之故，颇为当世诟病。故词中有"天教命薄，青楼占得声名恶"（《醉落魄》）等语。又《墨庄漫录》载"叔原聚书甚多，每有迁徙，其妻厌之"。既谓"每有迁徙"，则当不止一次。而小山戏作之诗，有"愿君同此器，珍重到霜毛"之句，则小山发犹未白，已度其漂泊生涯。《浪淘沙》词云："南去北来今渐老，难负尊前。"亦可与此互证。惜行踪全无可考，究不知此孤介词人，暮年流落何所。惟据《碧鸡漫志》云："叔原年未至乞身，退居京城赐第，不践诸贵之门。"则小山或仍终老于汴都也。

第八章
二晏年谱

小山生卒的假定 — 年谱

一、小山生卒的假定

二晏之家世、交游、及其出处，业详以上各章，兹更钩稽群书，缀为年谱。同叔享年卒月，具见《神道碑》，胡适《词选》未注生年，实疏于考证。惟小山陆沉下位，平生事迹，文献无征，晁说之所为墓志，今亦不传。故胡适但注"十一世纪"，陆侃如、冯沅君之《中国诗史》以为"西历一〇五〇？——一一二〇年？"仍嫌未得近似。今据《小山词集》及《侯鲭录》《闻见后录》《花庵词选》等，考知于神宗熙宁七年一度下狱，元丰元祐间监颍昌许田镇，其生年最迟应在仁宗庆历元年（西历一〇四一年），卒年最早应在哲宗元符末或竟至徽宗大观年间，以其曾及见师师也（关于师师讨论，详见本书十八章）。《碧鸡漫志》载小山曾因蔡京之请为作《鹧鸪天》词。京以元符元年为翰林学士承旨,崇宁元年入相,自是始得势,亦可与此互证。因假定与郑侠同生卒,作谱附后(郑侠寿七十九,宋文人多享大年,如张子野至八十九岁始卒。小山《临江仙》词有"白头王建在,犹见咏诗人"之句,可证必非短命,纵稍长于郑侠,而卒年约与之同时,亦尚可能也)。

二、年谱

宋太宗淳化二年辛卯 —— 西元九九一年,同叔生,一岁。

时家日贫。

《道山清话》:"晏临淄,临川人。其未生时,有仙人曹八百见其父固,谓之曰,上界有真人当降汝家,自是其家日贫……"

乌程张先二岁,范仲淹三岁。

至道二年丙申 —— 西元九九六年,六岁。

宋庠生。

至道三年丁酉 —— 西元九九七年,七岁。

能属文,乡里号为神童。

《宋史》本传云:"七岁能属文。"《神道碑》云:"公生七岁,知学问,为文章,乡里号为神童。"

《湘山续录》:"晏殊相年七岁,自临川诣都下求举神童。时寇莱公出镇金陵,殊以所业求见,莱公一见器之……"按《宋史》未载寇准于此年镇金陵，更证以同叔传准有"殊江外人"一语，疑《野录》误。

王洙生，太宗崩。

真宗咸平元年戊戌 —— 西元九九八年，八岁。

宋祁生。

咸平五年壬寅 —— 西元一〇〇二年，十二岁。

梅尧臣生。

咸平六年癸卯 —— 西元一〇〇三年，十三岁。

《温公日录》云："公幼能文，杨大年以闻，时年十三，真宗面试诗赋，疑其宿构……"按各书无作杨大年及"年十三"者，疑误。

景德元年甲辰 —— 西元一〇〇四年，十四岁。

张知白以神童荐。

《宋史》本传："景德初，张知白安抚江南，以神童荐之。"

《神道碑》："年始十四，一日起田里。"又曰："故丞相张文节公安抚江西，得公以闻。"

按是年江南旱，张知白与李防分路安抚，见《宋史·真宗本纪》及张传。

富弼生。

景德二年乙巳 —— 西元一〇〇五年，十五岁。

赐同进士出身，擢秘书省正字，留秘阁读书。

《临川县志·选举志》载，景德二年乙巳，李迪榜晏殊及进士第。按《真宗本纪》景德二年四月赐李迪等琼林宴，与此合。

《宋史》本传："帝召殊与进士千余人并试廷中，殊神气不慑，援笔立成。帝嘉赏，赐同进士出身。宰相寇准曰：'殊江外人。'帝顺曰：'张九龄非江外人耶？'后二日复试诗赋论，殊奏：'臣尝私习此赋，请试他题。'帝爱其不欺，既成，数称善，擢秘书省正字，秘阁读书，命直史馆陈彭年察其所与游处者，每称许之。"

《神道碑》："天子时方亲阅天下贡士，会廷者千余人，与夫宫臣、卫官，拥列圜视。公不动声气，操笔为文辞，立成以献。天子嘉赏，赐同进士出身。遂登馆阁，掌书命，以文章为天下所宗。"又曰："真宗召见，既赐出身。后二日，又召试诗赋论，公徐启曰：'臣尝私习此赋，不敢隐。'真宗益嗟异之，因赐以他题。以为秘书省正字，置之秘阁，使得悉读秘书，命故仆射陈文禧公视其学。"

按《梦溪笔谈》《避暑录话》所载与上同。考《真宗本纪》载景德二年三月甲辰御试礼部贡举人。据此召见为本年春事。

景德三年丙午 —— 西元一〇〇六年，十六岁。

迁太常寺奉礼郎。

《宋史》本传："明年召试中书，迁太常寺奉礼郎。"

《神道碑》："明年献其所为文，召试中书，迁太常寺奉礼郎。"

景德四年丁未 —— 西元一〇〇七年，十七岁。

欧阳修生。

大中祥符元年戊申 —— 西元一〇〇八年，十八岁。

迁光禄寺丞，作《东封圣制颂序》及《连理木赞》。

《宋史》本传云："东封恩迁光禄寺丞。"碑亦云："封祀泰山，推恩迁光禄寺丞。"考《宋史·真宗本纪》，是年正月，有天书见于承天门，大赦改元。六月，又得天书于泰山。十月，封禅。同叔所作《东封圣制颂序》见《玉海》二十八。略云："皇帝御极之十二载，受灵贶，对休命……（中略）……彼西畚纪名，之罘刻颂，风声遹听，不其盛欤！"《连理木赞》云："直干旁合，繁枝内附，四夷宾将，耀我王度。"亦见《玉海》百九十七。注作于祥符元年。

韩琦生。

大中祥符二年己酉 —— 西元一〇〇九年，十九岁。

献《大酺赋》，召试学士院，命为集贤校理。

《玉海》七十三云："祥符二年三月十六日辛未，御乾元楼观酺。壬申，上作观酺五言诗，赐百官。四月癸巳，晏殊献《大酺赋》，召试学士院，命为集贤校理。"

按《宋史》本传，但云"为集贤校理"，未及年月；碑文则"充集贤校理"句上有"数月"二字。当元年十月封禅恩迁，至二年四月改官，中间仅经数月，正相符合。

大中祥符三年庚戌 —— 西元一〇一〇年，二十岁。

献《黄河清颂》，迁著作佐郎。

《宋史·真宗本纪》："大中祥符三年十一月陕州黄河清。十二月陕州黄河再清；庚戌，集贤校理晏殊献《黄河清颂》。"

《玉海》六十云："祥符三年十一月庚子，陕州灵宝县言黄河清。十二月庚戌，宝鼎县言黄河再清；上作七言诗赐近臣，毕和；集贤校理晏殊上《河清颂》。"

《神道碑》："明年，迁著作佐郎。"

按据《真宗本纪》及《玉海》迁著作佐郎当在十二月献《黄河清颂》后。

弟颖卒？

《道山清话》："临淄公既显，其季弟颖自幼亦如临淄公警悟。章圣闻其名，召入禁中，因令作《宫沼瑞莲赋》，大见称赏，赐出身，授奉礼郎。颖闻之，走入书室中，反关不出。其家人辈连呼不应，乃破壁而入，则已蜕去。其年十八岁也。"（全文引见第四章）

按《抚州府志》亦载此事，较为简略，当即据《道山清话》。又《临川县志》卷十五云："晏颖，殊弟，景德初以童子召试，与兄留秘阁，赐出身。"未知何据。兹依《道山清话》，酌定此年。

仁宗生。

大中祥符六年癸丑 —— 西元一〇一三年，二十三岁。

父卒？ 去官归临川，真宗夺服起之。

《宋史》本传："丧父归临川，夺服起之。"

《神道碑》："丁父忧去官，已而真宗思之，即其家起复，命淮南发运使具舟送之京师。"

按本传及《神道碑》俱未言丧父年月，依祥符七年正月从祀太清宫推之，本年应已还朝，是其父至迟应卒于此年也。

大中祥符七年甲寅 —— 西元一〇一四年，二十四岁。

从祀太清宫，同判太常礼院。

《宋史》本传："从祀太清宫，诏修《宝训》，同判太常礼院。"

《神道碑》："从祀太清宫，赐绯衣银鱼，同判太常礼院。"

按《宋史》大中祥符七年正月，真宗如亳州，谒老子于太清宫。

大中祥符八年乙卯 —— 西元一〇一五年，二十五岁。

母卒？

《宋史》本传："丧母，求终服[1]，不许。"

《神道碑》："丁母忧，求去官服丧，不许。"

按其母应卒于七年正月以后九年五月以前，兹酌定此年。

大中祥符九年丙辰 —— 西元一〇一六年，二十六岁。

献《景灵宫》《会灵观》二赋，迁太常寺丞。作《徐公文集后序》。

《玉海》一百云："祥符九年五月戊午，晏殊献《景灵宫》

---

[1]服　底本误作"丧"，据《宋史》（P.10195）改。

《会灵观》二赋,上嘉之,迁太常丞。"按《宋史》本传但云"再迁太常寺丞",未及年月,兹从《玉海》及《徐公文集后序》。

《徐公文集后序》云:"都官员外郎胡君尧顺,通才博雅,乐善好贤。早游骑省之门,深蒙乡里之眷。宝兹遗集,积有岁时。镂版流行,庶传悠永。因以丞相赵郡文贞公、邓帅陇西公所作墓志挽咏等,列于左次,用垂茂实,俾题于后,以记厥由。大中祥符九年八月太常丞集贤校理晏殊序。"(见《徐骑省集》)

天禧元年丁巳 —— 西元一〇一七年,二十七岁。

献《惟德动天颂》,诏褒之。

《玉海》六十云:"天禧元年十月丁卯,集贤校理晏殊以岁经蝗旱,上轸皇虑。灾沴已息,稼穑大稔,献《惟德动天颂》,诏褒之。序曰:'《云汉》兴咏,周宣厉统业之怀;雩场改祈,汉明述哀泣之诏。雨螽坠地,祲孽坐销;原菽番生,良苗自熟。'"

按《容斋三笔》云:"真宗天禧元年,合祭天地,礼毕,推官百僚,宰相以下迁官一等。"则同叔之迁左正言,直史馆,或在本年,但别无佐证,姑从《神道碑》,仍置为昇王府记室参军后。

韩维生。陈彭年卒。

天禧二年戊午 —— 西元一〇一八年,二十八岁。

被选为昇王府记室参军,再迁左正言,直史馆,尚书户部员外郎,太子舍人。寻知制诰,判集贤院。—— 上表谢昇王府记室并代撰《辞升储表》、和《太清楼阅书歌》。

《宋史》本传:"擢左正言,直史馆。为昇王府记室参军。岁□迁尚书户部员外郎,为太子舍人 寻知制诰,判集贤院。"

《神道碑》:"今天子始封昇王,公以选为府记室参军,再迁左正言,直史馆。今天子为皇太子,以户部员外郎充太子舍人,赐金紫,知制诰,判集贤院。"

《春明退朝录》:"知制诰 …… 晏元献公、宣献公、今宣徽使王公拱辰皆二十八。"

《困学纪闻》:"晏元献《谢昇王记室表》云:'衣存缺衽,式[1]赞于谦冲;馔去邪蒿,不忘于规谏。'"

按《宋史·仁宗本纪》,仁宗以天禧二年进昇王,九月丁卯册为皇太子。又《梦溪笔谈》云:时天下无事,士大夫各为宴集,同叔独家居与昆弟讲习,故真宗以为东宫官。同叔曰:"臣非不乐宴游,直以贫无可为之具。"上益嘉其诚实。今《元献遗文》中有《代辞升储表》二,其一略云:"臣某言,伏睹内降制书,以臣为皇太子者。初闻中旨,但集于悚兢;退省孱资,不遑于宁处;敢陈丹赤,上渎威颜 ……(中述辞储之由,从略)…… 冒昧自陈,期于得请。"其二云:"臣某言,臣自沐徽章,再陈封奏,至诚虽极,宸听未回 ……(中再阵表辞理由)…… 由衷所极,得请为期。"此二表当同叔为昇王府记室

---

[1] 式 底本误作'或',据《困学纪闻》(P.2024)改。

参军时所代作也。

《玉海》二十七："天禧二年十一月辛未，召近臣至后苑太清楼观太宗御书，及圣制群书 …… 上作《太清楼阅书歌》…… 从臣皆和。晏殊《和阅书歌》：'琼字金扉迥倚天，南齐七志罕遗逸，西汉九流咸粲然。'"

天禧三年己未 —— 西元一〇一九年，二十九岁。

韩缜、曾巩、司马光、宋敏求生。

按曾巩尝为同叔《类要》撰序，韩缜出同叔门下，司马光《涑水纪闻》，宋敏求《春明退朝录》皆记有同叔事。

天禧四年庚申 —— 西元一〇二〇年，三十岁。

拜翰林学士，充景灵宫判官，太子左庶子，兼判太常寺，知礼仪院。—— 撰《祖士衡起居舍人告词》及《谢会灵观铭石本表》。

《宋史》本传："为翰林学士，迁左庶子。"

《神道碑》："迁翰林学士，充景灵宫判官，太子左庶子，兼判太常寺，知礼仪院。"

《学士年表》："天禧四年八月，晏殊以户部员外郎知制诰，拜翰林学士。"

《真宗本纪》："天禧四年十一月丙寅 …… 晏殊为太子左庶子。"

《祖士衡起居舍人告词》："敕故太仆射兼门下侍郎、平章事向敏中孙女婿朝散大夫、右司监、直集贤院、同修起居注、同提举在京诸司[1]库务司、上轻车都尉祖士衡，早以隽名，擢居上第……可特授行起居舍人。臣晏殊行，天禧四年四月日下。"（见《元献遗文》）

天禧四年十一月癸丑，赐辅臣会灵观铭石本。同叔表谢。见《玉海》三十一。

苏子容生。杨大年卒。

按苏尝在同叔幕府，见石林《避暑录话》。杨大年与同叔等，在宋初俱称能诗，《钟山语录》云："晏相善作小词，诗篇过于杨大年，大年虽称博学，然颠倒少可取者。"

天禧五年辛酉 —— 西元一〇二一年，三十一岁。

真宗以方寸小纸问同叔事。误送中书，大臣莫喻。

《湘山野录》："真宗欲择臣僚中善弓矢、美仪彩，伴虏使射，时双备者惟陈康肃公尧咨可焉。时以晏元献为翰林学士、太子左庶子，事无巨细，皆咨访之。上谓晏曰：'陈某若肯换式，当授予节钺，卿可谕之。'时康肃母燕国马太夫人尚在，门范严毅，陈曰：'当白老母，不敢自专。'既白之燕国，命杖挞之曰：'汝策名第一，父子以文章立朝为名臣，汝欲叨窃厚禄，贻羞于阀阅，忍乎！'因而无报。真宗遣小珰，以方寸小纸细书问晏曰：'主皮之议如何？'小珰误送中书，大臣茫然不喻。次日禀奏，真宗不免笑而就之：'朕为不晓此一句经义，因问卿

---

[1] 司　底本误作"词"，据《全宋文》第19册（P 204）改。

等。'止黜其珰于前省，亦不加罪。"

按《宋史》本传云："帝每访殊以事，率用方寸小纸细书，已答[1]奏，辄并稿封上，帝重其慎密。"《神道碑》云："公既以道德文章佐佑东宫，真宗每所谘访，多以方寸小纸细书问之，由是参与机密，所对必以其稿进，示不泄。其后悉阅真宗阁中遗书，得公所进稿，类为八十卷，藏之禁中，人莫之见也。"据此则同叔对真宗方寸小纸咨询，实始于天禧四年。考《真宗本纪》，天禧五年九月戊寅，唃厮啰请降，是岁高丽又遣使来贡，则欲使陈尧咨伴处使，当在本年。

王安石、冯京生。

按《豫章诗话》载冯京为同叔婿，误。京，富弼婿也。

乾兴元年壬戌——西元一〇二二年，三十二岁。

建言太后垂帘听政，皆毋得见。拜右谏议大夫兼侍读学士迁给事中，景灵宫副使，判吏部流内铨，以易侍讲崇政殿。——奉诏撰《天和殿御览》及《真宗实录》。

《宋史》本传："仁宗即位，章献[2]明肃太后奉遗诏权听政。宰相丁谓、枢密使曹利用各欲独见奏事，无敢决其议者。殊建言群臣奏事太后者，垂帘听之，皆毋得见，议遂定。迁右谏议大夫，兼侍读学士，太后谓东宫旧臣，恩不称，加给事中。"《神道碑》大致与本传同。惟官职较详，见前引。

---

[1] 答　底本误作"签"，据《宋史》（P.10196）改。
[2] 献　底本误作"宪"，据《宋史》（P.10196）改。

《直斋书录解题》十四："《天和殿御览》四十卷，侍读学士临川晏殊等天圣中受诏取《册府元龟》，掇其要者，分类为二百十五门（案《文献通考》作一百十五门）。天和者，禁中便殿也。"

《玉海》五十四："乾兴初，命翰林侍读学士晏殊等于《册府元龟》中掇其善美事，得要者四十卷，为二百一十五门，名曰《天和殿御览》。"

《临川县志》："晏元献为侍读学士，天圣中，受诏取《册府元龟》，掇其要者，分类为一百一十五门。天和者，禁中便殿名也。"

按《玉海》与《临川县志》等书所载撰年及门数均不同，疑作于乾兴元年，成于天圣中，待考。

《直斋书录解题》四："《真宗实录》一百五十卷，学士承旨肥乡李维仲方，学士临川晏殊同叔撰。乾兴元年受诏，天圣二年监修新喻王钦若定国上之。"

刘敞生，真宗崩。

同叔挽真宗句云："二龙骖夏服，双鹤纪尧年。"（见《困学纪闻》）

仁宗天圣元年癸亥 —— 西元一〇二三年，三十三岁。

预修《真宗实录》。

《宋史》本传："预修《真宗实录》。"

按《真宗实录》成于天圣二年，则本年当仍在修撰中。

寇准卒。

天圣二年甲子 —— 西元一〇二四年，三十四岁。

迁礼部侍郎，知审官院，为郊礼仪仗使。——作《崇天历序》。

《宋史》本传云："预修《真宗实录》，进礼部侍郎。"《神道碑》云："迁礼部侍郎、知审官院。"均未载年月。

考《宋史·宰辅表》云："天圣二年甲子三月甲辰，司空同中书门下平章事王钦若以《实录》成，加司徒。"则同叔进官，亦必于此年也。

《梁溪漫志》一："天圣二年亲郊，晏元献以翰林学士为仪仗使。"

《直斋书录解题》十二："历象类《崇天历》一卷，司天官正权判监宋行古等撰，天圣二年上，学士晏殊序。"惟考《仁宗本纪》，天圣元年三月辛卯司天监上《崇天历》，则同叔序或作于去年也。

天圣三年乙丑 —— 西元一〇二五年，三十五岁。

拜枢密副使。

《宋史·宰辅表》："十月辛酉，晏殊自翰林学士，礼部侍郎迁枢密副使。"

《仁宗本纪》："十月辛酉，晏殊为枢密副使。"

宋敏求《春明退朝录》："枢密副使赵令三十九，寇莱公三十一，晏元献三十五，韩魏公三十六。学士苏侍郎二十八，晏元献公、宣徽王公三十五。"按同叔此年固尚为学士,惟以为起于此年,则误矣。又本传及碑均载曾为枢密副使,未记年月。

天圣四年丙寅——西元一〇二六年,三十六岁。

论张耆不可为枢密使,忤太后旨。——中秋作《咏月诗》。

考《宋史·宰辅表》:"天圣三年十二月乙丑,张旻自淮南节度使检校太师同平章事,依前官迁枢密使,旻改名耆。"《仁宗本纪》亦云:"十二月乙丑,张旻为枢密使。"同叔《神道碑》云:"迁刑部侍郎,上疏论张耆不可为枢密使。由是忤太后旨。"本传略同,俱无年月。按同叔于五年正月己未始罢枢密副使,则上疏论张耆当在本年或去年十二月。又碑"迁刑部侍郎"句,本传无;据《宰辅表》应为罢枢密副使后所迁官。

《丙寅中秋咏月诗》见《岁时杂咏》三十一。

按论张耆之疏今佚,惟《临川县志》中犹载有《天圣中上殿札子论邪正之辨》,或亦为张而发欤?

天圣五年丁卯——西元一〇二七年,三十七岁。

罢枢密副使,以刑部侍郎留守南京,大兴学校,延范仲淹以教生徒。择富弼为婿。

《宋史》本传:"从幸玉清昭应宫,从者持笏后至,殊怒以笏撞之,折齿。御史弹奏,罢知宣州。数月,改应天府,延范仲淹以教生徒。自五代以来,天下学校具废,其兴学自殊始。"

《神道碑》:"坐以笏击其仆,误折其齿,留守南京,大兴学校,以教诸生。自五代以来,天下学废,兴自公始。"

《仁宗本纪》："五年正月己未，晏殊罢。"

《宰辅表》："正月庚申，枢密副使晏殊以刑部侍郎免。"

按宋南京即应天府，大中祥符七年改，在今河南商丘县。本传及碑所载符合，惟"知宣州数月"，《苕溪渔隐丛话》作"数日"，碑又未载，岂未赴宣州任即改应天府欤？（辨详本书第一章）

《宋史》本传："善知人，富弼、杨察皆其婿也。"《富弼传》："弼少笃学有大度，范仲淹见而奇之，曰：'王佐之才也。'以其文示王曾、晏殊，殊妻以女。"

按《东轩笔录》及《石林燕语》均载晏择婿经过，盖同叔托范仲淹，仲淹时在南京掌西监，谓监中富皋、张为善二学子并可婿，同叔取富皋，皋即弼也。惟《孙公谈圃》谓因同叔门下常卖人王青善相，称弼可位至宰相，遂婿之。王士禛《香祖笔记》曾疑其说，盖未可信。

作《上元灯夕诗》。

《丁卯上元》《灯夕诗》二首，见劳格辑《元献遗文》。

天圣六年戊辰 —— 西元一〇二八年，三十八岁。

在南京，幕下王琪、张亢为最上客。复召为御史中丞，荐范仲淹。

欧阳修《归田录》："晏元献公以文章名誉，少年居富贵，性豪俊，所至延宾客，一时名士多出其门。罢枢密副使，为南京留守，时年三十八。幕下王琪、张亢最为上客。"

按王琪带馆职为府签判，实因同叔之请，朝廷不得已许之，见《石林诗话》。琪与张亢俱善诙谐，每互相戏谑。琪尤风雅，尝遇中秋阴晦，以诗起晏，会饮达旦。《归田录》《渑水燕谈》《尧山堂外纪》《石林诗话》等均载有张、王等逸事。

《范文正公年谱》："天圣六年戊辰，年四十岁，上书言朝政得失，民间利病，宰相王曾见而伟之。时晏殊在枢府，荐一士为馆职，曾谕之曰：'公知范仲淹，舍而他荐乎？'晏公遂以状举公……是岁，服除，冬十二月甲子，以公为秘阁校理，晏丞相殊之荐也。"

《涑水纪闻》："仲淹服除至京师，上宰相书，言朝政得失及民间利病凡万余言，王曾见而伟之。时晏殊亦在京师，荐一人为馆职，曾谓殊曰：'公知范仲淹，舍不荐，而荐斯人乎？已为公置不行，宜更荐仲淹也。'殊从之，遂除馆职。顷之，冬至立仗，礼官定议，欲媚章献太后，请天子帅百官献寿于庭，仲淹奏以为不可。晏殊大惧，召仲淹，怒责之，以为狂。仲淹正色抗言曰：'仲淹受明公误知，常惧不称，为知己羞，不意今日更以正论得罪于门下也。'殊惭无以应。"

按天圣七年十一月癸亥冬至，仁宗率百官上皇太后寿于会庆殿。仲淹于七年十一月出通判河中，当与上书事有关。兹从《范文正公年谱》，认定同叔于六年还朝并荐范。依本传及碑，官御史中丞。

张知白卒。

天圣七年己巳 —— 西元一○二九年，三十九岁。

奏罢职田。改兵部侍郎兼秘书监，资政殿学士，翰林侍读学士。

《湘山野录》："天圣七年，晏元献公奏：'朝廷置职田，盖欲稍资俸给其官吏，不务至公，以差遣徇侥，竞者极众，屡致讼言，上烦听览，欲乞停罢。'时可其奏。但令佃户逐年收课利，聚天下都数，纽价均散见仕官员（以下言九年二月又诏复职田，从略）。"按右迁官依《神道碑》。本传亦云："改资政殿学士兼翰林侍读学士、兵部侍郎兼秘书监。"惟均未载改官年月，大约在六年至七年中。

范仲淹上疏论上皇太后寿事，同叔召责之。

按《儒林公议》《涑水纪闻》《范文正公年谱》并记此事，《涑水纪闻》所载已录天圣六年下。

天圣八年庚午 —— 西元一○三○年，四十岁。

知礼部贡举，试题出《司空掌舆地之图赋》。

《神道碑》："知天圣八年礼部贡举。"

王铚《默记》卷中："晏元献以前两府作御史中丞，知贡举，出《司空掌舆地之图赋》。"

范仲淹遗书论上寿事，同叔愧谢。

《范文正公年谱》："公退，又作书遗殊申前奏，不少屈，殊卒愧谢焉。"按书犹存《范文正公集》中，首云："天圣八年月日，具衔范某谨斋沐再拜，上书于资政侍郎阁下。"

欧阳修试礼部第一。

《欧阳文忠公年谱》:"天圣八年庚午正月,试礼部,翰林学士晏公殊知贡举,公复为第一。"(按七年春试国子监第一,秋赴国学解试又第一)

沈括生。

按沈著《梦溪笔谈》中记有同叔事。

天圣九年辛未 —— 西元一〇三一年,四十一岁。

为三司使。

《宋史》本传:"为三司使。"《神道碑》:"明年为三司使。"

按三司之职,宋初沿五代之制,置使以总国计,应四方贡赋之入,朝廷不预,一归三司,通管盐铁、度支、户部,号曰计省,位亚执政,目为计相。(见《宋史·职官志》)

明道元年壬申 —— 西元一〇三二年,四十二岁。

复为枢密副使,未拜,改参知政事,加尚书左丞。

《宋史》本传:"复为枢密副使,未拜,改参知政事,加尚书左丞。"《神道碑》同,惟作"迁"尚书左丞。

《仁宗本纪》:"八月辛丑,以晏殊为枢密副使。丙午,晏殊参知政事。"

《宰辅表》:"八月辛丑,晏殊自守刑部侍郎,迁枢密副使,除参知政事。"

李宸妃薨。

《仁宗本纪》:"二月丁卯,以真宗顺容李氏为宸妃,是日妃薨。"

刘恕生。

明道二年癸酉 —— 西元一〇三三年，四十三岁。

四月，对太后问谒庙服，罢参知政事，以礼部尚书知亳州。作《元日中书致斋感事》诗及《蜩蛙赋》。

《宋史》本传："太后谒太庙，有请服衮冕者，太后以问，殊以周官后服对。"《神道碑》同。按《仁宗本纪》太后服衮衣、仪天冠飨太庙为本年二月事。

《神道碑》："太后崩，大臣执政者皆罢，公为礼部尚书知亳州。"

《宋史》本传与碑略同。

《宰辅表》："四月己未，晏殊自参知政事，以礼部尚书知江宁府。"

按《苕溪渔隐丛话》云："罢知江宁府，未行，改亳州。"是同叔未尝知江宁。《宰辅表》不合，兹从传、碑。游涡水作《蜩蛙赋》，详《避暑录话》卷四，兹酌入此年，盖初罢不无芥蒂于中也。《癸酉岁元日中书致斋感事》诗，见劳辑《元献遗文》。

仁宗亲政，始知为李宸妃所生。

《仁宗本纪》："三月甲午，皇太后崩，遗诏尊皇太妃为皇太后……四月壬寅，追尊宸妃李氏为皇太后。至是，帝始知为宸妃所生。"按《孙公谈圃》谓系杨太妃疾革密语其事，据此，则刘太后未崩时，仁宗已知。

按《龙川别志》云："章懿之崩 …… 公撰志文，言生女一人，早卒，无子。仁宗恨之。及亲政，内出志文以示宰相，曰：'先后诞育朕躬，殊为侍从，安得不知？乃言生一公主，又不育，此何意也？'吕文靖曰：'殊固有罪，然宫省事秘，臣备位宰相，是时虽略知之而不得其详。殊之不审事理，容或有之。然方章献临御，若明言先后实生圣躬，事得安否？'上默然良久。命出殊守金陵，明日以为远，改守南都。"《湘山野录》并记其《神道碑》破题云："五岳峥嵘，昆山出玉；四溟浩渺，丽水生金。"谓才者爱其善比，仁宗终不悦。其后同叔罢宰相，仍与此事有关，见《宋史》本传。惟宋李心传《旧闻证误》曾辨《龙川别志》失实，略谓："按《国史》，明道二年三月，章献崩。四月乙未，宰相吕夷简判澶州，执政晏殊等五人皆迁一官罢，恐非缘做文事也。是时许公例罢去，安得救解元献耶？"

欧阳修作《谢晏尚书二绝》。

诗云："送尽残春始到家，主人爱客不须嗟。红泥煮酒尝青杏，犹向临流藉落花。""烂漫残芳不可收，归来惆怅失春游。绿阴深处闻啼鸟，犹得追闲果下骝。"（见《欧阳文忠全集》）

程颐生。

按伊川曾赏小山"梦魂惯得无拘检，又踏杨花过谢桥"句为"鬼语"。又同叔曾孙敦复曾师事之，见《宋史·晏敦复传》。

景祐元年甲戌 —— 西元一〇三四年，四十四岁。

在亳作《吊刘苏哥》《夏日偶至郊亭》及《自嘲》诗。

《西清诗话》云："元献初罢政事守亳社，每叹士风凋落。一日营妓曰刘苏哥，有约终身而寒盟者，方春物喧妍，驰骏马出郊，登高冢旷望，长恸遂卒。元献谓士大夫受人眄睐，随燥湿变渝，如翻覆手，曾狂女子不若。为序其事，以诗吊之云：'苏哥风味逼天真，恐是文君向上人。何日九原芳草绿，大家携酒哭青春。'"（《侯鲭录》谓为颍妓曹苏奇，纪事略异，诗同）

　　按同叔以去年初夏来亳，明年徙陈州，兹酌定此诗作于本年。《苕溪渔隐丛话》以为指宋子京草罢相制事，查与守亳年代不符，且曾布所述子京草白麻月日，亦与实际不合，辨见《旧闻证误》。《渔隐》说非。

　　《夏日偶至郊亭》及《自嘲》诗已佚，今《欧阳公全集》有和诗二首，编入景祐元年，兹录之，亦可略见同叔原诗大意也。

　　《和晏尚书夏日偶至郊亭》诗云："关关啼鸟树交阴，雨过西城野色侵。避暑谁能陪剧饮，清歌自可涤烦襟。稻花欲秀蝉初嘒，菱蔓初长水正深。知有江湖杳然意，扁舟应许共追寻。"

　　《和晏尚书自嘲》诗云："未归归即秉鸿钧，偷醉关亭醉几春。与物有情宁易得？莫嗔花解久留人。"

　　五子明远为秘书省校书郎。

　　《宋元宪集》二十五有《礼部尚书知亳州晏殊男明远可秘书省校书郎制》，制中谓"适因诞节，旅集庆仪"。考仁宗诞节为四月十四日，同叔以去年四月罢参知政事，明年徙陈州，兹据宋集制题酌定此年。

杨察、柳永登进士第。

《宋史·杨察传》:"杨察,字隐甫……合肥人……景祐元年,举进士甲科,除将作监丞,通判宿州……召为右正言,知制诰,又判礼部贡院……晏殊执政,以妻父嫌,换龙图阁待制[1]。"察为同叔次婿,见《神道碑》及《宋史》本传。

《能改斋漫录》谓柳永景祐元年方及第,《四库总目提要》亦谓为景祐元年进士,盖即据《能改斋漫录》。《渑水燕谈》则云:"柳三变,景祐末登进士第。"《石林燕语》又谓"景祐中为睦州推官",是《能改斋漫录》较为可信,兹从之。按柳永后曾谒同叔,同叔以作艳词责之,见《画墁录》。

景祐二年乙亥 —— 西元一〇三五年,四十五岁。

徙陈州。

《苕溪渔隐丛话》:"《蔡宽夫诗话》云……元献公守亳,妓至亦尝参赋诗云:'一年为客未归去,笑杀城东桃李花。'初莫省谓何,已而因春出游,则州之园馆皆在城东,留亳踰年,而后移睢阳,无不合者。"据此则本传及碑所称之徙陈州应在本年,惟睢阳乃应天府,故胡仔谓与昭陵诸臣传不合,予疑"睢"字为"淮"字之误,淮阳即陈州也。

景祐三年丙子 —— 西元一〇三六年,四十六岁。

欧阳修谪夷陵令,范仲淹落职知饶州。

---

[1] 待制 底本"待制"前衍一"制"字,据《宋史》(P.9856)删。

苏轼生。

宝元元年戊寅 —— 西元一〇三八年,四十八岁。

王曾卒。

宝元二年己卯 —— 西元一〇三九年,四十九岁。

迁刑部尚书,以本官兼御史中丞,复为三司使。

上据《宋史》本传。《神道碑》云:"迁刑部尚书,复召为御史中丞,又为三司使。"按是年正月赵元昊表请称帝改元,六月削赵元昊官爵,除属籍。《神道碑》云:"自公复召用,而赵元昊反。"故酌定此年还朝。

康定元年庚辰 —— 西元一〇四〇年,五十岁。

知枢密院事,拜枢密使,再加检校太尉。—— 时陕西方用兵,同叔数建利害,请罢内臣监军,并出宫中长物助边费。

上拜官依《神道碑》。《宋史》本传云:"康定初,知枢密院事,遂为枢密使。"

《宰辅表》:"三月戊寅,晏殊自三司使、刑部尚书除知枢密院事。九月,晏殊自知枢密院事加检校太傅、枢密使。"

《仁宗本纪》:"三月戊寅,以晏殊知枢密院事。九月戊辰,以晏殊为枢密使。"

按以上所记官职均同,惟《宰辅表》作检校太傅。查《宋史》谓唐制太尉在太傅下,宋改在太傅上。同叔所拜为太尉,欧集诗题可证。

《宋史》本传:"陕西方用兵,殊请罢内臣监兵,悉以阵图授诸将，使得应敌为攻守，及募弓箭手，教之以备战斗。又请出官中长物助边费，凡他司之领财利者，俱罢还度支。悉为施行。"按碑文与此略同，惟均未载奏青年月，凡此皆关系军事，疑为官枢密使时所奏。至请出官中长物助边，或奏于去年官三司使时，因《仁宗本纪》载去年十一月及本年二月曾两出库珠也。

追赠同叔曾祖以下诰封。

曾祖延昌，祖郜，父固，均追加诰封，见《临川县志》已引入第四章。

庆历元年辛巳 —— 西元一〇四一年，五十一岁。

与欧阳修等置酒西园赏雪，即席唱和。

《欧阳文忠公全集》载，庆历元年，《晏太尉西园赏雪歌》云："（上略）晚趋宾馆贺太尉，坐觉满路流欢声。便开西园扫径步，正见玉树花凋零。小轩却坐对山石，拂拂酒面红烟生。主人与国共休戚，不惟喜悦将丰登。须怜铁甲冷彻骨，四十余万屯边兵。"又《和晏尚书对雪招饮》（庆历元年）云："琼林瑶树影交加，谁伴山翁醉帽斜。自把金船浮白蚁，应须红粉唱梅花。"

同叔原作已不可考，惟《宋文鉴》中犹存同叔《雪中》一首，诗云："平台千里渴商霖，内史忧民望最深。衣上六花非所好，亩间盈尺是吾心。"此诗虽不知作于何年，然证以欧诗"不惟喜悦将丰登"句，似即此年赏雪原唱。又按《东轩笔录》

所载，同叔因欧诗有"主人与国共休戚"等句，深不平。尝语人韩愈赴裴度宴，但言"园林穷胜事，钟鼓乐清时"，却不曾如此作闹。颇可与此互证。惟《潘子真诗话》谓永叔作启谢晏，考其语意与年代不合，未可信。

郑侠生。小山最迟亦应生于此年。

小山平生交游之可考者，惟黄庭坚与郑侠而已。本年谱因小山生卒既不可考，只得假定与郑侠年岁相仿佛，聊志大概。按《花庵词选》谓其于庆历中曾作《鹧鸪天》词，大称上意。查庆历仅八年，纵小山如乃父之七岁能文，且作《鹧鸪天》于庆历之末，最迟亦应生于此年，或已生数岁矣。

庆历二年壬午 —— 西元一〇四二年，五十二岁。

七月加平章事。作《元日雪诗》及《五云观记》。

《宋史·仁宗本纪》："七月戊午，晏殊加平章事。"

《宰辅表》："七月壬午……晏殊自枢密使加同平章事。"

按本传及碑俱谓进同中书门下平章事，兹从《仁宗本纪》及《宰辅表》，以此年加平章事，明年进同中书门下平章事。

《五云观记》略云："丞相冀文穆公即世之明年，其小君许国夫人，闻于内朝，请建道馆于茅山之南麓，以为公栖神之所……赐名曰五云观……公姓王氏，讳钦若，字定国，夫人姓李氏。公之邑里世系，历官差次，上载史牒，下刊碑志，此得略而不书。庆历二年岁次壬午十月晏殊记。"（按《壬午岁元日雪诗》及《五云观记》均见劳辑《元献遗文》））

庆历三年癸未 —— 西元一〇四三年,五十三岁。

加同中书门下平章事,集贤殿大学士,兼枢密使。—— 益务进贤材,时范仲淹、韩琦、富弼皆进用。以富弼为枢密副使,避嫌辞所兼,诏不许。

《宋史》本传:"庆历中,拜集贤殿学士,同平章事,兼枢密使。殊平居好贤,当世知名之士,如范仲淹、孔道辅皆出其门。及为相,益务进贤材,而仲淹与韩琦、富弼皆进用。至于台阁,多一时之贤。"又云:"殊为宰相兼枢密使,而弼为副使,辞所兼,诏不许,其信遇如此。"按施彦执[1]《北窗炙輠录》亦曾记同叔以嫌欲避位事。

《神道碑》:"庆历三年三月,遂以刑部尚书居相位,充集贤殿大学士,兼枢密使……(余同本传)"

《宰辅表》:"三年三月戊子,以晏殊自检校太尉,刑部尚书,同平章事,加同中书门下平章事,集贤殿大学士,兼枢密使……富弼除谏议大夫枢密副使,固辞……八月丁未,复命之。"

《仁宗本纪》:"庆历三年……三月壬申以晏殊为集贤殿大学士,并兼枢密使。"

按以上关于进官及荐贤事,《宰辅表》及本传较详,兹参酌录之如上。

---

[1] 执 底本误作"直",据《北窗炙輠录》作者名字改。

王安石及第来谒，同叔戒以"能容于物，物亦容矣"二语。王安石晋谒事见《默记》及《清波杂志》，《默记》尤详。

庆历四年甲申 —— 西元一〇四四年，五十四岁。

元旦会两禁于私第，席上自作《木兰花》以侑觞。九月罢相，以工部尚书知颍州。

赵万里辑《古今词话》云："庆历癸未十二月十九日立春，甲申元日，丞相晏元献公会两禁于私第，丞相席上自作《木兰花》以侑觞曰：'东风昨夜回梁苑，日脚依稀添一线。旋开杨柳绿蛾眉，暗拆海棠红粉面。　无情欲去云间雁，有意飞来梁上燕。无情有意且休论，莫向酒杯容易散。'于时坐客皆和，亦不敢改首句'东风昨夜'四字。"

《宋史》本传："帝亦奋然有意，欲因群材以更治，而小人权幸皆不便。殊出欧阳修为河北都转运，谏官奏留，不许。孙甫、蔡襄上言宸妃生圣躬为天下主，而殊尝被诏志宸妃墓没而不言。又奏论殊役官兵治僦舍以规利。坐是降工部尚书，知颍州。然殊以章献太后方临朝，故志不敢斥言；而所役兵，乃辅臣例宣[1]借者，时以为[2]非殊罪。"

《神道碑》："天子既厌西兵，闵天下困弊，奋然有意，遂欲因群材以更治。数诏大臣条天下事，方施行，而小人权幸皆不便。明年秋，会公以事罢，而仲淹等相次亦皆去，事遂

---

[1] 宣　底本误作"宜"，据《宋史》(P.10197)改。
[2] 为　《宋史》(P.10197)作"谓"。

已。公既罢,以工部尚书知颍州。'《宰辅表》:"四年九月庚午,同中书门下平章事晏殊,为孙甫、蔡襄所论,以工部尚书知颍州。"

按以上言同叔被黜原因,大致相同,惟《龙川别志》独云:"及殊作相,八王疾革,上亲往问,王曰:'叔久不见官家,不知今谁作相?'上曰:'晏殊也。'王曰:'此人名在图谶,胡为用之?'上归阅视图谶,得成败之语,并记志文事(按指宸妃墓志),欲重黜之。宋祁为学士,当草白麻,争之,乃降二官,知颍州。"考庆历四年正月燕王薨,同叔九月十二日始罢相,其间相去已久。《龙川别志》所载似有未合,《旧闻证误》曾辩之。

刘恕来谒。

《宋史·刘恕传》:"年十三,欲应制[1]科,从人假《汉、唐书》,阅月皆归之。诣丞相晏殊,问以事,反覆诘难,殊不能对。恕在巨鹿时,召至府,重德之。使讲《春秋》,殊亲率官属往听。"

吕夷简卒。

按夷简与同叔曾同时立朝同平章事。

庆历五年乙酉——西元一〇四五年,五十五岁。

改刑部尚书。

---

[1] 制 底本脱,据《宋史》(P.13118)补。

在颍以惠山泉煮茗赋诗，建清涟阁西湖上。手植双柳阁前。

《涑水纪闻》："庆历五年正月一日，见任两制以上官……尚书刑部晏殊……"按宋制工部尚书例转礼部尚书，但两府得转刑部尚书。同叔以皇祐二年迁户部，依叙迁之制，必先改刑部。传、碑俱漏叙，兹从《涑水纪闻》。

《西清诗话》："晏元献庆历中罢相守颍，以惠山泉烹日注，从容置酒赋诗。"

《阜阳县志》："清涟阁，宋晏殊建，后为去思堂。"又云："双柳亭，宋晏殊尝手植双柳于清涟阁前。欧阳修为守，因建此亭，后废。天启初，凤阳府晏自启重建于西湖之南，乾隆三年，安徽布政使晏斯盛复建。"

按同叔自罢相守颍，至庆历八年始移陈州，以上诸事，年月已不可确考，姑置于此。

黄庭坚生。

按黄与小山为知己，读黄《小山集序》可见。

庆历七年丁亥 —— 西元一〇四七年，五十七岁。

梅尧臣来颍，颇多酬唱。欧阳修自滁州修书介绍荥[1]阳主簿魏广晋谒。

《西清诗话》："晏元献守汝阴，梅圣俞往见之。将行，公置酒颍河上。因言古人章句中全用平声，制字稳贴者，如'枯

---

[1] 荥　底本误作"荣"，《欧阳修全集·书简卷二》(P.2352)考证，魏广"为荥阳主簿"，据改。下文径改，不再出校记。

桑知天风'是也，恨未见侧字诗。圣俞既引舟，遂作五侧体寄公云：'月出断岸口，影照别舸背。且独与妇饮，颇胜俗客对。月渐上我席，暝色亦稍退。岂必在秉烛，此景已可爱。'"（按上诗《宛陵集》题作《舟中夜与家人饮》）

按上元记圣俞往颍年月，兹考《宛陵集》有诗："乙酉六月二十一日予应辟许昌，京师内外之亲……送我于王氏之园，尽欢而去，明日，予作诗以寄焉。"知圣俞于庆历五年赴许昌辟。又《和江邻几见寄》诗下注云："自此许州起庆历六年夏尽其年终。"此诗编在丙戌五月以后，是庆历六年直至年终圣俞尚在许也。同叔于庆历八年移陈州，则圣俞往颍见晏，当在庆历七年。

今考《宛陵集》中，有《谢晏相公》《八日就湖上会饮呈晏相公》《九日撷芳园会呈晏相公》《以近诗贽尚书晏相公忽有酬赠之什承之甚过不敢辄有所叙谨依韵缀前日坐末教诲之言以和》《依韵和晏相公》《道中谢晏相公寄酒》《途中寄上尚书晏相公二十韵》诸诗，盖均一时唱和之作，知圣俞见同叔后旋复去颍也。

欧阳修庆历七年与晏元献公书云："某启。孟春犹寒，伏惟判府相公尊体动止万福。前急足自府还，伏蒙赐书为报，且承临镇之余，日有林湖闲燕之乐，此乃大君子以道[1]出处之方，而元老明哲所以为国自重之意也。幸甚！幸甚！有魏广者，

---

[1] 道 底本误作"乐"，据《欧阳修全集·书简卷二》（P.2352）改。

好古守道之士也。其为人外柔而内刚，新以进士及第，为荥阳主簿，今因吏役至府下，非有他求，直以卑贱不能自达，欲一趋门仞而已，伏维幸赐察焉！不备，某再拜。"（见《欧阳文忠公全集》书简卷第二）

庆历八年戊子 —— 西元一〇四八年，五十八岁。

徙知陈州。修表问仁宗起居。范仲淹过陈，欢饮数日。

《石林燕语》："庆历末，晏出守宛丘，文正起南阳，道过，特留欢饮数日……将别，以诗叙殷勤，投元献而去。"（今《范文正公集》四有《过陈州上晏相公诗》）

按本传及碑均言徙知陈州未及年月，今考《宛陵集》有《依韵朱学士廉叔忆颍州西湖春色寄献尚书晏公且将有宛丘之命》诗一首，编入三十一卷与三十二卷戊子年间。（此诗前有《戊子正月二十六日夜梦》一首，后有《戊子三月二十一日殇小女称称》三首）诗结句云："喜公移幕府，连赏二州春。"按宛丘古为陈都，隋移陈州治宛丘，故推知同叔自颍移陈当在此年春日，可与《石林燕语》互证。

《神道碑》云："未尝为子弟求恩泽，其在陈州，上问宰相曰：'晏某居外，未尝有所请，其亦有所欲耶？'宰相以告公，公自为表，问起居而已。"

宋祁召还学士院，同叔和其诗。

《复斋漫录》载同叔《和宋子京召还学士院》有"网索轩窗邃"等句。考《宋祁传》云："庠为枢密使，祁复为翰林学士。"

据《宰辅衾》，庠以八年五月除枢密使，则祁还学士院，同叔和诗，必均在此年也。

皇祐元年己丑 —— 西元一〇四九年，五十九岁。

徙许州。四子崇让登进士第。

《神道碑》云："又徙许州。"本传云："又徙许州，稍复礼部、刑部尚书。"《苕溪渔隐丛话》引昭陵诸臣传云："复徙应天府，未赴任，改许州。"按同叔于皇祐二年知永兴军，则移许当在此年。

《临川县志》载："晏崇让，殊子，皇祐元年己丑冯京榜中进士，后改名知崇，朝请大夫。"按《宋史》本传末云："子知止，朝请大夫。"

曾巩序《类要》云："公之子知止，能守其家者也。"王铚《默记》卷中亦有"晏知止作府推时"一条。是知崇即知止，《临川县志》误。据《神道碑》，崇让，同叔第四子也。

秦观生。

皇祐二年庚寅 —— 西元一〇五〇年，六十岁。

迁户部尚书，拜观文殿大学士，知永兴军，兼充一路都部署安抚使。辟张先为通判。先因同叔出姬，作《碧牡丹》词，同叔遂复赎之归。

上依《神道碑》文。《宋史》本传云："祀明堂，迁户部，以观文殿大学士知永兴军。"考《仁宗本纪》，祀明堂在皇祐二年秋。又《欧阳文忠公全集》，皇祐二年有《送张洞推官赴永兴经略司》诗（《宛陵集·送张推官洞赴晏相公辟》诗有"送子居大梁，关中乃关外，往者边事繁，秦民被灾害"等句，可与欧诗互证，惟梅诗编入皇祐三年五月后耳），则同叔当于本年秋后知永兴军。

《道山清话》云："晏元献公为京兆，辟张先为通判……（以下记同叔出姬，子野作《碧牡丹》词事）"《画墁录》云："晏丞相领京兆，辟张先都官通判……（以下记'无物似情浓'语）"按宋京兆即今长安，当时属永兴军。子野于皇祐四年知渝州（据梅圣俞《送张子野屯田知渝州》诗编入三十九卷，其三十八卷《读月石屏诗》下注云："自此起皇祐三年五月至京后。"卷四十第一首《宁陵阻风雨寄都下旧亲》有"予生五十二，再解居官忧"句。圣俞皇祐五年为五十二岁。送子野知渝诗介皇祐三年与五年间，当在四年矣。查阅是编诗题有关时令者，亦正符合），则被晏辟，当在二年至三年间。然据梅尧臣《送张子野屯田知渝州》诗有"旧居苕溪上，久客咸阳东"句，既云"久客"，则以二年已被晏辟，较为近似也。子野《碧牡丹》词，《花草粹编》注"晏同叔出姬"，《道山清话》载同叔有侍儿善歌词，为王夫人所不容，出之，子野作《碧牡丹》词，使营妓歌，同叔闻之怃然，复赎之归。《绿窗新话》引《古今词话》所记与此略同，惟误为小山事。按同叔以皇祐二年秋后知永兴军，其辟子野当已在年底，则此事似在皇祐三年。因确实年月无从征考，姑置于此。

皇祐三年辛卯 —— 西元一〇五一年，六十一岁。

在永兴军任。

欧阳永叔作《答杜相公宠示去思堂诗》。

原诗见《欧阳文忠公全集》，已引入第五章。按永叔守颍时，改同叔所建之清涟阁为去思堂，此答杜衍寄示去思堂诗，注此年作。

皇祐四年壬辰 —— 西元一〇五二年，六十二岁。

在永兴军任。

贺铸生。

范仲淹卒。

皇祐五年癸巳 —— 西元一〇五三年，六十三岁。

徙河南府兼西京留守，迁兵部尚书，封临淄公。

《宋史》本传："徙河南府，迁兵部。"

《神道碑》："徙知河南府兼西京留守，累进阶至开府仪同三司，勋上柱国，爵临淄公，食邑万二千户，实封三千七百户。"《宋元宪集》十五有《晏公丧过州北哭罢成篇二首》，注云："癸巳秋，公自长安代余守洛。"庠以皇祐三年出知河南府见《宰辅表》。又张先有《玉联环·送临淄桂公》一首，按其词意，当是年秋日送晏东归之作。

遣使唁慰永叔母丧。

《欧阳文忠公全集》书简卷第二："某叩首。孟春犹寒，伏维留守相公大学士动止万福。某罪逆不孝，不自死灭，犹存喘息，自齿人曹。近者辄以哀诚，具之号疏。台[1]慈轸恻，怜念孤穷，亟遣府兵，赐以慰答。有以见厚德载物，无所不容；求旧拾遗，虽弊不弃。捧读感涕，不知自已。内惟孤贱，受赐有年，岂独兹时？乃尔忉怛，盖以感激，临纸发于其诚而不能止也。留务清闲，伏维上为邦家，精调寝膳。下情区区，谨因人还，附以叙谢。某再拜。"（原注皇祐七年）按皇祐止于五年，欧集原注七年当误。据《欧阳文忠公年谱》以皇祐四年三月壬戌丁母夫人忧，五年八月自颍州护母丧归葬。此书首言孟春犹寒，疑当五年春初事也。

从孙升卿及进士第。见《临川县志·选举志》，是年郑獬榜首。

晁无咎生。

至和元年甲午 —— 西元一〇五四年，六十四岁。

六月以疾归京师；八月疾少间，留侍经筵。是年春曾偕韩维等游洛阳诸名胜。

《宋史》本传："以疾，请[2]归京师访医药。既平，复求出守，特留侍经筵，诏五日一与[3]起居，仪从如宰相。"

《神道碑》："至和元年六月，观文殿大学士，行兵部尚书，西京留守，临淄公，以疾归于京师。八月疾少间，入见，天

---

[1] 台　底本误作"召"，据《欧阳修全集·书简卷二》（P.2353）改。
[2] 请　底本脱，据《宋史》（P.10197）补。
[3] 与　底本误作"兴"，据《宋史》（P.10197）改。

子曰:'噫! 予旧学之臣也。'乃留侍讲迩英阁,诏五日一朝前殿。"

韩维《南阳集钞》有《陪晏相公游韩王水硙园》及《出留守府之东游李相园赵令竹林观楚家桂树子去岁数从元献公为此行作三绝以道悲怆之意》二诗,前一首诗云:"行遍洛川南北岸,自怜探赏庶穷幽。不知物外清闲境 只在韩王水硙头。"此诗虽无年月,然与后首连接,疑系本年所作,"行遍洛川南北岸",想见游兴不浅也。

至和二年乙未 —— 西元一〇五五年,六十五岁。

正月丁亥薨。仁宗临丧,以不即视为恨。赠司空兼侍中,谥曰元献。诏特辍朝二日。三月癸酉,葬于许州阳翟县麦秀乡之北原。既葬,赐其墓隧之碑首曰"旧学之碑",敕欧阳修撰《神道碑铭》。王洙为书碑文。孙及甥之未官者九人,仁宗皆命以官,以其次子承裕为崇文院检讨。

《仁宗本纪》:"至和二年,正月丁亥,晏殊薨。"

本传:"逾年,病浸剧,乘舆将往视之,殊即驰奏曰:'臣老病[1],行愈矣,不足为陛下忧也。'已而薨,帝虽临奠,以不视疾为恨,特罢朝二日,赠司空兼侍中,谥元献。篆其碑首曰'旧学之碑'。"按《宋史》以同叔与庞籍、王随、章得象合传,论曰:"殊、籍、随、得象,皆起孤生,致位宰相。籍通晓法令,

---

[1] 病 《宋史》(P.10197)作"疾"。

随练习民事，皆能用其所长。然籍终至绌免，随数遭谴斥，何其才之难得也！得象浑厚有容，殊喜荐拔人物，乐善不倦，方之诸人，殊其最优乎！"

《神道碑》云："疾作，不能朝。敕太医朝夕往视。有司除道，将幸其家。公叹曰：'吾无状，乃以疾病忧吾君。'即驰奏曰：'臣疾稍间，行愈矣。'乃止。其月丁亥，以公薨闻，天子震悼，亟临其丧，以不即视公为恨。赠公司空兼侍中，谥曰元献。有司请辍视朝一日，诏特辍二日。以其年三月癸酉，葬公于许州阳翟县麦秀乡之北原。既葬，赐其墓隧之碑首曰'旧学之碑'。既又敕史臣修考次公事，具书于碑。"其铭曰："有姜之裔，齐为晏氏。齐在春秋，晏显诸侯。传载桓子，婴称于丘。其后无闻，不亡仅存。有炜自公，厥声以振。公之显声，实相天子。天子曰噫，予考真宗。唯多名臣，以臻盛隆。汝初事我，王官东宫。以暨相予，始卒一躬。辅我以德，有劳于邦。公疾在外，来归自洛。天子曰留，汝予旧学。凡今在庭，莫如汝旧。孰以畀予，唯予圣考。今既亡矣，孰为予老。何以赠之，司空侍中。礼则有加，予思何穷。有篆其文，在其碑首。天子之褒，史臣有诏。铭以述之，永昭厥后。"按仁宗命其子孙及甥以官，亦见碑。

欧集晏碑铭跋云："今晏公碑乃王洙奉敕书，洙于字学最精，其书误以笏击仆齿，字亦从心，后人多改从言，过矣。碑云道德文学，而印本作文章。次子名成裕，印本作承裕。题衔加推忠保德功臣六字，皆当以碑为正。"按碑首为仁宗御篆，见《渑水燕谈录》卷九。谥为苏颂拟议，见《石林燕语》卷九及《苏魏公集》。

同叔既卒，平生交游如欧阳修、梅尧臣、韩维等俱有挽辞，各见本集。同叔之墓，后为盗所发，以仅获金数两，恚而碎其骨，事见《东轩笔录》等书（详见本书附录同叔轶事八）。

嘉祐元年丙申 —— 西元一〇五六年。

周邦彦生；同年，郑侠十六岁，黄庭坚十二岁。

嘉祐二年丁酉 —— 西元一〇五七年。

王洙卒。

嘉祐四年己亥 —— 西元一〇五九年。

从孙朋及进士第。见《临川县志·选举志》。

嘉祐五年庚子 —— 西元一〇六〇年。

梅尧臣卒。

嘉祐六年辛丑 —— 西元一〇六一年。

宋祁卒。

嘉祐八年癸卯 —— 西元一〇六三年。

三月仁宗崩，巨鹿公曙即位。

治平三年丙午 —— 西元一〇六六年。

宋庠卒。

治平四年丁未 —— 西元一〇六七年。

正月，英宗崩，太子顼即位。

神宗熙宁二年己酉 —— 西元一〇六九年。

王安石为参知政事,始行新法。

按安石初为参知政事,一日,阅同叔小词,曰:"为宰相而作小词可乎!"(见《东轩笔录》)

熙宁五年壬子 —— 西元一〇七二年。

欧阳修卒,富弼致仕。

熙宁六年癸丑 —— 西元一〇七三年。

郑侠自光州司法参军秩满入都,见安石言新法非便,安石不悦。

熙宁七年甲寅 —— 西元一〇七四年。

十一月,小山因郑侠《流民图》事被牵入狱,旋释出。是年,郑侠三十四岁。

《侯鲭录》载郑侠上书事作下狱,悉治平时往还厚善者。叔原因神宗称其诗得释,惟未纪年月,兹考《宋史·郑侠传》及《西塘集》自记,知《流民图》案经过如下:

熙宁六年七月不雨,至于七年之三月,人皆无生意。时侠监安上门,目睹东北流民困苦状,知安石不可谏,悉绘所见为图奏疏,诣阁门,不纳。乃于三月二十六日,假称密急,发马递上之银台司。疏中痛陈新法之病及流民困苦,末谓:"如陛下观图,行臣之言,三日不雨,即乞斩臣宣德门外。"时韩维通判银台通进司,特为奏,神宗观图长吁,寝不能寐。翌日罢新政十八事。四月一日下责躬诏。初四日晚,得雨。初五日,一日一夜大雨。初六日早朝，神宗出侠所进状并图，宣示宰执。王安石而下各谢罪。先是，银台通政司具侠擅发马递取旨，已蒙赦罪。至是，因党安石者乞追逮付有司勘罪，乃有旨下开封取劾。安石去，吕惠卿参政，侠又上疏论之，并言禁中有披甲登殿事。十一月初五日，准敕追毁出身以来文字，送汀州编管。初七日押出门。旋以吕惠卿言披甲登殿等事皆韩绛、冯京告侠，神宗以责京，京惊奏与郑侠素不相识，乞赐追回对证。故侠于初九日行至陈州，忽见开封府差人到陈州勾回，至太康，又见舒亶来搜衣箧文字柜等。侠到御史狱始知所由。小山下狱，当在此时。其说盖因搜侠家有无与冯京往还书简而得之也。

熙宁八年乙卯 —— 西元一〇七五年。

窜郑侠于英州。

按《宋史》云：" 侠行至太康，还对狱，狱成，惠卿议致之死。帝曰：'侠所言非为身也，忠诚亦可嘉，岂宜深罪？'但徙英州。"

韩琦卒。

元丰元年戊午 —— 西元一〇七八年。

四子知止为吴郡太守。

安知止即崇让，以本年守吴郡，见《吴县志·职官表》。

张先、刘恕卒。

元丰二年己未 —— 西元一〇七九年。

侄孙中及进士第。

按中于时彦榜及第，见《临川县志》。

元丰四年辛酉 —— 西元一〇八一年。

曾巩为史馆修撰，为同叔作传。

韩维《曾子固神道碑铭》云："元丰……四年手诏中书门下曰：'曾巩史学见称士类，宜典五朝史学。'遂以为史馆修撰，管勾编修院判太常寺，兼礼仪事。"考《能改斋漫录》跋同叔手帖云："曾南丰与公同乡里，元丰间，神宗命以史笔，其传公云：'虽少富贵，奉养若寒士。'考公手帖，则曾传可谓得实。"按曾子固卒于元丰六年，则传晏当在此年或明年也。

元丰六年癸亥 —— 西元一〇八三年。

李清照生。

按易安评同叔等作为小歌词，皆句读不葺之诗，往往不协音律，乃知词别是一家，知之者少。后晏叔原等始能知之，而晏苦无铺叙云云。《苕溪渔隐》曰："易安历评诸公歌词，皆摘其短，无一免者，此论未公，吾不凭也。"

富弼、曾巩均卒。韩缜知枢密院事。

元丰八年乙丑 —— 西元一〇八五年。

韩缜为尚书右仆射兼门下中书侍郎。

神宗崩，太子煦即位。

哲宗元祐元年丙寅 —— 西元一〇八六年。

小山监颍昌府许田镇，手写自作长短句，上府帅韩少师。（？）

《闻见后录》载叔原手写自作长短句，上府帅韩少师。周辉《清波杂志》亦纪此事，称韩官师玉汝。玉汝，缜字也。《宋史·韩缜传》云："元祐元年，御史中丞刘挚，谏官孙觉、苏辙、王觌论缜才鄙望轻，在先朝为奉使，割地六百里以遗契丹（按熙宁八年七月诏韩缜如河东割地以畀辽），边人怨之切骨，不可使居相位。章数十上，罢为观文殿大学士、知颍昌府。"是年郑侠四十六岁，小山恐已五十余矣。按陆友《砚北杂志》上述此事作韩持国。持国，维字，玉汝兄也。从同叔游久，且史称以太子少傅致仕。韩少师，似《砚北杂志》所载是。考维知许州之见于本传者，俱在熙宁中，其时许州尚未升府（升府在元丰三年），小山亦正为郑侠案所牵累。惟《涑水纪闻》十三载元丰五年，持国知颍昌府官满，有旨许令再仕。年代尚属近似。然缜以太子太保致仕，太保高于少师一官，或初授少师，后转太保亦未可料。缜自元祐元年四月己丑知颍昌府兼京西北路安抚使，其后元祐四年六月甲辰范纯仁亦罢知颍昌府（俱见《宰辅表》），盖代缜任。小山词集自跋，有"七月己巳，为高平公缀辑成编"一语，范氏望出高平，而是年七月又适有己巳日（元祐八年纯仁又知颍昌府，是年七月丙子朔，无己巳日）。若谓小山初写稿以献韩，至是复编集以献范，亦颇近情理也。且周辉生于宋而陆友为元人，依著述之先后，周书似更较陆书为可信。故暂从周说，容俟博考。

王安石、司马光均卒。

元祐二年丁卯 —— 西元一〇八七年。

同叔长女卒。

苏轼撰《富郑公神道碑》云："公之配曰周国夫人晏氏，后公四年卒。"富弼卒于元丰六年，至本年恰后四年也。

又《砚北杂志》载："元祐中，叔原以长短句行，苏子瞻因鲁直欲见之，则谢曰：'今日政事堂中半吾家旧客，亦未暇见也。'"

元祐三年戊辰 —— 西元一〇八八年。

刘攽卒。

绍圣元年甲戌 —— 西元一〇九四年。

冯京、沈括均卒。

绍圣四年丁丑 —— 西元一〇九七年。

曾孙绍休及进士第。

绍休于本年何昌言榜及第，见《临川县志》。

韩缜卒。

元符元年戊寅 —— 西元一〇九八年。

韩维卒。

元符三年庚辰 —— 西元一一〇〇年。

秦观卒。

徽宗建中靖国元年辛巳 —— 西元一一〇一年。

范纯仁、苏轼、苏颂均卒。

崇宁元年壬午 —— 西元一一〇二年。

蔡京守尚书右仆射兼中书侍郎。

按京曾遣客求小山长短句，见《碧鸡漫志》，疑入相前后事。

崇宁四年乙酉 —— 西元一一〇五年。

黄庭坚卒于宜州。

大观元年丁亥 —— 西元一一〇七年。

程颐卒。

大观三年己丑 —— 西元一一〇九年。

曾孙敦复及进士第。

按敦复《宋史》有传，本年贾安宅榜及第，见《临川县志》。

八月十七日，徽宗幸李师师家（据《李师师外传》）。

大观四年庚寅 —— 西元一一一〇年。

晁无咎卒。

本年三月，徽宗再幸李师师家。

政和五年乙未 —— 西元一一一五年。

曾孙敦临及进士第。

按敦临为敦复弟，何栗榜及第。又敦临弟肃，于宣和三年何涣榜及第。同叔五世孙大正，于嘉定元年郑自诚榜及第。俱见《临川县志》。

政和六年丙申 —— 西元一一一六年。

周邦彦提举大晟府。

政和七年丁酉 —— 西元一一一七年。

孙孝广补扬州尉。

《临川县志·人物志·忠义》:"晏孝广,殊曾孙(？),长躯修髯,倜傥有节概。年十余岁,夜读诵诗书达旦,未尝辍。政和七年,以荐补扬州尉。尉主击捕盗贼,扬于此时北迩金人,南临大江,扼险备敌,称要害地,而尉尤不易任。孝广奋然以身先之,携长子湲从事,留次子浩宁家。靖康二年,元祐太后如扬州,居无何,金人攻扬州。建炎三年……金将马五帅马骑直迫扬州城下……孝广洒泣誓众,率所纠士兵御之……帝因得乘间驰至瓜州,奔镇江……孝广挺身转斗,杀伤数十人,竟以援兵不继战死。"

宣和元年己亥 —— 西元一一一九年。

郑侠卒,享年七十九岁。小山长于侠,疑此年已卒矣。

第九章
二晏词的时代背景

> 同叔时代——专制主义之极度发展、商业资本经济的繁荣；小山时代——农村经济之渐濒崩溃、强邻环伺下之民族危机

文学为社会的产物，有如何之社会背景，即产生如何之文学。盖文学为社会上一切意识形态之一种，其转变，其任务，悉视社会之转移为转移。历代文学思潮之演变，决非少数人有意的改造，实社会环境有以致之。个人为社会中一员，虽天才亦不能超出潮流以外。故欲估量某时代文学，必先考察其社会背景，明了其时代精神，方得正确的观念，作公平的评价。研究一时代之文学如此，研究某一文学作家亦必如此。魏文帝《典论·论文》曰"文章，经国之大业，不朽之盛事"，"虽在父兄，不能以移子弟"。所以然者，时代异耳。晏氏父子同生北宋，而其文学上之表现各异，诚以此百余年间，社会背景已有相当变化。同叔所代表者为真、仁两朝时代，而小山词则反映神宗

以后社会也。兹分述之。

一、同叔时代

（一）专制主义之极度发展

自唐末历五代以至宋初，在历史上为混乱时期。赵匡胤兄弟欺人孤儿寡妇以得国，复取荆南，收吴越，下南唐，灭北汉，用兵数十年，迄太平兴国四年，卒能削平群雄，使五代割据局面复合为一。天下既定，统治者遂更进而求政权统一之久远。深恐骄兵悍将再演陈桥兵变故事，不得不建立极度的专制主义以镇压之。《邵氏闻见录》云：

> 上因晚朝，与故人石守信、王审琦饮酒，帝屏左右谓曰："吾资尔曹之力多矣，念尔之功不忘。然为天子亦大艰难，殊不若为节度使之乐，吾今终日未尝敢安枕而卧也。"守信等问其故，帝曰："此岂难知？所谓天位者，众欲居之尔。"守信等皆顿首曰："陛下出此言何也？今天命已定，谁敢复有异心！"上曰："不然。汝曹虽无此心，其如麾下之人欲富贵者何？一旦以黄袍加汝之身，汝虽欲不为，其可得乎？"守信等涕泣曰："臣愚不及此，惟陛下哀怜，示以可生之途。"上曰："人生如白驹过隙耳。所谓富贵者，不过欲多积金钱，厚自娱乐，使子孙显荣耳。汝曹

何不释去兵权,择便好田宅市之,为子孙立永久之业。多置歌儿舞女,日饮食相欢,以终天命。君臣之间,两无猜嫌;上下相安,不亦善乎!"守言等皆拜谢曰:"陛下念臣及此,幸甚!"明日皆称疾请解军政,上许之。(以上又见《涑水纪闻》等书)

此即历史上所最艳称宋太祖杯酒释兵柄经过,一面似太平盛事,一面正表现有无限的猜忌,险狠、杀机存乎其中。《宋稗类钞》云:"赵中令普当国,每臣僚上殿,先于中书供状,不敢诋斥时政,方许登对。"登对而须先于中书供状,开国之际,纪纲之严,可以概见,殆亦历朝所罕觏与!

真、仁即位,积威之下,专制主义遂发展而益臻巩固。如真宗之世,天书屡降,祥瑞沓至,改元封禅,上下若狂。至今吾人读史,犹觉其妄诞可笑,何当时竟无一人谏阻。宰相王旦奉诏为封禅大使,迨至临殁,悔不谏天书之失,遗命削发披缁以殓。然则,非不知也,实不敢持异议耳。文人在此种环境之下,惟有歌颂升平而已。

且天下既定,君主多奖励文学,以歌咏太平盛事。《贡父诗话》云:"天宗好文,进士及第赐文喜宴,常作诗赠之,景祐朝因以为故事。"盖宋自太祖以后,君主大都能文,故奖励臣下亦愈力。真、仁之赐诗尤多。迨徽宗立大晟乐府,宋初君主爱而讳言之词,至是乃更明白提倡。又宋有春秋二宴,赏花钓鱼、饮酒赠诗为乐,佳时令节,君臣相和,于是侍从文学之士不得不在君主提倡之下,雍容揄扬。凡属近臣,莫不有应制之作,无论其为赋,为诗,为词,内容不外歌功颂德,粉饰太平,以博帝王之欢心,达个人之希冀。此种宫廷文学,虽历代俱有,要推宋代为尤盛。以阿谀夸张为尚,偶不慎或竟得咎。如苏易简以"忠孝一生心"一语,大得赏赐(欧阳靖《缀遗》);曹翰因应诏一诗而数迁官(见《青箱杂记》);小山曾以《鹧鸪天》"碧藕花开水殿凉⋯⋯"为仁宗所激赏。而柳永则一见黜于"浅斟低唱",再见黜于"太液波翻",至若周邦彦以《少年游》一词获罪而遭贬,复以《兰陵王》一词见赏而为大晟乐正,宋稗多载其事。盖非作品本身优劣问题,但视其能合君主之意与否耳。

同叔集中,如《燕归梁》之"中秋五日,风清露爽,犹是早凉天。蟠桃花发一千年,祝长寿,比神仙"。《睿恩新》之"红丝一曲傍阶砌,珠露下、独呈纤丽。剪鲛绡、碎作香英,分彩线、簇成娇蕊"。《玉堂春》之"斗城池馆,二月风和烟暖。绣户珠帘,日影初长。玉辔金鞍,缭绕沙堤路,几处行人映绿杨"等,或系祝寿,或系咏物,或系歌颂升平。陆侃如、冯沅君《中国诗史》特称之为"鱼目",谓其无内容,少风致,读之如嚼蜡,而寿词尤劣。按《珠玉集》中此类词颇不少,盖大都应制进献之作。如《浣溪沙》云:"三月和风满上林,牡丹妖艳值千金,恼人天气又春阴。"当是咏禁中牡丹之作,以同叔又有《进两制三馆牡丹歌诗状》谓"准传札子奉圣旨,令两制三馆赋后苑诸殿亭牡丹歌诗",可为证明也。其他虽不能尽考,然必因有上述之时代背景而产生,则信无疑义,吾人固不必以其为"鱼目"而深责之。

(二)商业资本经济的繁荣

宋结五季紊乱之局,统一中原,复经真、仁两朝的休养生息,虽强邻环伺,而国内确有太平气象,于是商业资本经济遂于此种宁静局面之下日趋繁荣。都市生活竞尚豪侈,当时汴都为京师所在,尤见金迷纸醉。周邦彦之《汴都赋》,虽未免铺张扬厉,言夸而夸。然如孟元老之《东京梦华录》,当系纪实,其序云:

> 仆从先人宦游南北,崇宁癸未到京师,卜居于州西金梁桥西夹道之南。渐次长立,正当辇毂之下,太平日久,人物繁阜。垂髫之童,但习鼓舞;斑白之老,不识干戈。时节相次,各有观赏。灯宵月夕,雪际花时,乞巧登高,教池游苑。举目则青楼画阁,绣户珠帘。雕车竞驻于天街,宝马争驰于御路。金翠耀目,罗绮飘香。新声巧笑于柳陌花衢,按管调弦于茶坊酒肆。八荒争凑,万国咸通。集四海之珍奇,皆归市易;会寰区之异味,悉在庖厨。花光满路,何限春游;箫鼓喧空,几家夜宴。伎巧则惊人耳目,侈奢则长人精神……仆数十年烂赏叠游,莫知厌足……

以上所述，虽系徽宗时之汴京，然据"太平日久"一语，知徽宗前已然矣。其江南都市如杭州，盖亦不在汴都下。张先《破阵乐》云：

> 四堂互映，双门并丽，龙阁开府。郡美东南第一，望故苑楼台霏雾。垂柳池塘，流泉巷陌，吴歌处处。近黄昏，渐更宜良夜，簇繁星灯烛，长衢如昼。暝色韶光，几许粉面，飞甍朱户。　和煦，雁齿桥红，裙腰草绿，云际寺、林下路。酒熟梨花宾客醉，但觉满山箫鼓。尽朋游、同民乐，芳菲有主。自此归从泥诏，去指沙堤，南屏水石，西湖风月，好作千骑行春，画图写取。

柳永《望海潮》云：

> 东南形胜，江湖都会，钱塘自古繁华。烟柳画桥，风帘翠幕，参差十万人家。云树绕堤沙，怒涛卷霜雪，天堑无涯。市列珠玑，户盈罗绮竞豪奢。　重湖叠巘清佳，有三秋桂子，十里荷花。羌管弄晴，菱歌泛夜，嬉嬉钓叟莲娃。千骑拥高牙，乘醉弄箫鼓，吟赏烟霞。异日图将好景，归去凤池夸。

相传此词后为金主亮所闻，欣然有慕于钱塘之繁华，遂起投鞭渡江之志。此外如扬州、成都等地，类皆有新的发展，最低亦恢复其固有之繁荣。《岁时广记·鬻蚕器》条云：

> 栾城《文蚕市诗序》云："眉人以二月望日鬻蚕器，谓之蚕市焉。"……张仲殊词云：'成都好，蚕市趁邀游。夜放笙歌喧紫陌，春邀灯火上红楼，车马溢瀛洲。　人散后，茧馆喜绸缪，柳叶已饶烟黛细，桑条何似玉纤柔，立马看风流。'

以上述成都蚕市之盛，具有商业资本社会之繁荣也。

社会既因统一而得较久之安定，商业资本又因社会的安定而得尽量发展，都市又因商业资本之发展而愈趋繁荣。于是号称艳科之词遂应客观的需要而突飞猛进，而代表此一时代的文学精神。《能改斋漫录》云："词自南唐以来，但有小令。其慢词起自仁宗朝，中原息兵，汴京繁庶，歌台舞席，竞赌新声。"观此则商品经济之发展，都市之繁荣，实整个的宋词产生背景。同叔在此种孕育之下，宜其多"风调娴雅""和婉明丽"之作也。

二、小山时代

（一）农村经济之渐濒崩溃

宋初一切典章制度，多承唐代之旧，当时所谓太平，实系苟安之局，于国计民生未能有根本办法也。仁宗之世，亦尝奋然有为，欲因群贤以致治。故范仲淹、欧阳修均曾上书论时事，不幸为小人所忌，言未行而诸贤均罢去。逮神宗时，王安石复上万言书，详陈新法。神宗用其策，以期除旧布新，进而图治。安石之政治主张，在吾人今日视之，诚不愧为切中时弊。无如当时诸臣，党见甚深，不仅不表同情，更从而破坏之。于是宵小竞进，而安石之法遂败坏于小人之手。欲利民转以病民，欲救国转致误国。驯至农村经济，日趋破产。益以天灾迭见，人民流离失所。熙宁六年七月不雨，至于七年之三月，人皆无生意，东北流民每风沙霾瞖，扶携塞道，羸瘠愁苦，身无完衣，并城民买麻粞麦麸合米为糜。或茹木实草根，至身被锁械而负瓦揭木，卖以偿官，累累不绝。（据《宋史·郑侠传》）时郑侠监安上门，因悉绘为《流民图》，奏之神宗。其疏云：

　　臣伏睹去年大蝗，秋冬亢旱，以至于今，经春不雨，麦苗枯焦，黍粟麻豆，粒不及种。旬日以来，街市米价暴贵，群情忧惶，十九惧死。方春斩伐，竭泽而渔，大营官钱，小求升米，草木鱼鳖，亦莫生遂……（中言群臣辅君不以道，并请罢一切敛掠不道之政）……窃闻南征西伐者，皆以其胜捷之势、山川之形为图而来献，料无一人以天下之民质妻卖儿、流离逃散、斩桑代枣、折壤庐舍而卖于城市、输官籴粟、遑遑不给之状为图而献前者。臣不敢以所

闻闻，谨以安上门逐日所见绘成一图，百不及一，但经圣明目，已可咨嗟涕泣，而况数千里之外有甚于此哉！（见《西塘集》）

读郑侠此疏，则当时农村经济已濒崩溃，大略可见，然此犹可谓为天灾剧变中一时情况。更查司马光奏请免永兴军路青苗免役钱云："伏见先所散青苗钱，贫破百姓，今又闻欲令州县出免役钱。若果行此，其为害又必甚于青苗……以富庶之域，犹不能堪，况当陕西凋敝之时乎？伏乞特免永兴军一路青苗免役钱，以爱惜民力，专奉边费。"光以熙宁三年九月罢翰林学士出知永兴军，则农村经济之窘迫，固自熙宁三年已然矣。

当时民间之疾苦如此，而立朝大臣，各执己见，互相倾轧，党安石者有吕惠卿、章惇、曾布、蔡京等，而曾巩、司马光及苏轼兄弟皆反对安石之最著者。终北宋之世，一反一覆，互为消长，而人民之痛苦愈深，农村经济愈崩溃不可收拾，稍有远虑者固知天下大乱之不可避免也。小山对于当时政治意见，已不可考。察其交游，似与旧党接近。然山谷序其词有"平生持论甚高，未尝以沽世"等语，则小山容别有主张也。

(二) 强邻环伺下之民族危机

国内农村经济既已陷于绝境，而环顾国外，则异族侵凌，有增无已。盖宋自统一中原，鉴于前代外重内轻之失，遂集权中央，边郡无重镇，异族乘机侵入。且宋重文治而轻武功，自太祖幽州之败,已厌言兵,真宗亲征澶州,结果亦仅与辽约为兄弟而岁输币银十万两、绢二十万匹。仁宗之世,更岁增银绢各十万,而元昊又崛起于西,复岁给银绢茶彩至二十五万五千之多。但知卑辞厚礼以言和,未闻筹一长治久安之策。尤可笑者,真宗澶渊既盟,封禅之事旋作,上下欺罔,如病狂然。《宋史·真宗赞》谓:"契丹其主称天,其后称地,一岁祭天,不知其几。宋之诸臣,因知契丹之习,观其君有厌兵之意,遂进神道设教之言,欲假是以动敌人之听闻,庶几足以潜消其窥觎之志。"使其推测未误,则计亦诚末矣。逮神宗时,绢币已不足餍强敌之欲,遂不得不割河东六百里之地以畀辽。徽宗之世,金盛于北,又不知存辽以造成均势,转联金攻辽,徒博一时之快,致汴京不旋踵为新敌所破。总之,北宋自神宗以后,盖无日不在内忧外患交侵中也。

国内外之危机如此,而立朝大臣犹不能和衷共济以谋国,都市群众亦不知祸难之将临,直至金人铁骑踏破汴京,始稍稍惊醒朝野迷梦。但敏感的词人,在此种恶劣环境之下,早已感觉来日大难。无如君臣欢狂,追求娱乐;人心已死,莫可挽回。生丁季世,救国无方,徒增伤感。于是激成其性情之乖僻,且纵酒放恣,作变态的享乐,更表现于其文学作品中。黄山谷谓:小山之词,士大夫以为有临淄公之风耳,罕能味其言也。冯煦曰:"淮海、小山,古之伤心人也。"夫岂好为伤心哉,盖特殊之环境有以使然耳。

第十章
二晏词的历史根源

"韦应物诗没脂粉气"——"祖述二主,宪章正中"——小山"有临淄公风"

二晏词的时代背景已具述于上,兹更探寻其历史的来源。大凡一种文体发达至极纯熟时,必有一度剧变。五代之词,即承唐代诗体之弊而产生者。陆游云:"晚唐、五代诗愈卑,而倚声辄简古可爱。"所谓"愈卑"者,即纯熟至无可发展之谓;"简古"二字,意实指其清新。前人重复古,故有是论也。五季时代短促,虽词家辈出,而此新文体之小词,终未达极纯熟之境,后来者犹有发扬光大的余地,同叔即此潮流之承继者。故虽生于宋,实未能超出五代之范围。惟昔人往往以模仿为来源,此实谬见。兹余所论,乃述其在文学演变的潮流中,前后之关系与影响云尔。

一、"韦应物诗没脂粉气"

狭义的诗与词，固可因形式上的不同而目为二物。若就广义言之，则词亦诗体之一种耳。宋诗之发达，在量的方面，实可惊人，但问其内容，则不逮词远甚。诚以宋人过于重视诗体之尊严，真情不敢尽量流露，故形存而质实亡。真正能表现人生者，乃号称"诗余"之词。因之前代作风所影响于宋者，其形式见于诗，而精神则见于词焉。

同叔之词，似曾受韦应物相当影响。《青箱杂记》云："晏元献公风骨清羸，不喜肉食，尤嫌肥膻。每读韦应物诗，爱之曰：'全没些脂粉气。'故公于文章尤负赏识，集梁《文选》以后迄于唐，为《集选》五卷，而诗之选尤精，凡格调猥俗而脂腻者皆不载也。"又梅尧臣《途中寄上晏尚书二十韵》有句云："解艇水驿无几舍，新诗又遣牙兵持。上言行李览物景，聊可与妇陈酒卮。下言狂斐颇及古，陶韦比格吾不私。"观此则同叔爱读韦应物诗，且选诗亦取其近似韦作，甚至评梅圣俞之诗，亦谓其可比格陶、韦，同叔盖以韦作为诗中极致矣。

考陶、韦并称，韦应物曾有"尝爱陶彭泽，文思何高玄"之句，昔人遂谓韦诗出于渊明，惟《四库全书总目提要》曰："韦之五言古体源出于陶，而溶化于三谢，故真而不朴，华而不绮，但以为步趋柴桑，未为得实。'乔木生夏凉，流云吐华月。'陶诗安有是格耶？"韦诗来源问题姑置不论，至其所评真而不朴,华而不绮,实甚的当,同叔之词亦如之也。

韦应物之词,已不多见,所传《三台》《调笑令》各二首,见《全唐诗》。其《三台》之"一年一年老去,明日后日花开"及"冰泮寒塘水绿,雨余百草皆生"等句与《珠玉词》的风格诚有相近之处。至其《调笑令》如"河汉,河汉,晓挂秋城漫漫。愁人起望相思,塞北江南别离。离别,离别,河汉虽同路绝"。则小山所作略似之。韦之诗集犹存,同叔诗则所作虽逾万篇,而今得传者多为断句,全存者除应制外仅若干首而已。故二人之诗无从比较,然即以韦诗比晏词,其近似之点,亦大略可见。则同叔之曾受韦氏影响实不可掩之事实也。

二、"祖述二主,宪章正中"

刘攽《中山诗话》曰:"元献尤喜冯延巳歌词,其所自作亦不减延巳乐府。"刘熙载《艺概》亦云:"冯延巳词,同叔得其俊。"毛晋曰:"晏氏父子具足追配李氏父子。"周济曰:"晏氏父子仍步温、韦,小晏精力尤胜。"以上诸说,历来论词者往往引为重言,意见纷歧,莫衷一是。

夫温、韦自来并称,然其作风实有相异处。温喜秾丽,韦尚清疏。温多男女之情,韦有身世之感。至冯延巳词之色彩,实较韦庄为浓艳。然就大体言之,则延巳与南唐二主仍当列于韦派;而同叔之所作,则接近于冯、李者也。

所谓接近，实非绝对相似之谓。晏词清淡，冯、李词则色彩较浓，其异一也；晏词闲雅，冯、李词则音调哀婉，其异二也。如此细加分析，则其相异之处正多，更何影响之有？须知每一作家，必有其固有的特殊风调。严格言之，同叔固不与任何一家相同。不过在作品上虽无摹仿痕迹，而精神上终难逃历史的支配云尔。

总之，冯、李既同属一派，则谓同叔受二主之影响可，受冯延巳之影响亦无不可。故冯煦曰："宋初诸家，靡不祖述二主，宪章正中。辟之欧、虞、褚、薛之书，皆出逸少。晏同叔去五代未远，馨烈所扇，得之最先。"亦正以其并非源自一家耳。

三、小山"有临淄公风"

昔人论词，往往将晏氏父子并称，盖以其来源及成就大致相同也。惟陈直斋云："叔原在诸名胜集中，独追逼《花间》，高处或过之。"毛晋亦云："《小山集》直逼《花间》，字字娉娉袅袅，如揽嫱、施之袂。"黄庭坚序《小山集》又曰："独嬉弄于乐府之余，而寓以诗人句法。清壮顿挫，能动摇人心，士大夫传之，以为有临淄公之风耳，罕能味其言也。"以上似与寻常见解有异。兹更分别论之。

《花间》为词中总集之最早者，五代十国词人作品，多赖此集保存，惟李氏父子及冯延巳之词均未收，或疑其因作风与温、韦不同之故。按之实际,则该书似尚无派别之见,选者居蜀,局于见闻,故所录蜀人为多。且该集止于西元九四〇年,其时南唐建国尚不及四年,则冯、李词之不及收入,实因时代过晚,无足怪异。故《花间集》虽未臻完备,而收罗之富,已足觇当时风气一斑。以此言词者均目为瑰宝,公认为小词之极致。陈、毛二氏谓小山词"直逼《花间》""高处或过之"者,意即誉其词已登峰造极也。且小山词似冯、李,冯、李近于韦庄,韦为《花间》词人之一,则谓小山源于《花间》,又何不可。要之,五代十国词人,其作风大致相似,即如韦与温虽有相异处,亦有相同处,吾人亦可谓韦曾受温相当影响。晏氏父子继续五代十国余绪,实近承冯、李之业而远绍《花间》遗风也。

至山谷谓士大夫以为小山有临淄公风耳,罕能味其言也。其意盖叹士大夫实不知小山。余以为二语均有其是处。山谷于词为当行,故其所论者为词之内容。二晏词的产生背景既有差别,则其所表现的风调,当然不同。士大夫徒见同叔喜作词,小山亦善为之,遂谓"有临淄公风",宜山谷有"罕能味其言"之叹。但就词的形式言,则小山确有临淄公风。同叔生于宋初,故犹承唐、五代小词的旧体。迨仁宗朝,慢词渐兴,张先、柳永辈已走向此新的道路。小山生于仁宗之世,卒于北宋将亡,尚及与周邦彦同时,在词坛一变再变的潮流中,独谨守此旧体,是不仅有临淄公风,就历史根源言之,实有唐、五代遗风也。

第十一章
二晏词的风格

华贵 — 闲雅与风流 — 清越与沉郁 — 浅俗

二晏同承五代词风的余绪而继续发展,以此体裁风格颇有相似之处,惟因背景不同,个性差异,故仍各有其特点。兹分述之。

一、华贵

华贵为二晏共同具有之风格。同叔起自田里,早年显达,历官要职,位极人臣,且虽生于积弱之宋,而真、仁两朝比较尚属太平盛世,环境如此,本身之遭遇又如此,宜其志得意满,而表现于文学者,亦复气象雍容,华贵赡丽。小山生于富贵家,耳目濡染,多满足的生活,虽其后仕宦连蹇,社会亦多隐忧,然方少年时,必为翩翩佳公子,所见皆歌舞升平也,故其词之华贵,不亚于同叔,且其表现力更较乃父为胜焉。同叔词之华贵者，如：

> 宿酒才醒厌玉卮，水沉香冷懒熏衣，早梅先绽日边枝。（《浣溪沙》）
> 杨柳阴中驻彩旌，芰荷香里劝金觥，小词流入管弦声。（《浣溪沙》）
> 穿旌浪卷金泥凤，宿醉醒来长蕈松。海棠开后晓寒轻，柳絮飞时春睡重。（《木兰花》）
> 池塘水绿风微暖，记得玉真初见面。重头歌韵响铮琮，入破舞腰红乱旋。（《木兰花》）
> 一霎秋风惊画扇，艳粉娇红，尚折荷花面。草际露垂虫响遍，珠帘不下留归燕。（《蝶恋花》）
> 南雁依稀回侧阵，雪霁墙阴，偏觉兰芽嫩。中夜梦余消酒困，炉烟卷穗灯生晕。（《蝶恋花》）

以上系就《浣溪沙》《木兰花》《蝶恋花》三调各录两段，虽金玉锦绣诸字不多见，而自有华贵气。同叔素主张"富贵气象"说，详见本书第十二章，兹所录亦以此为标准。其多用金玉字样者，俗人或以为华贵，实则甚卑俗也。同叔词虽每首均有华贵气象，然色彩尚不及小山浓厚。兹更录小山词若干首于下，以资比较。

  彩袖殷勤捧玉钟，当年拚却醉颜红。舞低杨叶楼心月，歌尽桃花扇底风。(《鹧鸪天》)
  斗鸭池南夜不归，酒阑纨扇有新诗。云随碧玉歌声转，雪绕红绡舞袖回。(《鹧鸪天》)
  题破香笺小砑红，诗成多寄旧相逢。西楼酒面垂垂雪，南苑春衫细细风。(《鹧鸪天》)
  金鞍美少年，去跃青骢马。牵系玉楼人，绣被春寒夜。(《生查子》)
  旖旎仙花解语，轻盈春柳能眠。玉楼深处绮窗前，梦回芳草地，歌罢落梅天。(《临江仙》)
  白纻春衫杨柳鞭，碧蹄骄马杏花鞯，落英飞絮冶游天。　南陌暖风吹舞榭，东城凉月照歌筵，赏心多是酒中仙。(《浣溪沙》)

上举诸例，如"西楼酒面垂垂雪，南苑春衫细细风"及"南陌暖风吹舞榭，东城凉月照歌筵"等句，均不用金玉锦绣字而极有富贵气象。与同叔"海棠开后晓寒轻，柳絮飞时春睡重""草际露垂虫响遍，珠帘不下留归燕"等语正相似。至"云随碧玉歌声转，雪绕红绡舞袖回"一联，与同叔之"重头歌韵响铮琮，入破舞腰红乱旋"意同而造语尤胜。宜王国维谓其"矜贵有余"也。
  与小山同时词家，如贺方回，张耒《东山词序》称其"盛丽如游金、张之堂,而妖冶如揽嫱、施之袪"。其《小重山》云:"帝影新妆一破颜。玳筵回雪舞,小云鬟。琼枝攫秀望难攀。凝情处,千里望蓬山。　歌断酒阑珊。画船箫鼓转,绿杨湾。坠钿残燎水堂关。斜阳里,双燕伴人闲。"又其《浣溪沙》云:"翠縠参差拂水风,暖云如絮扑低空,丽人波脸觉春融。缨挂宝钗初促席,檀膏微注玉杯红,芳醪何似此情浓。"凡此皆华贵足与二晏比拟,然究不甚多。非若晏氏父子之几于每阕均有华贵气象。故王铚《默记》谓贺方回遍读唐人遗集,善取其意;不如晏叔原尽见升平气象,所得者人情物态。晁无咎亦称元献（据所称引《鹧鸪天》"舞低""歌罢"二句,应作叔原）不蹈袭人语,而风调闲雅,知其人不住三家村。他如王灼言同叔词风流蕴藉,一时莫及,而温润秀洁,亦无其比。小山如金陵王谢子弟,秀气胜韵,将不可学。(详《碧鸡漫志》)况周颐更比《珠玉》于牡丹,拟《小山》如文杏。盖均美其词之华贵,评论甚当。或谓小山、方回之华赡,均得于冯延巳。余以为在历史的根源上,小山当受冯氏相当影响,然究能自出新意不落前人窠臼也。

二、闲雅与风流

二晏词的第一特色,为同叔闲雅而小山风流,闲雅与风流非有绝对不同处,特风流较闲雅更进一步耳。同叔词无强烈的彩色,无凄厉的音调,但出以平淡之笔,和婉之节,而声调自然,意境清新,形成一种闲雅的特殊风格。兹录数例于后。

红蓼花香夹岸稠,绿波春水向东流,小船轻舫好追游。　渔父酒醒重拨棹[1],鸳鸯飞去却回头,一杯销尽两眉愁。(《浣溪沙》)

小阁重帘有燕过,晚花红片落庭莎,曲阑干影入凉波。　一霎好风生翠幕,几回疏雨滴圆荷,酒醒人散得愁多。(《浣溪沙》)

金风细细,叶叶梧桐坠。绿酒初尝人易醉,一枕小窗浓睡。　紫薇朱槿初残,斜阳却照阑干。双燕欲归时节,银屏昨夜微寒。(《清平乐》)

斗城池馆,二月风和烟暖。绣户珠帘,日影初长。玉辔金鞍,缭绕沙堤路,几处行人映绿杨。　小槛朱阑回倚,千花浓露香。脆管清弦,欲奏新翻曲,依约林间坐夕阳。(《玉堂春》)

以上诸词,颇能表现一种和婉的情调、暇豫的风度,虽近于韦庄的清俊,实不尽相似。盖各有其社会背景与历史来源也。同叔亦往往作艳词,虽自称不会作"针线闲拈伴伊坐"。小山

---

[1] 棹　底本误作"掉",据《全宋词》(P.113)改。

亦为之辩护,谓"平日小词虽多,未尝作妇人语"。但按之集中,如:

> 玉碗冰寒滴露华,粉融香雪透轻纱,晚来妆面胜荷花。(《浣溪沙》)
>
> 回绣袂,展香茵,叙情亲。此时拚作,千尺游丝,惹住朝云。(《诉衷情》)
>
> 遏云声,回雪袖,占断晓莺春柳。才送目,又颦眉,此情谁得知。(《更漏子》)
>
> 当此际,青楼临大道。幽会处,两情多少。莫惜明珠百琲,占取长年少。(《迎春乐》)
>
> 莲叶层层张绿伞,莲房个个垂金盏。一把藕丝牵不断,红日晚,回头欲去心撩乱。(《渔家傲》)

此类尽属绮语,固不仅"少年抛人容易去"为然,但方之小山,究有逊色。盖同叔身居朝廷,观瞻所系,作词已觉非是,更何敢作艳词?而小山则毫无拘束,饮酒纵乐之余,自不禁将其放佚行为表现于词,以发挥其思想情绪。故"风流"二字,惟小山足以当之。今试举其词:

> 小令尊前见玉箫,银灯一曲太妖娆。歌中醉倒谁能恨,唱罢归来酒未消。　春悄悄,夜迢迢,碧云天共楚宫遥。

梦魂惯得无拘检，又踏杨花过谢桥。(《鹧鸪天》)

秋千院落重帘幕，彩笔闲来题绣户。墙头丹杏雨余花，门外绿杨风后絮。　　朝云信断知何处，应作襄王梦里去。紫骝认得旧游踪，嘶过画桥东畔路。(《木兰花》)

妆席相逢，旋匀红泪歌金缕。意中曾许，欲共吹花去。　　长爱荷香，柳色殷桥路。留人住，淡烟微雨，好个双栖处。(《点绛唇》)

筝弦未稳，学得新声难破恨。转枕花前，且占香红一夜眠。(《减字木兰花》)

昭阳殿里春衣就，金缕初干，莫信朝寒，明日花前试舞看。(《采桑子》)

常记东楼夜雪，翠幕遮红烛。还是芳酒杯中，一醉光阴促。曾笑阳台梦短，无计怜香玉。此欢难续，乞求歌罢，借取归云画堂宿。(《六幺令》)

小山少年浮沉酒中，耽于声色。所制悉付歌儿莲、鸿、蘋、云辈，故其全集几于无首非艳词，真所谓清壮顿挫，能动摇人心，合者《高唐》《洛神》之流，下者亦不减《桃叶》《团扇》。山谷自谓："少时，间作乐府，以使酒玩世。道人法秀独罪[1]余以笔墨劝淫，于我法中当下犁舌之狱。特未见叔原之作耶？"

---

[1] 罪　底本误作"责"，据本书第六章《二晏的交游》同一引文改。

是山谷自视其词，尚不及小山之艳矣。又曰："彼富贵得意，室有倩盼慧女，而主人好文，必当市致千金，家求善本。曰：'独不与叔原同时耶！'"其赞美可谓备至。乃末云："若乃妙年美士，近知酒色之娱。苦节臞儒，晚悟裙裾之乐。鼓之舞之，使宴[1]安鸩毒而不悔，是则叔原之罪也哉！"意者山谷犹有"文以载道"观念，以为必如此作结，持论方不失正欤？然小山之词，虽风流艳丽，仍无亵媟之失，以视欧阳修之"刬袜重来，半弹乌云金凤钗，行笑行行连得抱，相挨，一向娇痴不下怀"（《南乡子》见《醉翁琴趣外编》）。柳永之"待伊要、尤云殢雨，缠鸳衾、不与同欢。尽更深、款款问伊，今后更敢无端"（《雨中花慢》）及"须臾放了残针线，脱罗衣恣情无限，留着帐前灯，时时待看伊娇面"（《菊花新》见升庵《词林万选》）。周邦彦之"玉体偎人情何厚，轻惜轻怜转唧嚁，雨收云散眉儿皱"（《青玉案》）及"不是寒宵短，日上三竿，殢人犹要同卧"（《满路花》）等词，固相去甚远，宜山谷谓为"狭邪之大雅"也。

小山此类词，求之前人，颇与后主之初期作品近似，如后主之《一斛珠》云："晚妆初过，沉檀轻注些儿个。向人微露丁香颗，一曲清歌，暂引樱桃破。　罗袖裛残殷色可，杯深旋被香醪涴。绣床斜凭娇无那，烂嚼红茸，笑向檀郎唾。"又其《菩萨蛮》云："花明月暗笼轻雾，今宵好向郎边去，刬袜下香

---

[1] 宴　底本作"晏"，据本书第六章《二晏的交游》同一引文改。

阶，手提金缕鞋。　　画堂南畔见，一晌偎人颤，奴为出来难，教君恣意怜。"皆善写风流之情，欢愉之境，而能使人不觉其卑俗，不感其淫亵，虽百读而不厌，小山盖曾受其影响者也。

三、清越与沉郁

人为感情动物，其喜怒哀乐，完全视环境为变易，其作品则更因其情感之变动，而形成种种不同的风格。如后主方偷安江南，生活于大周后温馨的怀抱中，其在文学上的表现，多华贵温柔的情调。但兴尽悲来，亦可使之惆怅感慨，故往往又有清越的作品。如《应天长》之"垂帘静，层楼回，惆怅落花风不定"，《阮郎归》之"流连光景惜朱颜，黄昏独倚阑"等是也。迨大周后既没，笙歌未散，人事已非；国势日衰，朱颜渐改，在在均令人颓唐短气，故其作风遂一变而为沉郁。例如"转烛飘蓬一梦归，欲寻陈迹怅人非，天教心愿与身违"（《浣溪沙》），"世事漫随流水，算来一梦浮生，醉乡路稳宜频到，此外不堪行"（《锦堂春》），"剪不断，理还乱，是离愁，别是一般滋味在心头"（《相见欢》），盖皆此时期作品也。同叔少年富贵，其处境颇类后主即位之初，故华贵闲适而外，只能有音调清越之作。至小山则暮年遭遇，大似后主将亡国前状况。歌儿星散，恍同隔世；当年韵事，渺不可追。且国事日非，情怀渐老，宜其"感光阴之易迁，叹境缘之无实"，而多沉郁之音也。

同叔词之清越者,如:

己是年光有限身,等闲离别易消魂,酒筵歌席莫辞频。　满目河山空念远,落花风雨更伤春,不如怜取眼前人。(《浣溪沙》)

时光只解催人老,不信多情,长恨离亭,滴泪春衫酒易醒。　梧桐昨夜西风急,淡月胧明,好梦频惊,何处高楼雁一声。(《采桑子》)

昨日探春消息,湖上绿波平。无奈绕堤芳草,还向旧痕生。(《相思儿令》)

楼高目断,天遥云黯,只堪憔悴。念兰堂红烛,心长焰短,向人垂泪。(《撼庭秋》)

细草愁烟,幽花怯露,凭阑总是销魂处。日高深院静无人,穿帘海燕双飞去。　带缓罗衣,香残蕙炷,天长不禁迢迢路。垂杨只解惹春风,何曾系得行人住。(《踏莎行》)

槛菊愁烟兰泣露,罗幕轻寒,燕子双飞去。明月不谙离恨苦,斜光到晓穿朱户。　昨夜西风凋碧树,独上高楼,望尽天涯路。欲寄彩笺无尺素,山长水阔知何处。(《鹊踏枝》)

上录诸词,音调清越,与和婉闲适大异。自来评晏词多举其"无可奈何花落去,似曾相识燕归来",以为天生巧对。"重头歌韵响琤[1]深,入破舞腰红乱旋",谓为管弦家语。惟王国维独爱"昨夜西风凋碧树,独上高楼,望断[2]天涯路"数句。(见《人间词话》)而吴梅则称其"满目河山空念远,落花风雨更伤春"二语较"无可奈何"胜过十倍而人未之知(见《词学通论》),盖均取其清越也。

小山非无清越作品,惟沉郁之调较多。例如:

> 衣上酒痕诗里字,点点行行,总是离人泪。红烛自怜无好计,夜寒空替人垂泪。(《蝶恋花》)

> 梦入江南烟水路,行尽江南,不与离人遇。睡里销魂无说处,觉来惆怅销魂误。(《蝶恋花》)

> 醉拍春衫惜旧香,天将离恨恼疏狂。年年陌上生秋草,日日楼中到夕阳。(《鹧鸪天》)

> 陌上濛濛残絮飞,杜鹃花里杜鹃啼。年年底事不归去,怨月愁烟长为谁。(《鹧鸪天》)

> 坠雨已辞云,流水难归浦。遗恨几时休,心抵秋莲苦。(《生查子》)

> 绛蜡等闲陪泪,吴蚕到了缠绵。绿鬓能供多少恨,未肯无情比断弦。今年老去年。(《破阵子》)

---

[1] 琤 据本书第十九章《〈珠玉词〉笺校记》所载,疑当作"铮"。
[2] 断 《词话丛编·人间词话》(P.4245)作"尽"。

  花不语,水空流,年年拚得为花愁。明朝万一西风劲,争奈朱颜不耐秋。(《鹧鸪天》)

  知音敲尽朱颜改,寂寞时情,一曲离亭,借与青楼忍泪听。(《采桑子》)

  泪弹不尽临窗滴,就砚旋研墨。渐写到别来,此情深处,红笺为无色。(《思远人》)

读以上诸词,自觉其悱恻缠绵,极沉郁之致。较之同叔,深浅固自不同。即如同叔之"念兰堂红烛,心长焰短,向人垂泪"。小山则云:"绛蜡等闲陪泪。"又云:"红烛自怜无好计,夜寒空替人垂泪。"又就"向""陪""替"三字比较之,其意境实大有差别。"向"字尚不及"陪"字之深,更不敢望"替"字矣。小山此类词与冯延巳之"起来检点经游地,处处新愁,凭仗东流,将取离心过甬州"(《采桑子》)及"如今别馆添萧索,满面啼痕,旧约犹存,忍把金环别与人"(《采桑子》)等作亦尚近似,至方之后主归宋后所作,又大不相同。后主晚年作品如"往事只堪哀,对景难排,秋风庭院藓侵阶。一桁珠帘闲不卷,终日谁来"(《浪淘沙》),"春花秋月何时了,往事知多少。小楼昨夜又东风,故国不堪回首月明中"(《虞美人》),盖备受人间苦痛,有无限悲伤,故吐此凄厉哀怨之音。小山遭遇尚未不幸至此,故所作亦不能与之比拟也。

  与小山同时词家如秦少游、贺方回等,作风亦颇相似。少游之"可堪孤馆闭春寒,杜鹃声里斜阳暮"(《踏莎行》),方回之"满眼青山恨西照,长安不见令人老"(《凤栖梧》),皆沉郁凄厉,不让小山。盖因社会背景、历史根源及个人天才大致均同故也。

四、浅俗

以上各节所述皆二晏词情调的胜处,在此数者交融之下,遂形成其优越的风格。然同叔颇有一部分作品,甚嫌肤浅卑俗。吴梅云:"细读全词,颇有可议者,如《浣溪沙》之'淡淡梳妆薄薄衣,天仙模样好容仪',《诉衷情》之'东城南陌花下,逢着意中人',又'心心念念,说尽无凭,只是相思'诸语,庸劣可鄙,已开山谷、三变俳语之体,余甚无取也。"余以为吴氏所举犹非同叔词之劣者,其更劣者有四种:曰无病呻吟,曰歌谀君主,曰祝寿,曰咏物。兹各举例如下。

(一)无病呻吟

> 莫话匆忙,梦里浮生足断肠。(《采桑子》)
> 何人解系天边日。(《采桑子》)
> 人生乐事知多少,且酌金杯。(《采桑子》)
> 兔走乌飞不住,人生几度三台。(《清平乐》)
> 暮去朝来即老,人生不饮何为。(《清平乐》)

> 金乌玉兔长飞走,争得朱颜依旧。(《秋蕊香》)
> 今朝有酒今朝醉,遮莫更长无睡。(《秋蕊香》)
> 朝云聚散真无那,百岁相看能几个。(《玉楼春》)
> 时光只解催人老……浮生岂得长年少。(《渔家傲》)
> 所嗜光阴去似飞。(《破阵子》)

此类词句,在《珠玉集》中,随处可见。皆无沉挚的情感,实与真正叹光阴易逝、伤聚散无常者有异,盖同叔于富贵得意之余,念百年之易尽,欢愉之难再,偶生愁绪,辄见之于词。但究系一瞬的感觉,不能久占心灵,故表现于文学上者亦不充实,不深刻,徒令人读之生厌,故可谓之无病呻吟也。

(二)歌诀君主

> 玉池波浪碧如鳞,露莲新,清歌一曲翠眉颦,舞华茵。　满酌兰英酒,须知献寿千春,太平无事荷君恩。荷君恩,齐唱望仙门。(《望仙门》)
>
> 玉壶清漏起微凉,好秋光,金杯重叠满琼浆,会仙乡。　新曲调丝管,新声更飐霓裳,博山炉暖泛浓香。泛浓香,为寿百千长。(《望仙门》)
>
> 紫薇枝上露华浓,起秋风。营弦声细出帘栊,象筵中。　仙酒斟云液,仙歌转绕梁虹,此时佳会庆相逢。庆相逢,欢醉且从容。(《望仙门》)

风转蕙,露催莲,莺语尚绵蛮。尧蓂随月欲团圆,真驭降荷兰。 褰油幕,调清乐,四海一家同乐。千官心在玉炉香,圣寿祝天长。(《喜迁莺》)

喜秋成,见[1]千门万户乐升平。金风细,玉池波浪縠文生。宿露霑罗幕,微凉入画屏。张绮宴,傍薰炉蕙炷、和新声。 神仙雅会,会[2]此日,象蓬瀛。管弦清,旋翻红袖学飞琼。光阴无暂住,欢醉有闲情。祝辰星,愿百千为寿、献瑶觥。(《拂霓裳》)

(三)祝寿

世间荣贵月中人,嘉庆在今辰。兰堂帘幕高卷,清唱遏行云。 持玉盏,敛红巾,祝千春。榴花寿酒,金鸭炉香,岁岁长新。(《诉衷情》)

金鸭香炉起瑞烟,呈妙舞开筵。阳春一曲动朱弦,斟美酒,泛觥船。 中秋五日,风清露爽,犹是早凉天。蟠桃花发一千年,祝长寿,比神仙。(《燕归梁》)

杏梁归燕双回首,黄蜀葵花开应候。画堂元是降生辰,玉盏更斟长命酒。 炉中百和添香兽,帘外青蛾回舞袖。此时红粉感恩人,拜向月宫千岁寿。(《玉楼春》)

---

[1] 见 底本脱,据《全宋词》(P.133)补。
[2] 会 底本脱,据《全宋词》(P.133)补。

玉露金风月正圆,台榭早凉天。画堂嘉会,组绣列芳筵。洞府星辰龟鹤,来添福寿。欢听喜色,同入金炉泛浓烟。　　清歌妙舞,急管繁弦。榴花满酌觥船,人尽祝、富贵又长年。莫教红日西晚,留着醉神仙。(《长生乐》)

　　庆生辰,庆生辰是百千春。开[1]雅宴,画堂高会有诸亲。钿函封大国,五色受丝纶。感皇恩,望九重、天上拜尧云。　　今朝祝寿,祝寿数,比松椿。斟美酒,至心如对月中人。一声檀板动,一炷蕙香焚。祷仙真,愿年年今日、喜长新。(《拂霓裳》)

上列两类词,已各录五阕,集中所存犹多,其用调大都为《望仙门》《喜迁莺》《燕归梁》《拂霓裳》《长生乐》《连理枝》《媾人娇》,间亦用《蝶恋花》《诉衷情》《玉楼春》《少年游》等。内容大致雷同,盖颂君恩必祝圣寿,祝圣寿又必歌颂升平,均有连带关系也。此类词在当时或系应需要而作,然在文学上实毫无价值。刘毓盘曰:"贺寿恶词,贤者不免,亦风雅之衰也。"(见《词史》)诚慨乎言之。

　　(四)咏物

　　张玉田《词源》云:"诗难于咏物,词为尤难。体认稍真,则拘而不畅;模写差远,则晦而不明。要须收纵联密,用事合

---

[1] 开　底本脱,据《全宋词》(P.133)补。

题。一段意思,全在结句。斯为绝妙。"玉田所谓咏物绝妙之境,固有偏见;然其论咏物之难,则确不可易。同叔咏物之作,盖应制为多,故往往又有谀词,其庸俗不可卒读矣。如:

芳莲九蕊开新艳,轻红淡白匀双脸,一朵近华堂,学人宫样妆。　著时斟美酒,共祝千年寿。销得曲中夸,世间无此花。(《菩萨蛮》)

秋花最是黄葵好,天然嫩态迎秋早,染得道家衣,淡妆梳洗时。　晓来清露滴,一一金杯侧。插向绿云鬟,使随王母仙。(《菩萨蛮》)

人人尽道黄葵淡,侬家解说黄葵艳,可喜万般宜,不劳朱粉施。　摘承金盏酒,劝我千长寿。擘作女真冠,试伊娇面看。(《菩萨蛮》)

芙蓉一朵霜秋色,迎晓露、依依先拆[1]。似佳人、独立倾城,傍朱槛、暗传消息。　静对西风脉脉,金蕊绽、粉红如滴,向兰堂、莫厌重新,免清夜、微寒渐逼。(《睿恩新》)

红丝一簇傍阶砌,珠露下、独呈纤丽。翦鲛绡、碎作香英,分彩线、簇成娇蕊。　向晚群花新悴,放朵朵、似延秋意。待佳人、插向钗头,更袅袅、低临凤髻。(《睿

---

[1] 拆　底本误作"折",据《全宋词》(P.135)改。

恩新》

浅俗之词,求之《小山集》中,尚不多见。歌颂升平之词,除"碧藕花开水殿凉"(《鹧鸪天》)一阕为应制作外,余如"晓日迎寒岁岁同,太平箫鼓间歌钟。云高未有前村雪,梅小初开昨夜风。罗幕翠,锦筵红,钗头罗胜写宜冬。从今屈指春期近,莫使金尊对月空"(《鹧鸪天》)。方之同叔所作,实较有情致。至咏物词如《浣溪沙·咏柳》云:"二月风和到碧城,万条千缕绿相迎,舞[1]烟眠雨过清明。 妆镜巧眉偷叶样,歌楼妍曲借枝名,晚秋霜霰莫无情。"不特同叔咏物词不能相比,即玉田称引诸家之作,亦未必胜过。《小山集》中如"使星回首是三台"(《浣溪沙》),"金凤阙,玉龙墀,看君来换锦袍时"(《鹧鸪天》),"明朝紫凤朝天路,十二重城五碧云"(《鹧鸪天》),"骢骑稳,绣衣鲜,欲朝天"(《诉衷情》)等句,当系迎送之作,然究不多见也。

---

[1] 舞 底本误作"无",据《全宋词》(P.308)改。

第十二章
二晏词的艺术

同叔之"富贵气象"说 — 情境的优越 — 修辞的技巧

一、同叔之"富贵气象"说

二晏词之风格,已具述于上,兹更论其艺术。同叔尝主张"富贵气象"说,最为世所称道。盖穷愁之语易工,富贵之辞多俗。孟郊之"借车载家具,家具少于车",陶潜之"敝襟不掩肘,藜羹常乏斟",杜甫之"天吴与紫凤,颠倒在短褐",可谓巧于说贫。(参考《韵语阳秋》)言富贵者如《后山诗话》云:"王岐公诗喜用金碧珠璧,以为富贵,而其兄谓之'至宝丹'。"《王直方诗话》亦云:"王禹玉诗,世号'至宝丹',以其多使珍宝,如黄金必以白玉为对。有人云诗能穷人,且试强作些富贵语看如何,其人数日搜索,云只得一联曰:'胫脡化为红玳瑁,眼睛变作碧琉璃。'闻者为之绝倒。"此皆不善言富贵而流于鄙俗者也。

欧阳文忠曰:"诗原乎心者也,富贵愁怨,见乎所处。江南李氏巨富有诗曰:'帘日已高三丈透,金炉次第添香兽。红锦地衣随步皱,佳人舞彻金钗溜。酒恶时拈花蕊嗅,别殿微闻箫鼓奏。'与'时挑野菜和根煮,旋斫生柴带叶烧'异矣。"(见《诗人玉屑》十)葛立方云:"人言居富贵之中者,则能道富贵语;亦犹居贫贱者,工于说饥寒也。王歧公被遇四朝,目濡耳染,莫非富贵,则其诗章虽欲不富贵,得乎? 故歧公之诗,当时有'至宝丹'之喻,如'宝殿发函金作界,仙醪传羽玉为台''梦回金殿风光别,吟到银河月影低'等句甚多。"(见《韵语阳秋》)《漫叟诗话》又云:"江为有诗'吟登萧寺游檀阁,醉倚王家玳瑁筵'。或谓作此诗者决非贵族。"此又谓富贵必身历其境乃能言也。

然则,欲作一富贵语,实大非易事;惟同叔身居富贵而又善言之。《青箱杂记》云:"晏元献公虽起田里,而文章富贵,出于天然。尝见李庆孙《富贵曲》云:'轴装曲谱金书字,树记花名玉篆牌。'公曰:'此乃乞儿相,未尝谙富贵者。故余每吟咏富贵,不言金玉锦绣,而惟说其气象。若楼台侧畔杨花过,帘幕中间燕子飞。梨花院落溶溶月,柳絮池塘淡淡风之类是也。'故公以此句语人曰:'穷儿家有这景致也无?'"《韵语阳秋》亦载其事曰:"李庆孙《富贵曲》云:'轴装曲谱金书字,树记花名玉篆牌。'晏元献云:'太乞儿相,若谙富贵者,不尔道也.'元献诗云:'梨花院落溶溶月,柳絮池塘淡淡风.'此自然有富贵气。"是知言富贵不惟金玉锦绣是赖,而须注意其气象。有富贵气象,则偶用金玉锦绣字,亦尚不觉其俗。如胡仔《渔隐丛话》谓:"《云斋广录》载近人诗一联云:'珠帘绣户迟迟日,柳絮梨花寂寂春.'虽用珠绣,其气象岂不富贵?不害其为佳句也。"又《归田录》云:"晏元献喜评诗,尝曰:'老觉腰金重,慵便枕玉凉,未是富贵语;不如笙歌归院落,灯火下楼台,此善言富贵者也.'人皆以为知言。"

同叔此语,盖亦缘前二句徒夸耀金玉,而后二句则有富贵气象也。然《石林诗话》云:"白乐天'笙歌归院落,灯火下楼台'。又云:'归来未放笙歌散,画戟门前蜡烛红.'非富贵语,看人富贵者也。黄鲁直谓白乐天'笙歌归院落,灯火下楼台',不如杜子美'落花游丝白日静,鸣鸠乳燕青春深'也。"《瓮牖闲评》又云:"前辈评诗,谓'老觉腰金重,慵便枕玉凉',此享富贵者也。又诗云'笙歌归院落,灯火下楼台',此看人富贵者也。"

余以为石林、鲁直诸语,尚有其是处,而以"老觉腰金重"为享富贵,则大妄矣。总之,同叔富贵气象之说,非善于修辞者不能道。葛立方曰:"吾曾祖侍郎讳宫,虽起于寒微,而论富贵若固有之,尝有诗云:'翩翩燕子朱门静,狼籍梨花小院闲.'又云:'西楼月上帘帘静,后苑花开院院香.'其视晏公真不愧矣。"(见《韵语阳秋》)《苕溪渔隐丛话》曰:"温飞卿《晚春曲》云:'家临长信往来道,乳燕双双拂烟草。油壁车轻金犊肥,流苏帐晓春鸡报。笼中娇鸟暖犹睡,帘外落花闲不扫。衰桃一树近前池,似惜容颜镜中老。'殊有富贵佳致也。"《王直方诗话》曰:"存中云山谷称晏叔原'舞低杨柳楼心月,歌尽桃花扇底风',定非穷儿家语。"是皆然同叔气象之说,而以之论富贵语也。至二晏词之善写富贵气象,具述前章,兹不复赘。

二、情境的优越

陈廷焯曰:"作词之法,首贵沉郁,沉则不浮,郁则不薄……所谓沉郁者,意在笔先,神余言外,写怨夫思妇之怀,寓孽子孤臣之感。凡交情之冷淡、身世之飘零,皆可于一草一木发之。"(见《白雨斋词话》)然究如何始得臻此境,厥唯充实之情感是赖矣。诚以艺术所以表现人生;人生充实,则所表现之艺术亦充实。其作品字里行间必充满情感。否则纵雕文刻镂,亦毫无生气,不能引起读者共鸣也。二晏词胜处,即在能表现充实的情感,故陈廷焯又云:"李后主、晏叔原皆非词中正声,而其词则无人不爱,以其情胜也。情不深而为词,虽雅不韵,何足感人!"(《白雨斋词话》)

然陈氏虽知词人需要充实的情感,而表现之法,则仅取蕴藉一种,故谓发之必若隐若现,欲露不露,反复缠绵,终不许一语道破。不特体格之高,亦见性情之厚。又曰:"晏元献、欧阳文忠皆工词,而皆出小山下。专精之诣,固应让渠独步。然

小山虽工词，而卒不能比肩温、韦，方驾正中者，以情溢词外，未能意蕴言中也。故悦人甚易，而复古则不足。"（《白雨斋词话》）

复古谬见，昔人所同。夫表现情感方法，自来虽以含蓄蕴藉为尚，然亦有以奔迸或回荡出之者。奔迸与回荡，固亦各有其妙处。东坡多奔迸之作，所谓曲子缚不住者，清真多蕴藉，有反复缠绵之致，而二晏之情溢词外，正特具回荡之胜也。前章引例已多，兹不赘录。

因情感充实，故能出语浑成，不事雕琢。雕琢之习，南宋为甚。倘求之二晏以前，则温庭筠之喜用金玉等字，似稍有此倾向。如"小山重叠金明灭""凤凰相对盘金缕""日映纱窗，金鸭小屏山碧""手里金鹦鹉""双双金鹧鸪""画屏金鹧鸪""绿檀金凤凰""玉钗头上风"，以至"玉连环""玉炉香"等语，词中屡见。故王国维取"画屏金鹧鸪"一语评温词。画屏之鹧鸪，当然由雕琢而成，虽极富丽之致，终非生鹧鸪也。

韦庄词如"金似衣裳玉似身"（《天仙子》），"红缕玉盘金缕盏"（《上行杯》），"白马玉鞭金辔"（《上行杯》），亦皆用金玉字。冯延巳词如"玉箸双垂，只是金笼鹦鹉知"（《采桑子》），此不仅用金玉字，并以玉箸代泪矣。然就其大体言之，则韦、冯之词，固浑成句多，雕琢句少。二晏之词亦然。如小山之"对镜偷匀玉箸，背人学写银钩"（《河满子》），以"玉箸"代"泪"，以"银钩"代"字"。此等句究不多见。盖不以雕字琢句为工,惟于意境求胜,故李调元称"同叔善翻用成语,反复用之,各尽其致。小山词似古乐府,自序称补乐府之亡,足以当之"(见《雨村词话》)。沈谦谓'小山善作结语"(见《词统源流》),凡此皆缘其情感充实与浑成语有以致之。

要之,必用浑成句,乃能语浅意深;必具充实情感,乃有回肠荡气之妙。此即晏词艺术之胜也。

三、修辞的技巧

二晏虽爱用浑成语而不事雕琢,然亦非不注意于修辞。如江邻几《杂志》云:"晏相改王建诗'黄帔覆鞍呈马过,红罗缠项斗鸡回'为'呈过马''斗回鸡',为其语不快也。"又宋景文《笔记》云:"晏丞相尝问曾仲明云:'刘禹锡诗有瀼西春水縠纹生。生字作何义?'仲明曰:'作育之生。'丞相云:'非也,作生熟之生,语乃健。'"《闻见后录》亦记其事云:"昔宋景文问晏元献:'刘梦得瀼西春水縠纹生,生字当作何义?'元献云:'作生于縠纹,意不合,当作生熟之生。'景文叹服,以为妙语。"观此二事,则同叔实注意于修辞者也。

二晏词之消极修辞无庸赘述。兹就积极修辞之句,略举数例如下。

(一)譬喻

同叔《浣溪沙》云:"玉碗冰寒滴露华,粉融香雪透轻纱,晚来妆面胜荷花。　　鬟鬏[1]欲迎眉际月，酒红初上脸边霞，一场春梦日西斜。""妆面胜荷花"为明喻，"眉际月""脸边霞"为隐喻，而"香雪"则借喻也。是譬喻三种格式，已备此一词中。至小山词之用明喻者如"小莲未解论心素，狂似钿筝弦底柱"（《木兰花》），用隐喻者如"梅蕊新妆桂叶眉"（《鹧鸪天》），用借喻者如"娇香淡染胭脂雪，愁春细画弯弯月"（《菩萨蛮》）。厥例至多，且皆用之甚工也。

(二)比拟

杨诚斋曰："白乐天《女道士》诗云：'姑山半峰雪，瑶水一枝莲。'此以花比美妇人也。东坡《海棠》云：'朱唇得酒晕生脸，翠袖卷纱红映肉。'此以美妇人比花也。"人可比物，物亦可拟人。惟用之须得当耳。同叔撰《章懿太后神道碑》，不明言曾生仁宗，而以昆山丽水比后，以金玉比帝云："五岳峥嵘，昆山出玉；四溟浩渺，丽水生金。"《湘山野录》谓"才者爱其善比"云云。今读其词，如《浣溪沙》之"为我转回红粉面，向谁分付紫檀心"，《采桑子》之"时光只解催人老"，乃以牡丹及时光拟人也。小山词之"东风又作无情计，艳粉娇红吹满地"（《玉楼春》），"红烛自怜无好计，夜寒空替人垂泪"（《蝶恋花》），与上例同。至若"旖旎仙花解语，轻盈春柳能眠"（小山《临江仙》），"小梅风韵最妖娆，开处雪初消"（小山《诉衷

---

[1]鬟鬏　底本误作"鬏鬟"，据《全宋词》(P.114)改。

情》),"蘋华浓,山翠浅,一寸秋波如剪"(同叔《更漏子》),则又以人拟物矣。

（三）双关

双关语在小山词中最为多见。如："小颦微笑尽妖娆,浅注轻匀长淡净。"(《玉楼春》)"采莲时节慵歌舞,永日闲从花里度。暗随蘋末晓风来,直待柳梢斜月去。"(《玉楼春》)"渚莲霜晓坠残红,依约旧秋同。玉人团扇恩浅,一意恨西风。云去住,月朦胧,夜寒浓。此时还是,泪墨书成,未有归鸿。"(《诉衷情》)"疏梅月下歌金缕,忆共文君语。更谁情浅似春风,一夜满枝新绿替残红。　蘋香已有莲开信,两桨佳期近。采莲时节定来无,醉后满身花影倩人扶。"(《虞美人》)以上各词中之"莲""鸿""蘋""颦""云""梅"诸字,皆暗与侍儿莲、鸿、蘋、云及小梅等双关也。

（四）复叠与反复

李清照《声声慢》云："寻寻觅觅,冷冷清清,凄凄惨惨戚戚,乍暖还寒时候,最难将息……"此词最为古今称道,爱其善叠字也。二晏词亦往往用之,如："人别后,月圆时,信迟迟。心心念念,说尽无凭,只是相思。"(同叔《诉衷情》)"飒飒风声来一饷,愁四望,残红片片随波浪。"(同叔《渔家傲》)"小鸭飞来稠闹处,三三两两能言语。"(同叔《渔家傲》)"春冉冉,恨恹恹,章台对卷帘。"(小山《阮郎归》)"妆成尽任秋娘妒,袅袅盈盈当绣户。"(小山《玉楼春》)"轻轻制舞衣,小小裁歌扇。"(小山《生查子》)"深深美酒家,曲曲幽香路。"(小山《生查子》)以上皆叠字之例。至若小山之《长相思》云:"长相思,长相思,若问相思甚了期,除非相见时。　长相思,长相思,欲把相思说似谁,浅情人不知。"又其《醉落魄》后阕云:"若问相思何处歇,相逢便是相思彻。尽饶别后留心别,也待相逢,细把相思说。"相思二字,反复用之而不嫌其复,且觉愈转愈深也。

(五)其他

除上述四种外,如小山之"泪弹不尽临窗滴,就砚旋研墨。渐写到[1]别来,此情深处,红笺为无色"(《思远人》),此铺张修辞法也。"可羡邻姬十五,金钗早嫁王昌。"(《河满子》)此句中"王昌",借代修辞法也。同叔之"昨夜西风凋碧树,独上高楼,望尽天涯路"(《蝶恋花》)则以警句修辞也。"无可奈何花落去,似曾相识燕归来"(《浣溪沙》)则以巧对修辞也。总之,修辞之格甚繁,二晏积极修辞之例,亦不胜枚举,以上特示其一斑云尔。

---

[1] 到　底本脱,据《全宋词》(P.329)补。

第十三章
二晏词的影响

竹坡"酷喜小晏词"——梦窗亦有二晏风度——葛胜仲似同叔——纳兰容若近小山

一、竹坡"酷喜小晏词"

二晏的作品,就北宋整个词坛观之,实属旧派,但在文学反覆的演进中,后世受其影响者亦复不少,周紫芝即其一也。周著《竹坡词》中有《鹧鸪天》十三阕,后三阕自注云:"予少时酷喜小晏词,故其所作,时有似其体制者,此三篇是也。晚年歌之,不甚如人意,聊载于此,为长短句之体助云。"其词曰:

楼上缃桃一萼红,别来开谢几东风。武陵春尽无人去,犹有刘郎去后踪。　香阁小,翠帘重,今宵何事偶相逢。行云又被风吹散,见了依前是梦中。

彩鹢双飞雪浪翻,楚歌声转绿杨湾。一川红蒨初衔日,两岸朱楼不下帘。　　阑倚处，玉垂纤，白团扇底藕丝衫。未成密约回秋水，看得羞时隔画檐。

　　花褪残红绿满枝，嫩寒犹透薄罗衣。池塘雨细双鸳睡，杨柳风轻小燕飞。　　人别后，酒醒时，午窗残梦子规啼。尊前心事人谁问，花底闲愁春又归。

以上三篇，周氏自以为似小山体制，而冯煦《六十一家词选·例言》则云："今观其所指之三篇，在《竹坡词》中，诚非极诣。若以为有类小山，则殊未尽然，盖少隐误认几道为清倩一派，比其晚作，自觉未逮。不知北宋大家，每从空际盘旋，故无椎凿之迹。至竹坡、无住诸君子出，渐于字句间凝炼求工，而昔贤疏宕之致微矣。此亦南北宋之关键也。"《四库全书总目提要》又云："紫芝填词，本从晏几道入，晚乃刊除秾丽，自为一格。"二家所论，固各有其见地，而紫芝曾受小晏影响，固无可讳言，予以为《竹坡词》中如：

　　金鞍欲别时，芳草溪边渡。不忍上西楼，怕看来时路。　　帘幕卷东风，燕子双双语。薄幸不归来，冷落春情绪。（《生查子》）

　　学画双蛾苦未成，鬓云新结翠鬟轻，伴人歌笑已多情。　　飞絮乱花闲院宇，舞鸾歌凤小娉婷，阳关休唱断肠听。（《浣溪沙》）

荷气吹凉到枕边，薄纱如雾亦如烟。清泉浴后花垂雨，白酒倾时玉满船。　钗欲溜，鬓微偏，却寻霜粉扑香绵。冰肌近著浑无暑，小扇频摇最可怜。（《鹧鸪天》）

　　一点残釭欲尽时，乍凉天气满屏帏。梧桐叶上三更雨，叶叶声声是别离。　调宝瑟，拨金猊，那时同唱鹧鸪词。如今风雨西楼夜，不听情歌也泪垂。（《鹧鸪天》）

以上皆与小山风调宛似，固不仅其《鹧鸪天》三阕已也。

二、梦窗亦有二晏风度

　　大凡一种文体发达至最纯熟时，作家无以自异，遂炼字琢句以求工。文之过程如此，诗之过程亦如此，词当然不能例外。故紫芝晚年转变后，遂自以为胜于少作，实开南宋梦窗诸家雕琢之风。然小词究不适于雕琢堆砌，故虽雕琢老手如梦窗，其小词仍有二晏风度。如：

　　门隔花深梦旧游，夕阳无语燕归愁，玉纤香动小帘钩。　落絮无声新坠泪，行云有影月含羞，东风临夜冷于秋。（《浣溪沙》）

迷蝶[1]无踪晓梦沉，寒香深闭小庭心，欲知湖上春多少，但看楼前柳浅深。　　愁自遣，酒孤斟，一帘芳景燕同吟，杏花宜带斜阳看，几阵东风晚又阴。(《思佳客》)

　　三月暮，花落更情浓。人去秋千闲挂月，马停杨柳倦嘶风，堤畔画船空。　　恹恹醉，长日小帘栊。宿燕夜归银烛外，啼莺声在绿阴中，无处觅残红。(《望江南》)

至清真词与二晏作风近似者，已详本书第二章兹不赘举。

三、葛胜仲似同叔

　　其他词家之受二晏影响者，如李之仪、葛胜仲辈，固大有人在。葛氏作风尤与同叔为近，所作祝寿、赏宴等词，倘置《珠玉集》中，初读恐莫能辨认。兹就《丹阳词》中，摘录三首于下：

　　雨后春光浓似醉，著柳催花，节物侵龙忌。绣褓香闺当日佩，紫兰宫坠人间世。　　歌管停云香吐麝，碧酒红裳，共祝鱼轩贵。天上阿环金箓秘，龟鹤共寿三千岁。(《蝶恋花·二月二日同安人生日作》)

　　清明寒食景暄妍，花映碧罗天。参差捍拨齐奏，丰颊

---

[1] 蝶　底本误作"梦"，据《全宋词》(P.3726)改。

拥芳筵。　逢诞日，揖真仙，托炉烟。朱颜长似，头上花枝，岁岁年年。（《诉衷情》）

歌阕斗清新，檀板初匀，画堂新筑太湖滨。好是黄花开应候，聊宴亲宾。　上客即逢辰，况是青春，上林开宴锡尧尊。今夜素娥真解事，偏向人明。（《浪淘沙·九月十八与千里赏菊》）

四、纳兰容若近小山

直至清代，犹有似小山风者。吴衡照《莲子居词话》云："吾浙词派三家，羡门有才子气，于北宋中最近小山、少游、耆卿诸公。"此言彭羡门近于小山也。吾以为最似小山者莫如纳兰容若，容若尝谓"花间之词如古玉器，贵重而不能适用；宋词实用而少贵重，李后主兼有其美，更饶烟水迷离之致"。是知容若实宗后主，然其作风究与小山为近也。

而今才道当时错，心绪凄迷，红泪偷垂，满眼春风百事非。　情知此后来无计，强说欢期，一别如斯，落尽梨花月又西。（《采桑子》）

相逢不语，一朵芙蓉著秋雨。小晕红潮，斜溜鬓心双凤翘。　待将低唤，直为凝情恐人见。欲诉幽怀，转过回阑叩玉钗。（《减字木兰花》）

六曲阑干三夜雨，倩谁护取娇慵。可怜寂寞粉墙东。已分裙钗绿，犹裹泪绡红。　　曾记鬓边斜落下，半床凉月惺忪。旧欢如在梦魂中，自然肠欲断，何必更秋风。(《临江仙·塞上得家报云秋海棠开矣赋此》)

谁道飘零不可怜，旧游时节好花天，断肠人去自经年。　　一片晕红疑着雨，晚风吹掠鬓云偏，倩魂销尽夕阳前。(《浣溪沙·西郊冯氏园看海棠因忆香严词有感》)

以上仅就《饮水》《侧帽》词中，信手摘录数例，无庸取与《小山词》细加比较，其相似之处，一读即知也。

第十四章
二晏著述存佚考

同叔已佚的著作 —— 残缺的《类要》与《遗文》—— 小山的诗

一、同叔已佚的著作

同叔以神童赐同进士出身，少年登馆阁，掌书命。以文章为天下所宗。且不自贵重其文，僚属能吟咏者皆与唱和，以此晚年诗过万篇。（参考《神道碑》及宋景文《笔记》）惜其集今皆不传，即集名卷数之见于故籍者，亦多歧异。《宋史》本传云："文集二百四十卷，及删次梁、陈以后名臣述作为《集选》一百卷。"《神道碑》云："有文集二百四十卷……又集类古今文章为《集选》二百卷。"《直斋书录解题》十七云："《临川集》三十卷，《二府集》二十五卷，年谱一卷，丞相临淄元献公临川晏殊同叔撰。其五世孙大正为年谱，言乞元献尝自差次起儒馆至学士为《临川集》，起枢廷至宰席为《二府集》。今案本传有文集二百四十卷,《中兴书目》亦九十四卷,今所刊止此耳。《临川集》有自序。"《四库全书总目·晏元献遗文提要》云:"《东都事略》称有文集二百四十卷。《中兴书目》作九十四卷。《文献通考》载《临川集》三十卷,《紫薇集》一卷。陈振孙《书录解题》云其五世孙大正为年谱一卷,言元献尝自差次起儒馆至学士为《临川集》三十卷,起枢廷至宰席为《二府集》二十五卷云云,今皆不传。"

以上文集卷数,《神道碑》《东都事略》《宋史》本传均符合,但《宋史·艺文志》所著录者则为:"《晏殊集》二十八卷,又《临川集》三十卷,诗二卷,《三州集》十五卷,《二府别集》十二卷,《北海新编》六卷,《平台集》一卷。"(见别集)更考之《临川县志·艺文志》,其集部著录有:"《晏元献文集》二十八卷,《临川集》三十卷,《二州集》十五卷,《紫薇集》一卷,《二府别集》十二卷,《平台集》一卷,《晏丞相诗》三卷,《珠玉词》一卷。"

《宋史·艺文志》所称卷数,合之得九十四,正与《中兴书目》符合。是知本传、《东都事略》及《神道碑》乃指原著卷数,而《中兴书目》则纪实存卷数。证以《宋史·艺文志》未著录《二府》《紫薇》诸集,则其书或早佚于南宋矣。

《临川县志》未详所据,疑参合各书著录,未必尽见原书。《紫薇》《二府》两集之名,见于宋尤袤《遂初堂书目》。(见《说郛》)《直斋书录解题》谓:"锡山尤氏尚书袤延之,淳熙名臣,藏书至多，尝烬于火。"则遂初堂所藏者，亦亡于南宋。又李之鼎跋《元献遗文》，称"尚有《庐山四游》诗一卷"。至集名之歧异者，如《宋史·艺文志》有《三州集》，《临川县志》作《二州集》。《挥麈后录》又作《五州集》（《挥麈后录》卷一，宋太祖醉卧阙伯庙条注云"晏元献《五州集》载前段"）。同叔曾历守亳、颍、陈……诸州，岂初有《二州集》，后渐增为《五州集》欤？至各别集卷数小有异歧，如《宋史·艺文志》称诗二卷，《临川县志》作三卷。《二府集》，据《书录解题》引大正所作年谱称二十五卷，而《困学纪闻》翁元圻注则作二十卷。（见原书十九晏元献《进牡丹歌诗表》条下）疑皆传写偶误，无待深考。

同叔除《临川集》《紫薇集》《二府集》《二府别集》《平台集》《五州集》（《二州集》《三州集》）、《北海新编》及诗集等共二百四十卷外，《宋史》本传及《神道碑》均称其尚编有《集选》，惟所录卷数，相差至一百卷之多。（原文引见本章第一段）查《文献通考》有《文选》目录二卷，《直斋书录》卷十五作《集选目录》二卷，解题云："丞相元献公晏殊集。《中兴馆阁书目》以为不知名者，误也。大略欲续《文选》，故亦及于庾信、何逊、阴铿诸人，而云唐人文者亦非也。莆田李氏有此书，凡一百卷。力不暇传，姑存其目。"据此则一百卷之说，较为可信也。

《神道碑》又云："尝奉敕修《上训》及《真宗实录》。"《上训》当为东宫臣时所作。《真宗实录》一百五十卷，见《宋史·艺文志》史部编年类注"晏殊等同修"。《临川县志》则注为"学士晏殊与肥乡李维同撰"。《直斋书录解题》四所载尤详，同修者尚有孙奭、宋绶、陈尧佐、王举正、李淑等。此外有《天和殿御览》，见于《遂初堂书目》《玉海》卷五十四及《临川县志》等（详本书年谱）。晏殊、张士逊《笑台诗》一卷；《内制》六卷，晏殊以下所撰，俱见《宋史·艺文志》总集。

二、残缺的《类要》与《遗文》

（一）《类要》

叶梦得《石林避暑录话》云："晏元献平居书简及公家文牒，未尝弃一纸，皆积以传书，虽封皮亦十百为沓，暇时手自持熨斗，贮火于旁，炙香匙亲熨之，以铁界尺镇案上，每读书得一事，则书以一封皮。后批门类，授书吏传录，盖今《类要》也。王莘乐道尚有数十纸，余及见之。"据此则《类要》一书，实同叔利用废纸而作也。

是书入《四库全书存目提要》云：

> 《类要》一百卷，浙江范懋柱家天一阁藏本。宋晏殊撰……是编乃所作类事之书，体例略如《北堂书钞》《白氏六帖》，而详赡则过之……所载皆从原书采摭，不似他类书互相剽窃，辗转传讹。然自宋代所传，名目卷帙已多

互异。欧阳修作殊《神道碑》称类集古今集选二百卷，曾巩作序则称上中下帙七十四篇，惟《宋史》本传称一百卷，与今本合。其四世孙知雅州袤进书原表，则南渡后已多缺佚。袤续加编录，于开禧二年上进，故今书中有于篇目下题四世孙袤补阙者，皆袤所增，非殊之旧矣。自明以来传本甚罕，惟浙江范氏天一阁尚从宋本抄存，而中间残缺至四十三卷。别有两淮所进本，仅存三十七卷，门类次第尤多颠倒。且传写相沿，讹谬脱落，甚至不可句读，盖与《太平御览》同为宋代类书之善本，而其不可校正，则较《御览》为更甚，故今惟附存其目焉。

考《宋史》本传及《神道碑》所称之一百卷与二百卷，皆指《文选》而言，与《类要》无涉。《提要》混为一谈，大误。《类要》卷数，当如曾巩序所云。盖曾序乃因同叔四子知止之请而作，所见必原著。类书后人往往增补，故卷帙多歧。《直斋书录解题》十四云："《类要》七十六卷，晏殊撰，曾巩为序，案《中兴书目》七十七卷，比曾序七十四篇多三篇，今此本七十六卷，岂并目录为七十七耶？"又《临川县志》称为八十卷。俱与范氏天一阁藏本不合也。

此书内容与价值，曾巩序之甚详。兹节录后段于下：

（上序同叔起自童子，历览枢要，为天下学者所宗)……及得公所为《类要》上中下"秩"(帙),总七十四篇,凡若干门,皆公所"乎"(手)抄。乃知公于六艺太史百"象"(家)之言,骚人墨客之文章,至于地志、族谱、佛老、方伎之众说,旁及九州之外蛮夷荒忽诡变奇迹之序录,皆披寻细绎而"细及"(终)于三"枥"(才)。万物变化情伪是非兴"环"(坏)之理,隐显细巨之委曲,莫不"究尽"(毕究)。公之得于内者在此也,公之所光显于世者有以哉!观公之所自致者如此,则知士不素学而处从官大臣之列,备文儒道德之任,其能不馁而病乎?此公之书所以为可传也。公之子知止能守其家者也,以书属余序。余与公仕不并时,然皆临川人,故为之论次以书其首。(录自《四部丛刊》本《元丰类稿》卷十三。括号内字,据《临川县志》节引校)

观曾氏所序,则《提要》称为宋代类书中之善者,信非过誉。今闻其残本尚存,顾亦成秘籍,通常但见他书所称引者,如《墨庄漫录》七谓《类要》中有唐王建《梦看梨花云》诗,为世行王建诗集所无。《临川县志·杂类志·轶事》录其纪抚州曰龙川军。《南宋杂事诗》卷二"五酘封蒸按旧经"诗下注云:"晏公《类要》:江南五酘酒。"然即此亦不多见也。

(二)《元献遗文》

同叔文集既佚,至清慈溪胡亦堂乃为之选辑一卷。亦堂字二斋，顺治辛卯举人，康熙丁巳由新昌知县调知临川，颇有政声。曾汇刻《临川文献》。其《元献遗文》自序云：

> 宋自真、仁两朝数十年，天下太平。其时贤相接踵而起，皆光明俊伟，沉毅磊落之人，其所树立，著典册而垂不朽，历代以来，相业之盛，未有能过者也。而晏元献公以龆龀而受知人主，历阶膴仕，至于入操大政，进受封国，优游二省阁之间，保功名以克慎其终，可不谓荣哉？虽比于当时平仲诸君子所谓澶渊之役，赞亲征而退大敌，当北使时正和议以尊国体，定策禁中，际危疑而声色不动。此数大事者，若稍有逊焉。然远考其略，如建言太后垂帘谒庙之所宜，论张耆不可为枢密，请出宫中长物助边，盖其表表者。其所以立朝亦已为无负矣。至公在真宗时，时有所问，辄奏答并封草进，示不泄。后仁宗类为八十卷，藏于禁中。又别有文集，多至二百四十卷，亦取入府，故均不传于世。今传之者，止状记铭诗，寥寥三四，而其外之歌词较多。世之论者，以为其甚于言情，不无以妩媚为病。盖公遭当太平无事之世，既已靖共尽职，退食多暇，因而间作，终属其少年蚤进而又为其性情才致所近。前后宰相，如介甫、美成，亦有为之者，非独公也。且公为人慎密恭俭，今读其《答赞善中丞家书》，谆谆以节用保家为言，此岂有富贵骄淫之习足以相染？于此知歌词所作，盖以托

兴，非其害也。今取而登之，比于唐之为诗，犹其初云。继公起者，以公第七子叔原所为词附于集后，以俟后之人并及焉。

其选辑之目次如下：

札子：

　　晏元献公天圣上殿札子（劳辑本无"晏元献公"四字）

状：

　　进两制三馆牡丹歌诗状（按见《宋文鉴》卷六十三）

记：

　　庭莎记（按见《宋文鉴》卷七十七）

铭：

　　几铭（按见《宋文鉴》卷七十三，又见《事文类聚》续集卷二十八）

书：

　　答赞善兄家书（劳辑本改题"与兄手帖"，按见《能改斋漫录》十二）

　　答中丞兄家书

五言古诗：

　　列子有力命王充有命禄极言必定之致览之有感（劳辑本改题"列子有力命王充《论衡》有命禄'极言必定之致'览之有感"，按见《宋文鉴》卷十五）

　　和王校勘中夏东园（按见《宋文鉴》卷十五）

七言律：

　　初秋宿直（按见《宋文鉴》卷二十四，又见《事文类聚》前集二十九题作"寓直"）

　　安昌侯（按见《宋文鉴》卷二十四）

　　无题

　　忆临川旧游

　　送凌侍郎还知宣州（劳本无此首。按以下为词，目次录第十五章）

是书于清修《四库全书》时，因江西巡抚采进，遂得著录。提要云：

> 此本为国朝康熙中慈溪胡亦堂所辑，仅文六篇，诗六首，余皆诗余。殊当北宋盛时，日与诸名士文酒唱和，其零章断什，往往散见诸书，如《复斋漫录》《古今岁时杂咏》《侯鲭录》《西清诗话》所载诸诗，此本皆未收入，未为完备。然殊在北宋，号曰能文；虽二宋之作，亦资其点定。如《能改斋漫录》所记"白雪久残梁复道，黄头闲守汉楼船"者，其推重可以想见。原集既已无存，则此裒辑之编，仅存什一于千百者，亦不能不录备一家矣。

继胡氏补辑者，有清仁和劳格。格字季言，生于嘉庆二十五年庚辰（西元一八二〇年），卒于同治三年甲子（西元一八六四年）。与其兄权平甫俱以治经补诸生，后遂不与试，专攻群史，时有二劳之目。季言所补辑同叔遗文，多采自《玉海》《事文类聚》《播芳大全》《宋文鉴》《茅山志》《岁时杂咏》《侯鲭录》《西清诗话》《老学庵笔记》《瀛奎律髓》《汝州志》《青箱杂记》《海棠谱》《铁网珊瑚》《会稽掇[1]英集》及诸文集序。凡增文十二篇，诗一百三十余首，及单词断文又十余件。文已倍于胡辑，

---

[1] 掇　底本误作"缀"，据该著书名改。

诗则视胡辑几二十余倍，可谓丰富矣。余所见者，为钱唐丁氏八千卷楼旧藏本。内有"季言汲古""劳印辛检""梁甫"诸印，封面题："道光甲辰仲秋传钞文澜阁本，丁未季夏补辑佚篇附后。季言识。"据此，则劳氏之书，作于清道光二十七年（西元一八四七年），此本盖其遗稿，未经刊行。原书无目，兹特摘录附存于后，聊备屠门之嚼云耳。

中司赋
飞白书赋（《玉海》三十四）
御飞白书扇赋（《玉海》三十四）
御飞白书记（《玉海》三十四）
徐公文集后序
祖士衡起居舍人告词（《洛阳九老祖龙学文集》十四）
侍读学士等请宫中视学表（《宋文鉴》六十三）
辞升储表（代）（《播芳大全文粹》八）
辞升储表（代）
连珠一首（《宋文鉴》一百二十八，按原稿以小字补）
五云观记（见《茅山志》五）
答枢密范给事书（《宋文鉴》卷一百一十二）
举范仲淹状（《范文正公年谱》）
假日示判官张寺丞王校勘（按以下为诗，本首见《宋文鉴》二十四。原稿注于胡辑"初秋直宿"诗上）

和宋子京召还学士院(《复斋漫录》)

立春祀太乙(《岁时杂咏》四)

上巳琼林苑宴二府同游池上即事口占三首(《岁时杂咏》十八)

寒食东城作(《岁时杂咏》十三)

七夕(《岁时杂咏》二十七)

中秋月(《岁时杂咏》三十一)

上竿伎(《石林诗话》《侯鲭录》《事文类聚》前集四十三)

吊苏哥

煮茶(《西清诗话》)

盂兰盆(《老学庵笔记》)

古瓦砚诗(《张殿院惠砚笺》三)

初秋寓直(《合璧事类》前集,原注:重出,应删)

赋得秋雨(《瀛奎律髓》十七)

寓意(《瀛奎律髓》十七,按即胡辑"无题"诗)

春阴(《瀛奎律髓》十)

送凌侍郎归乡(见《曹氏历代诗选》,又见《新编方舆胜览》十五,《宁国府志》引四句,按即胡辑"送凌侍郎还知宣州")

巢父井(《汝州志》)

题东湖涵虚阁(《江西诗话》)

句（按以下摘录断句多联，不录题）

西垣榴花（《分门纂类唐宋时贤千家诗选》十）

金凤花（《事文类聚》后集三十二，《全芳备祖》前集二十六）

张太傅生日诗（《事文类聚》后集二）

奉和真宗御制后苑杂花海棠（《陈思海棠谱》中）

海棠四首（均见《海棠谱》）

和枢密侍郎因看海棠怀禁苑此花最盛

雪中（《宋文鉴》二十七，《玉海》百九十五引末二句作瑞雪诗，《困学纪闻》十八亦引）

转运度支得青州资政黄素书韩吏部《伯夷颂》许昌相公以诗跋尾遂为七言因而记及仅记拙篇纪咏

谢昇王记室表（《困学纪闻》十九。按此系断句，原稿录以小字，以下两则同）

章懿太后神道碑（《湘山野录》上）

西掖紫薇赋（《湘山野录》上）

次韵谢借观五老图（《铁网珊瑚》画品三）

留题越州石氏山斋（《会稽掇[1]英总集》卷十二）

鹿葱花（按原稿小字）

题阏伯庙（按原稿小字）

---

[1] 掇　底本误作"缀"，据该著书名改。

晏元献（按以下梅丽春花、迎春花等断句，盖均摘自《全芳备祖》，又自此直至《赠李阳孙》，均新纸，且有空白两页，疑系补钞）

七夕（《岁时广记》二十六，按原稿小字，上首同）

赠李阳孙

群和圣制元日二首（《岁时杂咏》二）

癸酉岁元日中书致斋感事

壬午岁元日雪

奉和圣制立春日（《岁时杂咏》四）

奉和圣制新春

奉和圣制上元夜（《岁时杂咏》）

和扈从观灯

奉和圣制上元夜

奉和圣制上元三首

上元夕次韵答张谏议

次韵和天章范待制上元从事会灵观

丁卯上元灯夕二首

正月十九日京邑上元收灯日（《醉翁谈录》三）

元夕

上元日诣昭应宫分献凝命殿以宪职不预班健独归书事

奉和御制中和节（《岁时杂咏》十）

社日

寒食游王氏城东园林因寄王虞部（《岁时杂咏》十三）

次韵和参政除给事寒食杜门感怀二首

奉和圣制上巳日（《岁时杂咏》十八）

上巳赐宴琼林与二府诸公游水心憩于西轩二首

上巳琼林苑宴二府同游池上即事口占三首

端午作（《岁时杂咏》二十一）

社日戏题吴任副枢（《岁时杂咏》二十八）

丙寅中秋咏月（《岁时杂咏》三十一）

次韵和王校勘中秋月

中秋月——与通判徐仲谋、谯县李宗易、将作监主簿张彭同赋

次韵和司空相公闰秋重九中书对菊（《岁时杂咏》三十七）

九日北郡登高见寄

九日宴集和徐通判韵

次韵和史馆吕相公九日偶寄时史馆充大内修葺使罢重阳苑宴

八日菊（是日与集贤彭秘书承、集贤王寺丞琪、良水富监丞弼、王进士许西园会饮，同赋此题泊酒胡章，薄暮王殿中轸见访，因亦与会）

重阳夕内宿

九月八日游涡（徐通判、李谯县、杨察监丞、朱从道

县尉同之）

闰九月九日

和至日北园宴集（《岁时杂咏》四十）

奉和圣制冬至

奉和圣制除夜二首（《岁时杂咏》四十三）

和三兄除夜

次韵和致仕陈相公除夜

送铅山周尉（《铅书》五）

棋盘石（徐表然《武夷志略》三）

金柅园（《新编方舆胜览》二十一，按原稿以下有空白纸三页）

御阁四首（《岁时杂咏》二）

内廷四首

东宫阁二首

立春又词（《岁时杂咏》四）

御阁四首

内廷四首

东宫阁三首

御阁（《岁时杂咏》二十一端午）

内廷四首

昇阁二首

御阁四首

东宫阁二首

此外尚有《晏元献遗文》一种，为南城李之鼎增辑，入其所刻《宋人丛集》中，虽丰富不逮劳本，然亦有为劳氏所未采及者。李书流传不广，兹亦附录其目次于后。

辑文：

东封圣制颂序（《玉海》二十八）

辑诗：

忆越州（二绝，《会稽掇英集》）

送僧归护国寺（五律）

麻姑山（七律，以上《天台续集》）

上巳琼林宴二府同游池上即事口占（宋蒲执中《古今岁时杂咏》共三首，第三首已见劳辑）

题阙伯庙（七绝，《挥麈后录》一、《蔡宽夫诗话》）

石榴（五绝）

椿（五绝，以上《全芳备祖》后集十五）

牡丹（七绝，同上六）

晚春（七绝，《事文类聚》前集八，按此乃叔原与郑侠诗）

和阅书歌(《玉海》二十七)

迎春(五绝,《全芳备祖》前集二十、重修《毗陵志》十三)

金灯花(五古,《全芳》前集二十六)

柳(五绝,同上后集十七)

中书即事(五绝,《能改斋漫录》《复斋漫录》《渔隐丛话》后集二十)

鹿葱花(七绝,《云麓漫钞》四)

送董信州松(五律,《舆地纪胜》二十一)

建茶(七绝,同上一二九)

竹醉日(五绝,《渔隐丛话》后集三十一、《岁时广记》二)

过华夫书屋(七古,《江西诗征》五)

送瞿生还拜亲(五排,《建昌府志》)

题琵琶亭(七绝,吴曹直《宋诗选》,此诗夏文庄集亦收入)

以下辑诗句三十余联,又单句五,辑词四首,除《诉衷情·咏海棠》(海棠珠缀一重重)一首见《东坡词》外,其余《菩萨蛮·咏葵花》(秋花最是黄葵好)、《少年游·咏芙蓉》(霜华满树)、《采桑子·咏石竹花》(古罗衣上金针样)三首,毛本《珠玉》词已刻入,李氏俱辑自《全芳备祖》前集也。

三、小山的诗

黄庭坚序小山词曰:"文章翰墨,自立规摹。"是知小山非不善为文者。但今存者词集而外,无他撰著之名见于故籍。宋王称于绍熙甲寅序《书舟词》已云:"叔原独以词名耳,他文则未传也。"岂缘其"论文自有体,不肯作一新进士语"(见黄庭坚序)。遂致不传欤? 今考小山诗仅《宋诗纪事》载有六首,至见于前人笔记者有二,本事另详本书附录,兹将诗录次。

七绝一首:

小白长红又满枝,筑球场外狙支颐。春风自是人间客,主张繁华得几时!(见《侯鲭录》)

排律一首:

生计惟兹碗,搬挈岂惮劳。造虽从假合,成不自埏陶。玩朽非同调,颜瓢庶共操。朝盛贫余米,暮贮藉残糟。幸免墙间乞,终甘泽畔逃。挑宜筇作杖,捧称葛为袍。倘受桑间饷,何堪井上螬。绰然真自许,呼尔未应饕。世久轻原宪,人方逐子敖。愿君同此器,珍重到霜毛。(见《墨庄漫录》)

此外如"列子有力命,王充《论衡》有命禄,览之有感"一首,《宋文鉴》作同叔,而《事文类聚》前集三十九则作晏叔原。未知孰是,兹不录。

第十五章 同叔之《珠玉词》

《珠玉词》的版本 —— 毛本与明钞本目次的比较 ——
《元献遗文》辑存的词 ——《珠玉词》辑补与存疑

一、《珠玉词》的版本

《珠玉词》有汲古阁本、晏氏家刻本、也是园藏本及鉴止水斋明钞本等。汲古阁本为毛子晋所刻,以冠《六十一家词》。《四库》著录者即此本,《提要》云:"陈振孙《书录解题》载殊词有《珠玉集》一卷,此本为毛晋所刻,与陈氏所记合,盖犹旧本。《名臣录》称殊词名《珠玉集》,张子野为之序。子野,张先字也。今卷首无先序,盖传写佚之矣。"

鉴止水斋藏本,见明钞《宋十六家词》,亦无张先序,《十六家词》卷首有宗彦记云:"此书不知何人所辑,盖亦未成之本,目录时代错乱,当是书贾所加也。"又有朱墨二记,其一云:"此为明人钞本,柳屯田《乐章》尚分三卷,为毛子晋未并以前之帙。兹撤其目录，凡阁本著录者十六家，编排先后，装成八册。其附存及未进四库者若干家，另装成册。甲戌冬日识。"又一云："许周生驾部鉴止水斋藏书，其文孙季仁太守质于柴垛桥许阜泉司马家，乱后为抚部行台所留，残帙半为兵勇攫卖市上，此其一也。"是知此书乃许宗彦鉴止水斋旧藏，后为钱唐丁氏所得，入八千卷楼珍藏善本。今存江苏省立国学图书馆，即前江南图书馆也。

晏氏家刻本为晏端书所刊，其书自《历代诗余》辑录，后附补遗，此本今亦不易得。通行者惟重刻之《宋六十名家词本》。商务印书馆林大椿编校之《珠玉词》单行本，即从毛本重印者。某小书肆亦出有《二晏词》一厚册，虽宗毛刻，然印刷校对欠精，不可卒读矣。

二、毛本与明钞本目次的比较

毛氏汲古阁刻本与许氏鉴止水斋钞本，其调名目次，颇有异处。如毛本之《玉楼春》《蝶恋花》，许本则作《木兰花》《鹊踏枝》，有数首仍题《蝶恋花》。许本无《清商怨》而有《阮郎归》。毛本则于《清商怨》下注云："向误入欧集，按诗话或问元献公'雁过南云'云云，确是公作，今增入。"《阮郎归》（南园春半踏青时）一调，毛刻入《六一词》，注云："或刻晏同叔。"合观毛注及许本题记（引见本章上节），则许本当仍旧观，而毛本则已改编也（似依调之长短为序）。兹将二本目录列下，以资比较。

鉴止水斋钞本	汲古阁刻本
谒金门一首	点绛唇一调
破阵子四首	浣溪沙十二调
摊破浣溪沙十三首（注一）	清商怨一调
更漏子四首	菩萨蛮四调
鹊踏枝二首（注二）	诉衷情七调
点绛唇二首	采桑子七调
凤衔杯三首	酒泉子二调
清平乐五首	望仙门三调
红窗听二首	谒金门一调
采桑子七首	清平乐五调
喜迁莺五首	更漏子四调
撼庭秋一首	相思儿令二调
少年游四首	喜迁莺五调
酒泉子二首	撼庭秋一调
木兰花十首（注三）	胡捣练一调
迎春乐一首	秋蕊香二调
诉衷情四首（注四）	滴滴金一调
胡捣练一首	燕归梁二调
踏人娇三首	望汉月一调

续表

鉴止水斋钞本	汲古阁刻本
踏莎行五首	少年游四调
渔家傲十四首（注五）	雨中花一调
雨中花一首	迎春乐一调
瑞鹧鸪二首	红窗听二调
阮郎归一首	睿恩新二调
望仙门三首（注六）	玉楼春十调
长生乐二首	凤衔杯三调
蝶恋花七首（注七）	踏莎行五调
拂霓裳三首	临江仙一调
菩萨蛮四首	蝶恋花七调
秋蕊香二首	玉堂春三调
相思儿令二首	渔家傲十三调
滴滴金一首	破阵子四调
山亭柳一首	瑞鹧鸪二调
睿恩新二首	殢人娇三调
玉堂春三首	连理枝二调
临江仙一首	长生乐二调
燕归梁一首	山亭柳一调
望汉月一首	拂霓裳三调
补诉衷情四首（见注四）	
采桑子三首（注八）	

注一：《摊破浣溪沙》即毛本《浣溪沙》，多"青杏园林煮酒香"一首，次"三月和风满上林"后，毛本注云："旧刻十三阕，考'青杏园林煮酒香'是永叔作，今删去。"

注二："槛菊愁烟兰泣露"及"紫府群仙名籍秘"二首，毛本次《蝶恋花》调末，注云："向另刻《鹊踏枝》。"

注三：《木兰花》即毛本《玉楼春》。

注四：毛本注云"旧刻八首，考'海棠珠缀一重重'是子瞻作，今删"。按许本此首次本调最末，而"东风杨柳欲青青"下即接"世间荣贵月中人"中脱"芙蓉金菊斗馨香""数枝金菊对芙蓉""露莲双脸远山眉"及"秋风吹绽北池莲"四阕，补录卷后。

注五：许本多"彩笔丹青描未得"一首，次"杨柳风前香百步"后，毛本注云："旧刻十四首，考'粉笔丹青描未得'是六一词，删去。"

注六：许本"玉池波浪碧如鳞"置第一首，次"紫薇枝上露华浓"，再次"玉壶清漏起微凉"。

注七：毛本注云"旧七首，考'玉碗冰寒消暑气'是子瞻作，'梨叶疏红蝉韵歇'永叔作，今删去。又末二首向另刻《鹊踏枝》，考是一调，今并入仍七首"。按许本除《鹊踏枝》另录外，仍存"玉碗冰寒"及"梨叶疏红"二首，次"南雁依稀回侧阵"前。

注八：按此处所录"古罗衣上金针样""时光只解催人老"及"林间摘遍双双叶"三阕，均已见前，重出。

三、《元献遗文》辑存的词

慈溪胡亦堂所辑《元献遗文》，曾附词若干阕，兹录存其目于后：

浣溪沙（阆苑瑶台风露秋）
又（三月和风满上林）
又（青杏园林煮酒香）
又（一曲新词酒一杯）
又（宿酒才醒厌玉卮）
又（已是年光有限身）
更漏子（寒雁高浓露满）
鹊踏枝（槛菊愁烟兰泣露）
凤衔杯（留花不住怨花飞）
清平乐（春花秋草只是催人老）
又（秋光向晚，小阁初开宴）
又（春来秋去，往事知何处）
红窗听（记得香闺临别语）
撼庭秋（别来音信千里恨，此情难寄）
少年游（芙蓉花发去年枝）
木兰花（东风昨夜回梁苑）
又（池塘水绿风微暖）

又(朱帘半下香销印)

殢人娇(二月春风,正是杨花满路)

踏莎行(细草愁烟)

又(祖席离歌)

又(碧海无波)

又(小径红稀)

渔家傲(宿蕊斗[1]攒金粉同)

又(越女采莲江北岸)

玉楼春(绿杨芳草长亭路)

阮郎归(南园春半踏青时)

蝶恋花(帘幕风轻双燕语)

又(六曲栏杆偎碧树)

以上仅十余调,词二十九首,盖不及原书三分之一。然如"绿杨芳草长亭路"一阕,则毛、许二本均无者也。

四、《珠玉词》辑补与存疑

《珠玉词》除上述《玉楼春》"绿杨芳草长亭路"一阕,毛、许二本均未著录外,尚有《破阵子》"燕子来时新社"见于《绝

---

[1] 斗 底本误作"攒",据《全宋词》(P.128)改。

妙词选》,《如梦令》"楼外残阳红满"见于宋词钞,二本均遗漏。

《破阵子》,董毅之录入《续词选》。《如梦令》又见《淮海长短句》,或刻小山词,尚不敢遽断为同叔作。至《玉楼春》"绿杨芳草"一词,见于《绝妙词选》(向误入《梦窗词》,见《彊村丛书·梦窗词》题下注语)。有小山与蒲传正语可证(详本文附录小山轶事),确系同叔作也。

同叔之词,又往往与冯、欧……诸家相混,除本章第二节所述之《阮郎归》《蝶恋花》《渔家傲》《浣溪沙》《诉衷情》诸阕为毛子晋删去外,其余仍有并见他集者,如《玉楼春》之"燕鸿过后莺归去"及"池塘水绿风微暖"俱见《六一词》;《蝶恋花》之"六曲阑干偎碧树"既见《六一词》,又见《阳春录》;"槛菊愁烟兰泣露"一阕,则见《子野词》。此外复见者尚多,凡此盖皆传写之误,疑以传疑可也。

第十六章
小山之乐府补亡

《小山集》原名与自跋考 —《小山词》的版本 — 明钞本、毛本、晏本目次的比较 —《元献遗文》附存的《小山词》—《小山词》辑补与存疑

一、《小山集》原名与自跋考

毛本《小山词》末有跋后一篇,《彊村丛书》本置于卷首,题《小山词序》。《四库总目提要》以为无名氏作,李调元《雨村词话》则谓为小山自序,今考原文有"始时沈十二廉叔、陈十君龙,家有莲、鸿、蘋、云,品清讴娱客。每得一解,即以草授诸儿,吾三人持酒听之,为一笑乐"等语。倘作跋者别一人,则"吾三人"句颇不可解,即此已足证为小山自作。按《小山集》黄庭坚曾为之序,见《豫章黄先生全集》及马氏《文献通考》。汲古阁本虽佚去,而赵氏星凤阁及许氏鉴止水斋所藏两明钞本俱存,此篇当其自跋,故钞本置诸卷末,其所以无作者

姓氏，或缘传写之佚，或因系自跋遂竟未题也。

原跋首二句云："补亡一编，补乐府之亡也。"《四库总目提要》曰："据其所云似几道词本名《补亡》，以为补乐府之亡，单文孤证，未敢遽改。"考李调元《雨村词话》有小山《乐府补亡》一条，意李氏所见，集名尚仍旧题。尤有可证者，胡仔《丛话》后集三十三晁无咎条云："《苕溪渔隐》曰:《雪浪斋日记》谓晏叔原工于小词，舞低杨柳楼心月，歌尽桃花扇影风，不愧六朝宫掖体。无咎评乐章，乃以为元献词，误也。元献词谓之《珠玉集》，叔原词谓之《乐府补亡集》，此两句在《补亡集》中。"胡氏宋人，去小山非远，其言当可信。惟尤袤《遂初堂书目》已作晏叔原词，黄庭坚文集题《小山集序》，陈振孙《书录解题》径称《小山词》，则其改题恐亦甚久矣。

二、《小山词》的版本

《小山词》有汲古阁、晏氏家刻、也是园、《彊村丛书》、星凤阁、鉴止水斋诸本。《四库》著录者疑即汲古阁本，《彊村丛书》则从星凤阁明钞本出。近人林大椿取彊村本覆加校勘，出单行本于商务印书馆；贺扬灵取汲古阁本加以标点，出单行本于光华书局，皆甚易得也。

毛刻汲古阁本原不甚精，如《四库总目提要》所举之《泛清波摘遍》一阕"暗惜光阴恨多少"句，误于"光"字上增"花"

字，即其一例。故朱彊村校以星凤阁钞本，曾斠正八十余字焉。

明钞本余所见者有许氏鉴止水斋及赵氏星凤阁珍藏各一种。许本见《宋十六家词》，次于《书舟词》后、《姑溪词》前，纸质钞工均逊。赵本则白纸蓝格，缮校俱精，有四明谢氏博雅堂藏书、尉印三宾、汪鱼亭藏阅书、竹景庵、旧雨楼书画印、古欢书屋、钱唐赵氏星凤阁藏书、赵印辑宁、素门先生诸印。是书当星凤阁旧物，后归八千卷楼，今存江苏省立国学图书馆中。

晏端书刻本题"小山词钞"，为赵之琛所书。前录《四库总目提要》及黄庭坚序。卷末自跋云："右《小山词钞》一卷，凡一百九十首，从《御选历代诗余》录出，具详前跋。《小山词补钞》一卷，凡六十八首，则从《四库全书·小山词》录出，以补所遗。而《历代诗余》中有词四首，《探春令》《洞仙歌》第二首、《满江红》《真珠髻》，又《小山词》所未载也，共得词一百五十八首。《四库》所录《小山词》为江苏巡抚采进本，未详何氏所藏。其中编次，似不如汲古阁《珠玉词》之精审。今之补钞，仍以字数多寡为先后，不复循其旧第。《提要》称旧有黄庭坚序已佚而不存，今从《文献通考》录出，置之卷首。又无名氏跋一则并佚，亦无从补录矣。咸丰二年八月裔孙晏端书谨识。"据此则晏本刻于咸丰初年，匪《四库》本未录自跋，故其书遂亦从佚也。

三、明钞本、毛本、晏本目次的比较

《小山词》编次,两明钞本俱同,彊村本从之。较之毛本,颇有异处。晏刻《小山词钞》,起《生查子》,终《真珠髻》,自注云:"右五十四调,自四十字至一百零六字,共词一百九十首。"《小山词补钞》起《长相思》,终《蝶恋花》,自注云:"右十七调,自三十六字至六十字,共词六十八首。"盖其排列先后,悉依字数多寡,跋中曾明言之。兹因其所用调名,与明钞、毛刻既间有不同,《探春令》等阕更为各本所遗漏,特将其目录亦附录于下,俾便省览焉。

明钞本	毛刻本	晏刻本
临江仙八	临江仙八	生查子六
蝶恋花十五	蝶恋花十五	点绛唇四
鹧鸪天十九	鹧鸪天十九	浣溪沙十二
生查子十三	生查子十三	清商怨
南乡子七	南乡子七	愁倚阑令
清平乐十八	清平乐十八	减字木兰花二
木兰花八(注一)	玉楼春二十一	菩萨蛮六
减字木兰花三	减字木兰花三	采桑子八
泛清波摘遍	洞仙歌	诉衷情三
洞仙歌	菩萨蛮九	忆闷令
菩萨蛮九	阮郎归五	清平乐八

续表

明钞本	毛刻本	晏刻本
玉楼春十三（见注一）	浣溪沙二十	更漏子四
阮郎归五（注二）	六幺令三	阮郎归五
归田乐	更漏子六	喜迁莺（注五）
浣溪沙二十一（注三）	御街行二	望仙楼
六幺令三	浪淘沙四	秋蕊香二
更漏子六	诉衷情八	武陵春二
河满子二	碧牡丹	庆春时二
于飞乐	望仙楼	喜团圆
愁倚阑令三	行香子	凤孤飞
御街行二	点绛唇五	西江月二
浪淘沙四	少年游五	留春令三
丑奴儿二（注四）	虞美人九	凉州令（注六）
诉衷情八	采桑子二十六	少年游二
破阵子	踏莎行四	思远人
好女儿二	留春令三	探春令
点绛唇五	清商怨	少年游又一体三（注七）
两同心	长相思	浪淘沙四
少年游五	醉落魄四	鹧鸪天十八
虞美人九	西江月二	虞美人八
采桑子二十四（见注四）	武陵春三	玉楼春十九
踏莎行四	解佩令	南乡子四

续表

明钞本	毛刻本	晏刻本
满庭芳	泛清波摘遍	一斛珠四（注八）
留春令三	归田乐	临江仙七
风入松二	河满子二	踏莎行四
清商怨	于飞乐	蝶恋花十三
秋蕊香二	愁倚阑令三	十拍子
思远人	破阵子	临江仙又一体（注九）
碧牡丹	好女儿二	好女儿二
长相思	两同心	行香子
醉落魄四	满庭芳	解佩令
望仙楼	风入松二	两同心
凤孤飞	秋蕊香二	归田乐
西江月二	思远人	于飞乐
武陵春三	凤孤飞	风入松二
解佩令	庆春时二	河满子二
行香子	喜团圆	碧牡丹
庆春时二	忆闷令	御街行二
喜团圆	梁州令	洞仙歌二
忆闷令	燕归来	满江红
梁州令		六幺令三
燕归梁		满庭芳
		泛清波摘遍
		真珠髻

晏刻《小山词补钞》(注十)		
长相思	生查子七	点绛唇
浣溪沙八	愁倚阑令二	减字木兰花
菩萨蛮三	诉衷情五	采桑子十八
清平乐十	更漏子二	武陵春
鹧鸪天	南乡子三	玉楼春二
虞美人	蝶恋花二	

注一：明钞本以"秋千院落重帘暮"至"初心已恨花期晚"八阕为《木兰花》，余题《玉楼春》。毛本注云："以上旧另刻《木兰花》，今考调同，并入。"

注二：鉴止水斋明钞本分二卷，自本调起为卷下。

注三：毛本及晏本俱无"飞鹊台前晕翠蛾"一阕。

注四："昭华凤管知名久"及"日高庭院杨花转……都与年时旧意同"两阕。明钞本注云："此二曲亦见于《采桑子》，其间小有不同，今两存之。"毛本并入《采桑子》，注云："此阕旧刻《丑奴儿》，另编。"

注五：明钞本作《燕归梁》，毛本作《燕归来》。

注六：即明钞本及毛刻本之《梁州令》。

注七："绿勾阑畔黄昏淡月""西溪丹杏波前媚脸""离多最是东西流水"三阕。

注八：明钞本及毛刻本均作《醉落魄》。

注九："东野亡来无丽句"起句及换头均作七字句，故晏另编为又一体。

注十：《浣溪沙》之"二月春花厌落梅""床上银屏几点山""绿柳藏乌静掩关""日日双眉斗画长""一样宫妆簇彩舟""闲弄筝弦懒系裙""莫问逢春能几回""楼上灯深欲闭门"，《生查子》之"轻匀两脸花""关山魂梦长""坠雨已辞云""一分残酒霞""落梅庭榭香""狂花顷刻香""官身几日闲"，《愁倚阑令》之"花阴月""春罗薄"，《菩萨蛮》之"个人轻似低飞燕""莺啼似作留春语""相逢欲话相思苦"，《诉衷情》之"种花人自蕊宫来""净揩妆脸浅匀眉""渚莲霜晓坠残红""御纱新制石榴裙""都人离恨满歌筵"，《采桑子》除"白莲池上当时月""前欢几处笙歌地""无端恼破桃源梦""年年此夕东城见""双螺未学同心绾""西楼月下当时见""湘妃浦口莲开尽""红窗碧玉新名旧"，《清平乐》除"留人不住""千花百草""烟轻雨小""春云绿处""波纹碧皱""幺弦写意""双纹彩袖""莲开欲遍"，《更漏子》之"出墙花""欲论心"，《南乡子》之"何处别时难""画鸭懒薰香""眼约也应虚"，《玉楼春》之"一尊相遇春风里""芳年正是香英嫩"，《蝶恋花》之"碾玉钗头双凤小""欲减罗衣寒未去"。晏刻均入《小山词补钞》。

四、《元献遗文》附存的《小山词》

胡亦堂序其《元献遗文》云:"继公起者,以公第七子叔原所为词附于集后,以俟后之人并及焉。"兹查附录者有以下诸词:

临江仙(斗草阶前初见)
又(浅浅余寒春半)
蝶恋花(卷絮风头寒欲尽)
又(醉别西楼醒不记)
又(欲减罗衣寒未去)
鹧鸪天(彩袖殷勤捧玉钟)
又(斗鸭池南夜不归)
又(陌上濛濛残絮飞)
生查子(金鞭美少年)
南乡子(绿水带春潮)
清平乐(留人不住)
又(西池烟罩)
又(暂来还去)
木兰花(秋千院落重帘暮)
菩萨蛮(哀筝一弄湘江曲)
玉楼春(一尊相遇春风里)

阮郎归（残香剩粉似当初）

虞美人（飞花自有牵情处）

又（曲阑干外天如水）

踏莎行（雪尽寒轻）

御街行（霜风渐紧寒侵被）

六幺令（日高春睡）

上共十四调，词二十二首。"霜风渐紧寒侵被"一阕，各本俱不录，风格与小山作品迥异，《词综》二十四、《词谱》十八及《花草粹编》均引《古今词话》，当系无名氏之作。查《花草粹编》本首前接"年光正似花梢露"一阕，正小山作，摘录者或即因此致误欤？

五、《小山词》辑补与存疑

明钞本《小山词》，较毛、晏二本多《浣溪沙》"飞鹊台前晕翠蛾"一阕。考此词，毛刻《六十名家词》入《山谷词》，略有异字。而晏本之《探春令》"绿杨枝上晓莺啼"、《洞仙歌》"江南腊尽"、《满江红》"七十人稀"、《真珠髻》"重重山外"四阕，皆明钞、毛刻所无也。晏氏辑自历代诗余，按《探春令》见于《草堂诗余》及《诗余图谱》等，《洞仙歌》《真珠髻》并载《梅苑》，《满江红》见于《花草粹编》，惟上题"寿大山兄"，下仅注"小山"二字，词之作风亦不相类。则此小山是否为晏几道，似尚待考也。

《小山集》中尚有若干首或以为非其所作，如《蝶恋花》之"卷絮风头寒欲尽"，《乐府雅词》《类编草堂诗余》二、《古今词统》九，均以为赵令畤作。又"欲减罗衣寒未去"阕，《乐府雅词》《花庵绝妙词选》《草堂诗余》《古今词统》九、《词综》《历代诗余》三十九，亦均作赵令畤。故以上二首，时人赵万里皆辑入赵令畤《聊复集》。《生查子》之"关山魂梦长"，《花庵词选》《花草粹编》《词综》《历代诗余》均作王观，赵万里遂又辑入王氏《冠柳集》。此外若《菩萨蛮》之"哀筝一弄湘江曲"见于《后山词》，《草堂诗余》又以为张子野作。《浣溪沙》之"家近旗亭酒易酤"，《图书集成·博物类·娼伎部·艺文二》之十三注"宋晏殊"，未知何据。又《淮海词》中之《忆仙姿》"楼外残阳红满"，或亦刻晏叔原，今《小山词》中无此阕也。

第十七章
小山与莲鸿蘋云

《小山词》得于妇人 — 莲鸿蘋云等俱无可考 — 从《小山词》寻出的种种关系

一、《小山词》得于妇人

大词家之成就,往往与妇人有关。诚以新词妙曲,不仅求能被诸管弦;尤有待于女郎之歌喉,始见其美也。柳耆卿流连坊曲,遂创新声;周清真冶游汴京,因多佳制。至于家伎,如东坡纳朝云,常使歌"枝上柳绵";后贬岭南,犹复以之自随。白石得小红,雪夜过垂虹桥有"自喜新词韵最娇,小红低唱我吹箫"之句。盖白石喜自度曲,吹洞箫,得小红歌而和之,益觉快意。凡此皆其著例也。

小山年少时,风流浪漫,浮沉酒中。时与沈廉叔、陈君龙过从,每作五七字语,授两家歌儿莲、鸿、蘋、云辈,使品清讴娱客,相与持酒听之,为一笑乐。当年韵事,俱见小山词集自跋。王铚《默记》曰:"贺方回遍读唐人遗集,取其意以为诗词,然所得在善取唐人遗意也,不如晏叔原尽见升平气象,所得者人情物态。叔原妙在得于妇人,方回妙在得词人遗意。"据此则小山之能胜于方回,即在其所得者为人情物态,且妙在得于妇人。证以小山自跋"不独叙其所怀,兼写一时杯酒间闻见,所同游者意中事"等语,益信王氏之说不诬。故小山之得成功,固由其艺术天才的优越,而造成悲欢离合的环境以促其成功者,则莲、鸿、蘋、云诸歌儿也。

二、莲鸿蘋云等俱无可考

东坡之朝云,得于钱唐;白石之小红,赠自范成大。前人笔记,颇多记载,至今传为佳话。彼莲、鸿、蘋、云等究为何如人,当为赏小山词者所欲知,但夷考书传,殊鲜记载。《青楼小名录》卷三云:"小莲,琵琶女。东坡《诉衷情》词云:'小莲初上琵琶弦,弹破碧云天。'按小山词亦有'小莲未解论心素'句,又有'记得青楼当日事,写向红窗夜月前,凭谁寄小莲'句,或即东坡所赋者。"《妇女双名记》载珍珍云:"宋晏几道《小山词》中有云'晚见珍珍,疑是朝云,来作高唐梦里人',盖亦妓名也。"各书所载,大抵如此简略,或名同而实无关,如《宣和遗事》所称之珍珍是。《青楼小名录》谓《小山词》中之小莲或即东坡所赋者,亦未可信也。

《小山词》中妓名之确可考者，有师师及念奴等。关于师师，当于下章详论。至念奴为唐天宝中名娼，兹用之，当另有所指，在修辞上为借代法（疑指崔念月）。玉真等名与此例同。总之，莲、鸿、蘋、云为沈、陈二家歌儿，已见自跋。其余小梅、小杏、小琼、小蕊、阿茸、小谢等，应皆实有其人。非两家侍儿即时时征逐之歌伎也。

三、从《小山词》寻出的种种关系

　　莲、鸿、蘋、云辈身世既无可考，今求之于《小山词》中，尚可略窥其色艺及与小山关系如下。
　　（一）"小莲风韵出瑶池"
　　诸歌儿中，小山最钟情者为小莲。其个性及色艺，可于下两词见之。

> 　　小莲未解论心素，狂似钿筝弦底柱。脸边霞散酒初醒，眉上月残人欲去。　　旧时家近章台住，尽日东风吹柳絮。生憎繁杏绿阴时，正碍粉墙偷眼觑。（《木兰花》）
> 　　梅蕊新妆桂叶眉，小莲风韵出瑶池。云随绿水歌声转，雪绕红绡舞袖垂。（下半阕略）（《鹧鸪天》）

　　读《木兰花》词，想见小莲之娇嗔作态，妩媚风流。《鹧鸪天》

一阕，尤能写出其新妆妙舞，动人怜爱。痴情如小山，宜为所颠倒，故集中咏莲之作特多，如：

> 笑艳秋莲生绿浦，红脸青腰，旧识凌波女。照影弄妆娇欲语，西风岂是繁华主。　　可恨良辰天不与，才过斜阳，又是黄昏雨。朝落暮开空自许，竟无人解知心苦。(《蝶恋花》)

> 长恨涉江遥，移近溪头住。闲荡木兰舟，误入双鸳浦。　　无端轻薄云，暗作廉纤雨。翠袖不胜寒，欲向荷花语。(《生查子》)

所谓"西风岂是繁华主"，岂悯小莲所遇非人；"竟无人解知心苦"一语，似俨然以小莲知己自命。不料"误入双鸳浦"后，竟"无端"为"轻薄云"所暗阻。虽"采莲心事年年"，但"谁管水流花谢"(《清平乐》)，终于"黄花绿酒分携后，泪湿吟笺。旧事年年，时节南湖又采莲"(《采桑子》)。直至"坠雨已辞云，流水难归浦。遗恨几时休，心抵秋莲苦"(《生查子》)而已。又有《鹧鸪天》一首，似更露骨将其心情写出，词云："手捻香笺忆小莲，欲将遗恨倩谁传。归来独卧逍遥夜，梦里相逢酩酊天。　　花易落，月难圆。只应花月似欢缘。秦筝若有心情在，试写离声入旧弦。"

自君龙疾废卧家，廉叔下世，两家歌儿酒使遂俱流转人间。

故小山词集自跋有"追维往昔过从饮酒之人,或垄木已长,或病不偶。考其篇中所记悲欢合离之事,如幻,如电,如昨梦前尘。但能掩卷怃然,感光阴之易迁,叹境缘之无实"等语,是小山晚年亦颇孤寂。昔日"户外绿杨春系马,床头红烛夜呼卢"之盛,早烟消云散,而此老词人犹未忘情于小莲。《愁倚阑令》云:"凭江阁,看烟鸿,恨春浓。还有当年闻笛泪,洒东风。时候草绿花红,斜阳外,远水溶溶。浑似阿莲双枕畔,画屏中。"又《破阵子》云:"柳下笙歌庭院,花间姊妹秋千。记得青楼当日事,写向红窗夜月前。凭谁寄小莲! 绛蜡等闲陪泪,吴蚕到了缠绵。绿鬓能供多少恨,未肯无情比断弦。今年老去年。""绛蜡""吴蚕"二语,大有李义山"春蚕到死丝方尽,蜡炬成灰泪始干"之意,具见小山于凄凉感慨之余,抚今追昔,犹复眷眷于怀也。

(二)"小蘋若解愁春暮"

同时,小山对于小蘋,亦甚眷念。故词中蘋、莲对举之处甚多,如"雨罢蘋风吹碧涨,脉脉荷花,泪脸红相向"(《蝶恋花》),"守得莲开结伴游,约开萍叶上兰舟"(《鹧鸪天》),"采莲时候慵歌舞,永日闲从花里度。暗随蘋末晓风来,直待柳梢斜月去"(《玉楼春》)等句,不一而足。

小蘋长于小莲,盖"小莲未解论心素"时,"小蘋若解愁春暮"矣。(均见《木兰花》)又《虞美人》"蘋香已有莲开信,两桨佳期近"。莲方有开信而蘋已香,语或双关也。独为小蘋作品,亦有数首：

  琼酥酒面风吹醒，一缕斜红临晚镜。小颦微笑尽妖娆，浅注轻匀长淡净。 手挼梅蕊寻香径，正是佳期期未定。春来还为个般愁，瘦损宫腰罗[1]带剩。(《玉楼春》)

  小颦若解愁春暮，一笑留春春也住。晚红初减谢池花，新翠已遮琼苑路。 湔裙曲水曾相遇，挽断罗巾容易去。啼珠弹尽又成行，毕竟心情无会处。(《木兰花》)

  梦后楼台高锁，酒醒帘幕低垂。去年春恨却来时。落花人独立，微雨燕双飞。 记得小𬞟初见，两重心字罗衣。琵琶弦上说相思，当时明月在，曾照彩云归。(《临江仙》)

妖娆微笑，醉态堪怜。毕竟心情无会处，又何等令人魂销！《临江仙》一词，追忆前游，读"琵琶弦上说相思"诸语，亦可见两情一斑也。

(三) "云鸿相约处，烟雾九重城"

词中称云、鸿之处，亦颇不少。如《临江仙》下半阕云："绿酒尊前清泪，阳关叠里离声。少陵诗思旧才名，云鸿相约处，烟雾九重城。"其单称小云或小鸿者，如：

---

[1] 罗 底本作"绛"，据《全宋词》(P.305)改。

双星旧约年年在，笑尽人情改。有期无定是无期，说与小云新恨也低眉。(《虞美人》)
　　年年衣袖年年泪，总为今朝意，问谁同是忆花人，赚得小鸿眉黛也低颦。(《虞美人》)
　　床上银屏几点山，鸭炉香过琐窗寒，小云双枕恨春闲。(《浣溪沙》)

至若《泛清波摘遍》之"归思正如乱云……孤鸿后期难到"，《满庭芳》之"几度歌云梦雨……锦字系征鸿"，《思远人》之"飞云过尽，归鸿无信"，《诉衷情》之"云去住，月朦胧……泪墨书成，未有归鸿"等，殆均有意将云、鸿对举。而《玉楼春》之"细雨销尘云未散……绿陌高楼催送雁"，及《阮郎归》之"云随雁字长"等句，又似寓鸿于雁，仍双绾云、鸿也。

此外涉及歌妓之词，如：

　　种花人自蕊宫来，牵衣问小梅。(《诉衷情》)
　　小梅风韵最妖娆。(《诉衷情》)
　　小杏春声学浪仙，疏梅清唱替哀弦，似花如雪绕琼筵。(《浣溪沙》)
　　小蘂受春风，日日宫花花树中，恰向柳绵撩乱处，相逢。笑屦傍边心字浓。(《南乡子》)
　　小琼闲抱琵琶，雪香微透轻纱。正好一枝娇艳，当筵

独占韶华。(《清平乐》)

　　玉箫吹遍烟花路,小谢经年去,更教谁画远山眉,又是陌头风细恼人时。(《虞美人》)

　　阿茸十五腰肢好,天与怀春风味早。画眉匀脸不知愁,殢酒薰香偏称小。(《木兰花》)

　　玉真能唱朱帘静,忆在双莲池上听。百花蕉叶醉如泥,却向断肠声里醒。(《木兰花》)

　　据上录诸词,则所谓小梅、小杏、小蕊、小琼、小谢、阿茸等,实皆具有姿色,善歌舞而风流自赏者。莲、鸿、蘋、云,特其中之翘楚。以上所述,颇有凿空傅会之嫌,识者得毋讥其好事乎!

第十八章
关于师师的讨论

小说笔记中的师师 —— 关系师师的诗词 —— 师师下场的疑问 —— 从师师说到小山卒年

师师名之见于正史者,有《旧唐书》张良娣妹名师师,封郕国夫人。(据《宫闺联名谱》十七)唐孙棨《北里志》亦记平康妓有李师师。然稗史所述,多宋汴京名妓李师师也。小山词于歌儿妓女,类皆径称其名,《生查子》调凡两及师师,当同此例,盖唐师师非名妓,未必如用念奴等以为借代修辞,殆即实指汴都李师师也。以其有助小山卒年考证,特专章述之。

一、小说笔记中的师师

师师事迹之见于小说笔记者,不胜枚举;要以《李师师外传》为最详,原文见《琳琅秘室丛书》,撰者姓氏已佚,兹节录首段于下。

第十八章 关于师师的讨论

李师师者,汴京东二厢永庆坊染局匠王寅之女也。寅妻既产女而卒,寅以菽浆代乳乳之,得不死。汴俗,凡男女生,父母爱之,必为舍身佛寺。寅怜其女,乃为舍身宝光寺。女时方知孩笑。一老僧E之曰:"此何地,尔亦来耶?"女至是,忽啼,僧摩其顶,啼乃止。寅窃喜曰:"是女真佛弟子。"为佛弟子者,俗呼为"师",故名之曰"师师"。师师方四岁,寅犯罪系狱死。师师无所归,有倡籍李姥者收养之。比长色艺绝伦,遂名冠诸坊曲。徽宗皇帝即位,好事奢华……更思微行,为狎邪游。内押班张迪者……故与李姥善,为帝言陇西氏色艺双绝,帝艳心焉。翼日命迪……诡云大贾赵乙,愿过庐一顾。姥利金币喜诺。暮夜,帝易服……至镇安坊……麾止余人,独与迪翔步而入……姥出迎,分庭抗礼,慰问周至,进以时果数种……皆大官所未供者,帝为各尝一枚。姥复款洽良久,独未见师师出拜……时迪已辞退,姥乃引帝至一小轩……帝翛然兀坐,意兴闲适,独未见师师出侍。少顷,姥引帝到后堂……帝为进一餐,姥侍傍款语移时,而师师终未出见。帝方疑异,而忽复请浴……浴竟,姥复引帝坐后堂……劝帝欢饮,而师师终未一见。良久,姥才执烛引帝至房,帝褰帷而入,一灯荧然,亦绝无师师在。帝益异之……又良久,见姥拥一姬,珊珊而来,淡妆不施脂粉,衣绢素,无艳服,新浴方罢,娇艳如出水芙蓉。见帝意似不屑，貌殊倨，不为礼……帝于灯下凝睇物色之，幽恣逸韵，闪烁惊眸。问其年，不答。复强之，乃迁坐于他所。姥……遂为下帏而出。师师乃起解玄绢褐袄，衣轻绨，卷右袂，援壁间琴，隐几端坐，而鼓平沙落雁之曲。轻拢慢捻，流韵淡远，帝不觉为之顷耳，遂忘倦。比曲三终，鸡唱矣。帝亟披帷出，姥闻亦起……帝饮杏酥杯许，旋起去。内侍从行者，皆潜候于外，即拥卫还宫。时大观三年八月十七日事也。（下述已而人皆知驾幸陇西氏，姥闻大恐，师师曰："上意怜我，可无虑。"次年三月，帝复微行如陇西氏。嗣因郑后谏，阅岁者再，不复出。宣和二年，帝复幸师师，四年三月遂从潜道往。迨帝禅位，退处太乙宫，佚游之兴始衰。后师师为女冠，金人破汴，吞金簪死）

《读书敏求记》云："吴郡钱功甫秘册藏有《李师师小传》，牧翁曾言悬百金购之而不获见，偶闻邑中萧氏有此书，急假录一册。文殊雅洁，不类小说家言。师师不第色艺冠当时，观其后慷慨捐生一节，饶有烈丈夫概，亦不幸陷身娼贱，不得与坠崖断臂之俦争辉彤史也。"所谓《李师师小传》或即《外传》，以所述下场相同。又《后村诗话》谓："顷见郑左司子敬云，汪端明家有《李师师传》，欲借钞不果。"疑均一物也。

徽宗幸师师事，原盛传于民间，《水浒传》中亦曾叙及。而

《宣和遗事》述之尤详,惟与《外传》颇有异处。如其谓徽宗始幸师师为宣和五年七月七日事,导之者为高俅。师师结发婿贾奕深妒其事。帝遂贬贾为琼州司户,册师师为明妃,后复废为庶人,流落湖湘间为商人妇。原文过长不便录,酌摘节目如下:

> 徽宗易服出后载门游金环巷——往周秀家茶肆见李师师——徽宗宿李师师家——留龙凤交销直系——贾奕见御衣闷倒——高俅复随徽宗幸师师家——高俅押贾奕下大理寺——李妈妈救贾奕得免——因贾奕事曹辅入谏——曹辅罢职编管彬州——张天觉谏主上私行——徽宗使杨戬慰李师师——杨戬得贾奕小简——徽宗遗中使捉贾奕赐死——张天觉救贾奕死——贬贾奕为琼州司户——宣李师师入朝赐冠帔——张天觉乞归田里——张天觉逃去不知所在——册李师师为明妃——李师师流落荆楚。

以上《李师师外传》及《宣和遗事》于徽宗幸师师家遇周邦彦事俱不载。此事传为词林佳话,前人小说笔记多辗转互录,以张端义《贵耳录》为最详,兹节钞于后:

> 道君幸李师师家,偶周邦彦先在焉,知道君至,遂匿床下。道君自携新橙一颗云:"江南初进来。"遂与师师谑语,邦彦悉闻之,隐括成《少年游》。(并刀如水——词

略)……李师师因歌此词,道君问谁作,李师师奏云:"周邦彦词。"道君大怒,坐朝宣谕蔡京云:"开封府有监税周邦彦者,闻课额不登,如何京尹不案发来?"蔡京罔知所以,奏云:"容臣退朝呼京尹叩问,续得复奏。"京尹至,蔡以御前圣旨谕之,京尹云:"惟周邦彦课额增羡。"蔡云:"上意如此,只得迁就将上。"得旨,周邦彦职事废弛,可日下押出国门。隔一二日,道君复幸李师师家,不见李师师。问其家,知送周监税……坐久至更初,李始归。愁眉泪睫,憔悴可掬。道君大怒云:"尔往那里去?"李奏:"臣妾万死,知周邦彦得罪,押出国门,略致一杯相别,不知官家来。"道君问:"曾有词否?"李奏云:"有《兰陵王词》。"今"柳阴直"者是也。道君云:"唱一遍看。"李奏云:"容臣妾奉一杯,歌此词为官家寿。"曲终,道君大喜,复召为大晟乐正。后官至大晟乐府待制……当时李师师家有二邦彦,一周美成,一李士美,皆为道君狎客,士美因而为宰相。

按周密《浩然斋雅谈》所记与此小异,略谓:宣和中,李师师以能歌舞称于时,周邦彦为太学生,每游其家。一夕,值祐陵临幸,仓卒隐去,既而赋小词"并刀如水"……记其事。未几,李歌于上前,遂与解褐,自此通显。既而朝廷赐酺,师师又歌《大酺》《六丑》二解,上召邦彦问《六丑》之义,甚喜。以祥瑞沓至，将擢之乐府。会起居郎张果与之不咸，廉知邦彦尝于亲王席上作小词赠舞鬟（歌席上，无赖是[1]横波……），为蔡京道其事，上知之，由是得罪云云。清吴衡照《莲子居词话》引周说，谓弁阳翁之言较小说家差核实可据。又师师有婢曰香影（《小名补遗》），师师别号飞将军（《东京梦华录》），与师师同时驰声汴都者有崔念月，各书关于此类记载甚多，兹不备录。

二、关系师师的诗词

前人诗词之涉及师师或为师师而作者颇不少，兹录之以助考证。为师师作者，如《宣和遗事》中贾奕之《南乡子》，《瓮天胜语》所载宋江之"天南地北"。《宋诗钞·具茨集钞》注晁冲之云："字叔用……少年豪华自放，挟轻肥游帝京，狎官妓李师师，缠头以千万，酒船歌板，宾从杂遝，声艳一时，绍圣初，党祸起……遂飘然栖遁于具茨之下……十余年后，重过京师，忆旧游，作无题诗二首，为时所传。"考集中有"都下追感往昔，因成二首"，诗曰：

少年使酒走京华，纵步曾游小小家。看舞霓裳羽衣曲，听歌玉树后庭花。门侵杨柳垂珠箔，窗对樱桃卷碧纱。坐

---

[1] 是　底本误作'无'，据《浩然斋雅谈》（P.58）改。

客半惊随逝水，主人星散落天涯。

春风踏月过章华，青鸟双邀阿母家。系马柳低当户叶，迎人桃出隔墙花。鬓深钗暖云侵脸，臂薄衫寒玉映纱。莫作一生惆怅事，邻州不在海西涯。

按张邦基《汴都平康记》谓"政和间，汴都平康之盛，李师师、崔念月二妓名著一时。晁叔用每会饮，多召侑席。其后十许年，再来京师，二人尚在，而声名溢于中国。李生者门第尤峻。叔用追往昔，成二诗以示江子之"。所引诗同上。

词中涉及师师之最著者有三：一为张先《师师令》，一为小山《生查子》，一为秦观《一丛花》。《师师令》见子野词集，疑为自度曲，词云：

香钿宝珥，拂菱花如水。学妆皆道称时宜，粉色有天然春意。蜀彩衣长胜未起，纵乱云垂地。　都城池苑夸桃李，问东风何似。不须回扇障清歌，唇一点小于珠子。正是残英和月坠，寄此情千里。

《词统源流》云："《师师令》，因张子野所制新词赠妓李师师得名也。"毛稚黄《填词名解》二亦云："《师师令》，李师师，汴京名妓，张子野为制新词，名《师师令》。案《尚书》：'百僚师师。'又陆机《豪士赋序》云：'高平师师，侧目博陆之势。'

怛此太远古，当以子野事为近耳。"以上皆谓子野《师师令》为李师师作，主此说者，尚有杨慎《词品·拾遗》及《本事词》等。

考《莲子居词话》云："张子野《师师令》，相传为赠李师师作。按子野天圣八年进士，见《齐东野语》。至熙宁六年，年八十五，见《东坡集》。熙宁十年，年八十九卒，见《吴兴志》。自子野之卒，距政和、重和、宣和年间又三十余年。是子野已不及见师师，何由而为是言乎！调名《师师令》，非因李师师也。好事者率意附会，并忘子野年几何矣，岂不疏欤！"按子野卒于元丰元年，当熙宁六年，应为八十四岁。（详夏膌禅《张子野年谱》）《莲子居词话》误。然其谓子野不及见师师，实不移之论，疑子野另有所赠，调名或经后人妄改也。

秦少游《一丛花》及小山《生查子》二首各见本集，兹并录全词于后：

年来今夜见师师，双颊酒红滋。疏帘半卷微灯外，露华上，烟袅凉飔。簪髻乱抛，恨人不起，弹泪唱新词。
佳期谁料久参差，愁绪暗萦丝。想应妙舞清歌罢，又还对秋色嗟咨。惟有画楼当时明月，两处照相思。（《一丛花》）

远山眉黛长，细柳腰肢袅。妆罢立春风，一笑千金少。　　归去凤城时，说与青楼道：遍看颍川花，不似师师好。（《生查子》）

落梅亭榭香，芳草池塘绿。春恨最关情，月过阑干

曲。　　几时花里闲，看得花枝足。醉后莫思家，借取师师宿。(《生查子》)

以上《生查子》第一首，自来多误为《淮海词》。杨慎《词品·拾遗》、徐釚《词苑丛谈》纪事二、吴衡照《莲子居词话》以至《宫闺联名谱》等书，或录全词，或摘"遍看颍川花，不及师师好"二句，谓为少游赠李师师作。考毛刻《宋六十名家词》及朱刻《彊村丛书》所收淮海词集，俱不载此词。朱刻本直无《生查子》调，惟毛刻有《生查子》一阕云：

眉黛远山长，新柳开青眼。楼阁断霞明，罗幕春寒浅。　　杯嫌玉漏迟，烛厌金刀剪。月色忽飞来，花影和帘卷。

此词首二句与小山之《生查子》颇有同字，疑即因此而讹也。且小山词有"遍看颍川花"句，考秦置颍川郡，唐废郡改曰许州，宋升许州为颍昌府，即今河南许昌县治。是宋之颍昌，即古之颍川。小山曾监颍昌许田镇，则此词或作于颍昌，故曰"归去凤城时，说与青楼道"，凤城当指汴京也。

三、师师下场的疑问

师师的下场，各书所载，归纳之可得五说：一、封瀛国夫人。二、弃家为女冠，金人破汴，吞簪而死。三、流落浙中。四、封明妃被废，流落湖湘，嫁作商人妇。五、为金兵所得，官配马头军。

周密《浩然斋雅谈》云："师师后入宫中，封瀛国夫人。朱希真有诗云：'解唱阳关别调声，前朝惟有李夫人。'即其人也。"《后村诗话》前集亦谓师师著名宣和，入至掖庭。

吞簪说见《李师师外传》。原文略云："是时金人方启衅，河北告急。师师……赂迪等，代请于上皇，愿弃家为女冠，上皇许之，赐北郭慈云观居之。未几，金人破汴……必欲生得。乃索累日不得，张邦昌等为踪迹之，以献金营……乃脱金簪自刺其喉，不死；折而吞之，乃死。"

《汴都平康记》云："靖康中，李生（按上文指师师）与同辈赵元奴及筑球吹笛袁绹、武震辈，例籍其家。李生流落来浙中，士大夫犹邀之以听其歌，然憔悴无复向来之态矣。"《南宋杂事诗》："筑球吹笛共流离，中瓦钩阑又此时。檀板一声双泪落，无人知是李师师。"盖即咏此而以张仲文《白獭髓》所载中瓦前娼户李博士附益之也。

《宣和遗事》记靖康元年云："是时徽宗追咎蔡京等逢迎谀佞之失，将李明妃废为庶人（按上述册师师为明妃），在后流落湖湘间,为商人所得,因自赋诗云:'辇毂繁华事可伤,师师垂老过湖湘。缕衣檀板无颜色,一曲当年动帝王。'"考此诗为刘子翚《汴京纪事》,见《屏山集》。《后村诗话》引其诗,谓"亦前人感慨杜秋梨园子弟之类"。

官配马头军说见《续金瓶梅》,因系禁书,故不易见。郑振铎《文学大纲》第二十三章,曾将原书清初刊本"李师师官配马头军图"采入,注云:"《续金瓶梅》叙金师南下及李师师事甚为活跃。"按是书为山东诸城丁耀亢所作,耀亢字西生,号野鹤,明末清初人,去宋已远,其所述或得自民间传说也。

以上诸说,《续金瓶梅》晚出,未可尽信;《师师外传》,似有故以名节励世之嫌。至一、三、四各说本相近。师师之入宫掖,容有其事;南渡入浙,亦近情理;晚年或竟嫁作商人妇,流落湖湘以死也。

四、从师师说到小山卒年

《莲子居词话》云:"考秦少游词,'看遍颍川花,不似师师好'。又'年来今夜见师师'。少游卒于绍圣间,是师师之生,必在元祐初。《东京梦华录》:'李师师汴京角妓,有侠气,号飞将军。'《汴都平康记》:'政和平康之盛,李师师、崔念月皆著名。李生门第尤峻。'《宣和遗事》:'师师旧婿武功郎贾奕,赋《南乡子》云云,由是贬琼州。'事与周美成相类。宣和六年,册师师为明妃。自元祐初,历绍圣、元符、建中靖国、崇宁、大观、政和、重和,至宣和六年已三十余年,师师年三十余矣。"按少游卒于元符三年,《莲子居词话》误;惟所称师师年岁,尚大体近。似兹更综合各书所载,加以推断。

张子野不及见师师,前已言之。师师之生,假定在元祐元年,至元符三年,才十五岁,少游晚年所见,正师师角妓时也。证以晁冲之于绍圣党祸未起前,已"青鸟双邀阿母家"。则以为生于元祐元年,似尚嫌稍晚。《汴都平康记》谓叔用每会饮多召侑席为政和间事,实误。盖叔用于绍圣初以党祸离汴京,或于政和间重来,恰与"后十许年,再来京师,二人尚在,而声名溢于中国。李生者门第尤峻"等语符合。故叔用抚今追昔,有"邻州不在海西涯"之感。否则自政和再越十余年,宋已南渡,而师师亦垂垂老矣。尚有可证者,《花草粹编》九《玉漏迟》附注云:"韩魏公子都尉嘉彦,才质清秀,颇有豪气,因言语与公主参商,安置邓州,泊春来感怀作此词,都下盛传。因教池开,公主出游教池。李师师献此词以侑觞,声韵凄惋,公主问词之所由。师师具道其意,公主因缘感疾,帝乃遗使速召嘉彦还都。"考《宋史》神宗十女传:"唐国长公主,帝第三女也。始封淑寿公主。初帝念韩琦功德,欲与为婚姻,故哲宗缘先帝意,以三降琦之子嘉彦。历封温、曹、冀、雍、越、燕六国,政和元年薨,追讨唐国长公主。"据此则师师献词,必在哲宗末年或徽宗初年也。

《师师外传》称徽宗于大观三年八月十七日幸师师家，依上假定，时师师年二十四，周邦彦已五十四岁，其为狎客当有年。（按郑文焯、王国维俱称此说为诬）师师自得帝王之幸，门第愈峻，故至政和间遂声名溢于中国。方道君退处太乙宫时，师师之色亦当渐衰，迨建炎南渡，师师已年逾四十，流离颠沛，宜"憔悴无复向来之态"。旋更嫁为商妇，落魄湖湘，刘诗"垂老"二字，正纪实也。

小山词自跋云："七月己巳，为高平公缀辑成编。"余因考高平公不可得，因念陆士衡《豪士赋序》有"高平师师，侧目博陆之势"一语，遂疑跋中所谓高平公乃师师隐语。小山词集，或晚年为师师而编。因曲解太甚，且别无左证，故仅有此一度幻想而已。（《小山集》为范纯仁编，较为近理。已详章八元祐元年谱）惟小山《生查子》既两及师师，当亦师师之狎客。使师师生年之假定无大差误，则小山之卒，不能更在少游以前。读其"几时花里闲，看得花枝足。醉后莫思家，借取师师宿"。可见佚游之兴方浓，非残年衰朽者可比，故小山最早应卒于哲宗元符末至徽宗崇宁初年（建中靖国仅一年），时师师仍仅十余岁，或竟死于大观以后也。

第十九章
《珠玉词》笺校记

《珠玉词》版本异同,已略述于十五章。兹更取各本互勘,缮为校记,并酌附笺。其词调次序,一依毛本;毛刻所缺,则附之章末云。

点绛唇(露下风高)
【校】呈珠:许宗彦鉴止水斋明钞《十六家词》本(以下简称许钞本)作"笙歌"。
蛾:明刊本《花草粹编》一(以下简称《粹编》)作"娥"。
浣溪沙(阆苑瑶台风露秋)
【校】凝:《粹编》二作"疑"。
又二(三月和风满上林)
【校】红脸面:胡亦堂辑、劳格补辑《元献遗文》(以下简称《遗文》。如两辑本异,即注明胡本或劳本)作"红粉面"。
紫台心:《遗文》作"紫檀心"。
【笺】《宋文鉴》六十三载同叔《过两制三馆牡丹歌诗状》

云:"臣准传札子,奉圣旨,令两制三馆赋后苑诸殿亭牡丹歌诗者……其两制侍讲学士、龙图阁待制,自章得象以下十三人;三馆秘阁,自康孝基以下二十七人,歌诗共一百四十首。谨随状进以闻。"此词首句用"上林"字,当系赋后苑牡丹。

又三(一曲新词酒一杯)

【笺】《复斋漫录》云:"晏元献因观王琪大明寺诗板,大加称赏。尝召至同饭,饭已,又同步游池上。时春晚有落花,晏云:'每得句书墙壁间,或弥年未尝强对,且如无可奈何花落去一句,至今未能对也。'王应声曰:'似曾相识燕归来。'自此辟置馆职,遂跻侍从。"(《渔隐丛话》后集二十引此事谓系误记,按又见《能改斋漫录》十)

《宋文鉴》二十四载同叔《假中示判官张寺丞王校勘》诗云:"元巳清明假未开,小园幽径独徘徊。春寒不定斑斑雨,宿醉难禁滟滟杯。无可奈何花落去,似曾相识燕归来。游梁赋客多风味,莫惜青钱万选才。"张宗橚《词林纪事》云:"中三句与此词同,只易一字,细玩'无可奈何'一联,情致缠绵,音调谐婉,的是倚声家语。若作七律,未免软弱矣。"

《蠖斋诗话》:"'无可奈何花落去',晏元献以'似曾相识燕归来'偶句,当时称为神合。然舍此亦别无可着语。"

《词苑丛谈》载王士禛云:"或问诗词曲分界,予曰:'无可奈何花落去,似曾相识燕归来',定非香奁诗。"

《四库全书总目·珠玉词提要》云:"集中《浣溪沙》春恨词

'无可奈何花落去，似曾相识燕归来'二句，乃殊《示张寺丞王校勘》七言律中腹联，《复斋漫录》尝述之。今复填入词内，岂自爱其造语之工，故不嫌复用耶？"

按此词旧曾误入《梦窗词》，《彊村丛书》删之。见彊本《梦窗词·浣溪沙》注。又张惠言《词选》误作南唐中主词。

又四（红蓼花香夹岸稠）

【校】小船：许钞本作"水船"，误。

又六（小阁重帘有燕过）

【笺】《宋文鉴》七十七载同叔《庭莎记》云："介清思堂、中宴亭之间隙地，其纵十八步，其横南八步，北十步。以人迹之罕践，有莎生焉……"

又八（绿叶红花媚晓烟）

【校】黄蜂：许钞本作"黄螺"。

又十一（一向年光有限身）

【校】一向：《遗文》作"已是"。

有限：许钞本作"有恨"。

又十二（玉碗冰寒滴露华）

【校】玉碗：《粹编》二作"玉腕"。

【笺】《粹编》注苏子瞻作。

清商怨（关河愁思望处满）

【笺】《升庵词品》一：此词误入欧公集中，按《诗话》"或问晏同叔词'雁过南云'何所本，庚溪以江淹诗'心逐南云去，身随北雁来'答之。不知陆机《思亲赋》有'指南云以寄钦'之句，陆云《九愍》云'眷南云以兴悲'，'南云'字当是用陆公语也"。

毛本注："向误入欧集，按诗话或问元献公'雁过南云'云云，确是公作，今增入。"按此词见欧阳文忠《近体乐府》一，《粹编》二亦注欧阳永叔。《词律》三录此首为又一体，注云："首句比前调多一字。按此调，因此词首二字，故又名《关河令》。《片玉词》亦作《关河令》，其首句'秋阴时晴渐向暝'，正与此同。而赵坦庵作，一云'亭皋霜重飞叶满'，一云'江头伊轧动柔橹'。不如依此为是，'处满''泪眼''悔展''塞管'，亦皆去上，可知元献家风。亦可知词眼定格矣。"家风语指小山填此词亦用去上，详下章。

菩萨蛮（芳莲九蕊开新艳）

【校】著时：许钞本作"看时"。

又二（秋花最是黄葵好）

【笺】咏葵花，见《全芳备祖》前集二十四。

又三（人人尽道黄葵淡）

【校】摘取承金盏，劝我千长算：许钞本作"摘承金盏酒，劝我千长寿"。

又四（高梧叶下秋光晚）

【校】傍阑：许钞本作"倚"。

诉衷情（青梅煮酒斗时新）

【校】青梅：许钞本作"青楼"。

此时:《粹编》作"此情"。

又三（芙蓉金菊斗馨香）

【校】馨香、欲重阳、红树、疏黄、思量:《乐府雅词》(以下简称《雅词》)、《拾遗》"馨"作"芬","欲"作"近","红树"作"细叶","黄"作"篁","思量"作"凄凉"。

又四（数枝金菊对芙蓉）

【笺】本阕又见《张子野词》二，略有异字。

【校】摇落:子野词作"零落"，《粹编》作"落叶"。

重重、和露、西风、心事无穷:子野词作"忡忡""和泪""东风'"往事何穷"。

采桑子五（古罗衣上金针样）

【笺】咏石竹花，见《全芳备祖》前集二十七。

酒泉子（春色初来）

【校】遍被:《粹编》二"被"作"折"。按"折"字，疑"拆"字脱去一点。

香枝:许钞本误作"春枝"。

【笺】徐本立《词律拾遗》一录此词补《更漏子》四十五字体。并注云:"前段只四句二十一字，至第三句第十八字方起韵，未免疏节，固不如五代诸人各体之佳，万氏不收，或以此耳。然宋词非元明比，自应收为另一体，旁注则依晏别作所定也。"按红友《词律·酒泉子》已录毛文锡"绿树春深"一阕为四十五字式，注明"此则前后整齐，宋之同叔、稼轩皆用此体",是万氏并未遗漏,徐氏以为《更漏子》误也。

望仙门(紫薇枝上露华浓)

【校】仙歌:《粹编》三作"山歌"。按次首用"新曲""新声",则此首当作"仙酒""仙歌",疑《粹编》误。

又三(玉池波浪碧如鳞)

【校】翠眉嚬:《词律》作"颦"。

【笺】《词律》四注云:"'荷君恩'三字叠,末三字用调名。凡词内用调名者,俱与调无干,不必用也。"

清平乐(春花秋草)

【校】三台:《遗文》作"楼台"。

又二(秋光向晚)

【校】即老:《遗文》作"老尽"。

又三(春来秋去)

【校】草草:《粹编》三作"忡忡"。

依前:《遗文》作"依然"。

又四(金风细细)

【校】金风:《粹编》三作"西风"。

花残:《词综》作"初残"。

【笺】《湘山野录》:"咸平中,翰林李昌武宗谔初制诰,至西掖追故事,独无紫薇,自别墅移植。闻今庭中者,院老相传,犹是昌武手植,晏元献写赋于壁曰:'得自萃野,来从召园,有昔日之绛老,无当时之仲文,观茂悦以怀旧,指散苔以思人。'"

按《韵语阳秋》亦载此事。并谓俗又谓之百日红。胡文恭诗注云:"花至七夕犹繁,似有百日红之意。"可见当时此花之盛云云。

更漏子二(塞鸿高)

【校】塞鸿:许钞本"塞"作"寒",疑笔误。

多别离:《遗文》"多"作"足",疑误。

相思儿令(昨日探春消息)

【笺】《词律》录此词为式,注云:"与《相思引》无涉。"

撼庭秋(别来音信千里)

【校】云遥:《词律》作"天涯"。

向人垂泪:《遗文》胡本作"向何人泪",劳本作"向谁人泪"。

【笺】《词律》注云:"与《撼庭竹》无涉,前后结二句同。"

胡捣练(小桃花与早梅花)

【校】"小桃"句:《梅苑》作"日来江上见寒梅",《粹编》"日"作"夜"。

尽是:《梅苑》《粹编》均作"自逞"。

品格:《粹编》作"标格"。

未上:《梅苑》《粹编》均作"为甚"。

佳人:《粹编》作"美人"。

【笺】《粹编》四误录为小山《胡捣练》第二首。《词律》一录此词及杜安世"数枝半敛半开时"一首为式。注云:"前后同，此与前调异（按指《捣练子》），《桃源忆故人》或云即《胡捣练》，但彼前后起句，即用仄起韵，与此不同，故仍各收之。"《词律拾遗》谓此词盖《望仙楼》之又一体，应改列《望仙楼》调小山词后，说详小山《望仙楼》笺。

滴滴金（梅花漏泄春消息）

【校】柳丝：许钞本"丝"作"絮"，疑误。

【笺】《词律》录此词为又一体式，注云："前后同，'白'字、'隔'字叶韵，'春'字、'长'字、'筵'字用平声，与前词异。"（按指李遵勖"帝城五夜宴游歇"阕）

燕归梁（双燕归飞绕画堂）

【校】寿酒：《词律拾遗》作"桂醑"。

庆佳会，祝筵长：《词律拾遗》"庆"作"逢"，"筵"作"延"。

【笺】《词律拾遗》一录此词补《燕归梁》五十一字体，注云："与五十字石词同（按指石孝友'楼外春风桃李阴'），惟后结五字作三字两句。"

又二（金鸭香炉起瑞烟）

【校】犹是："是"字许钞本缺。又"祝长寿"句，"祝"字作"况"，疑笔误。

望汉月（千缕万条堪结）

【校】更撩乱絮如雪：许钞本"絮"字上有"飞"字，《粹编》同。

怎奈有人离别：许钞本"奈"字下有"向"字，《粹编》同。

【笺】《词律·忆汉月》录欧阳修"红艳几枝轻袅"为式,注云:"同叔作名《望汉月》,查与此阕同。只'倚烟'句,用'谢娘春晚先多愁','先'字恐误。(按张月霄藏本《粹编》改'先'为'已',殆与万氏同意)'酒阑'句,用'年年岁岁好时节','节'可作'平'。观后柳词(指柳永'明月明月明月'阕)则知亦可用仄。但前结云:'更撩乱絮如雪。'三字两句,与此不同。后结云:'怎奈有人离别。'则可作三字两句,亦可作六字也。"《词律拾遗》七补注上云:"余按同叔词前结云'更撩乱絮飞如雪',后云'争奈向有人离别',多二字。李遵勖、杜安氏作并同,是另一体。"

少年游二(霜华满树)
【笺】咏芙蓉,见《全芳备祖》前集二十七。

又三(芙蓉花发去年枝)
【校】千春寿:《遗文》劳本"春"作"秋"。

雨中花(翦翠妆红欲就)
【校】眠:《粹编》作"睡"。

【笺】《词律》录此词为《雨中花》式,谓即《夜行船》调,附录格式甚多。

红窗听二(记得香闺临别语)
【校】依前:《遗文》胡本作"依然"。

何计:《遗文》劳本作"何寄"。

托鸳鸯[1]:《遗文》胡本"托"作"记"。

【笺】《词律》七录柳永词为式,注云:"《珠玉词》名《红窗听》,然'睡'字有理,必误作'听'也。"《词律拾遗》七补注上:"《校勘记》云:按宋本柳永词名《红窗听》,与《珠玉词》同,应以'听'字为是。"

睿恩新(芙蓉一朵霜秋色)

【校】重新:许钞本"新"作"深"。

又二(红丝一曲傍阶砌)

【校】一曲、新悴:许钞本"曲"作"簇","新"作"欲"。按"簇"字与下重。

分彩线:《粹编》"分"作"粉"。按"分"字是。

玉楼春(东风昨夜回梁苑)

【校】一去、云中、归来、有情无意:《古今词话》作"欲去""云间""飞来""无情有意"。

【笺】《古今词话》(据赵万里辑本):"庆历癸未十二月十九日立春。甲申元日,丞相晏元献会两禁于私第,丞相在席上自作《木兰花》以侑觞曰:'……(词略)'于时坐客皆和,亦不敢改首句'东风昨夜'四字。今得三阕,皆失姓名,其一曰:'东风昨晚[2]吹春昼,陡解去年梅蕊旧,谁人能解把长绳,系得乌飞并兔走。清香澈艳杯中酒,新酒苗条江上柳,尊前莫惜

---

[1] 鸯　底本误作"鸳",据《全宋词》(P.117)改。
[2] 晚　《词话丛编·古今词话》(P.21)作"夜"。

玉颜酡,且喜一年年入手。'其二曰:'东风昨夜传归耗,便觉银屏寒料峭,年华容易即凋零,春色只宜长恨少。池塘隐隐惊雷晓,柳眼初开梅蕊小。尊前贪爱物华新,不道物新人渐老。'其三曰:'东风昨夜归来后,景物便为春意候,金丝齐奏喜新春,愿介香醪千岁寿。寻花插破桃支臭,造化功夫先到柳。镕酥剪彩恨无香,且放真香先入酒。'"(按欧阳文忠公《近体乐府》有"题上林后亭"《玉楼春》一阕,与上第二首颇同,惟首二句改为"风迟日媚烟光好,绿树依依芳意早"。又"梅蕊"作"梅萼")

又三（燕鸿过后莺归去）

【笺】本首又见欧阳《近体乐府》二。

【校】莺归去、长于、散似秋云:《欧集》作"春归去""来如""去似朝云"。(按白居易《花非花》云:"来如春梦不多时,去似朝云无觅处。")

又四（池塘水绿风微暖）

【笺】本首又见欧阳《近体乐府》。

刘攽《中山诗话》云:"晏元献尤喜江南冯延巳歌词,其所自作,亦不减延巳乐府。《木兰花》皆七言诗,有云:'重头歌韵响琤琮,入破舞腰红乱旋。'重头入破,皆弦管家语也。"

《词林纪事》注云:"榴按东坡诗'尊前检点几人非',与此词结句同意,往事关心,人生如梦;每读一过,不禁惘然。"

【校】琤琮:许钞本作"琤瑽",欧集"琮"作"鏦"。

阑下：欧集"阑"作"帘"。

斜日：欧集作"红日"。

响：《遗文》作"暗"。

重头：欧集作"从头"。按"重头"是，谓叠头曲也。

又五（玉楼朱阁横金锁）

【校】横金锁：《粹编》六"横"作"黄"。

又六（朱帘半下香锁印）

【笺】本首又见欧阳《近体乐府》二。

【校】朱帘、去后：欧集"朱"作"珠"，"去"作"过"。

又九（春葱指甲轻拢捻）

【笺】本首又见欧阳《近体乐府》二。

【校】铮深：欧集作"铮鉨"。"条"欧集作"绦"。

又十（红条约束琼肌稳）

【笺】本首又见欧阳《近体乐府》二。

【校】条：许钞本作"縧"，欧集作"绦"。

言不尽：欧集作"留此恨"。

凤衔杯（青蘋昨夜秋风起）

【校】愁放：许钞本作"愁望"。

【笺】《词律》录本首为仄韵格式。

又二（留花不住怨花飞）

【校】倒红：《词谱》作"欹红"。

斜向：《粹编》《词律》等作"斜白"。

离披：《词律》作"披离"。

凭朱[1]槛：《粹编》"凭"作"憑"。

新宠：《粹编》《词谱》《历代诗余》均作"新恨"。

"满眼"句：《词谱》"满"字上有"空"字。

【笺】《词律》注云："用平韵，与前异。此词《寿域集》亦载之，末句作'满空眼是相思'，则与前结同是六字。但'满空眼'不成语，恐是'空满眼'之误也。《寿域》又一首，共五十七字。末云'空牵惹病缠绵'。前后相同无误，因其前段缺九字，故未取另列，然可从也。"

又三（柳条花颣恼青春）

【校】飞绿：许钞本作"飞絮"。

细丝：许钞本作"细弦"。

到处觉尖新：许钞本"处"字下有"里"字。

【笺】按末句增"里"字即成六字句，与《寿域》之五十七字体正合。

踏莎行（细草愁烟）

【校】怯露、时时海燕：《绝妙词选》作"泣露""穿帘海燕"。

带暖罗衣：许钞本、《遗文》及《绝妙词选》"暖"均作"缓"。

【笺】李调元《雨村词话》云："晏殊《珠玉词》极流丽，能

---

[1] 朱　底本误作"失"，据《全宋词》（P.116）改。

以翻用成语见长。如'垂杨只解惹东风，何曾系得行人住'，又'春风不解禁杨花，濛濛乱扑行人面'等句是也。翻覆用之，各尽其致。"

又三（碧海无波）

【校】萧萧雨：《粹编》作"潇潇"。

又四（绿树归莺）

【校】春光：许钞本"春"作"时"。

当歌：许钞本"歌"亦作"时"，疑误。

又五（小径红稀）

【校】朱帘：《词综》"朱"作"珠"。

【笺】同叔词，张惠言《词选》仅录此一首，注云："此词亦有所兴，其欧公《蝶恋花》之流乎。"谭献曰："刺词，高台树色阴阴见，正与斜阳相应。"

蝶恋花（一霎秋风惊画扇）

【校】亭台、四坐：许钞本"亭"作"庭"，"坐"作"座"。

又二（紫菊初生朱槿坠）

【校】展尽：许钞本"尽"作"画"。

又三（帘幕风轻双语燕）

【笺】毛刻注云："一刻六一词，一刻东坡词。"按《乐府雅词》刻欧阳修，《草堂诗余》《花草粹编》均作同叔。

【校】午醉：欧集"醉"作"后"。

余花：欧集、《雅词》俱作"红英"，《草堂》作"余红"。

"消息"二句：欧集作"羌管不须吹别怨，无肠更为新声断"。《雅词》同。

又四（六曲阑干偎碧树）

【笺】本首并见《阳春录》及欧阳《近体乐府》。毛刻《六一词·蝶恋花》调下注云："'六曲阑干偎碧树'，又'帘幕风轻双语燕'，俱见《珠玉词》，今俱删去。"按《全唐诗》《词谱》、张惠言《词选》均作冯词，《雅词》《花庵词选》刻欧阳修。《词律》又作张泌。

《岁时广记·杏花雨》："《提要录》：杏花开时，正值清明前后，必有雨也，谓之'杏花雨'……晏元献公词云'红杏开时，一霎清明雨'。"按《绝妙词选》题作"清明"。

【校】谁把：《遗文》、欧集均作"谁抱"。

钿筝：《遗文》劳本"钿"作"细"。

移玉：《遗文》作"拨琼"。

海燕：《词综》《词律》《词辨》均作"燕子"。

双飞：《阳春录》作"惊飞"。

浓睡：《全唐诗》《绝妙词选》均作"浓醉"。

莺乱语：许钞本作"人不语"，《阳春录》作"慵不语"。

又五（南雁依稀回侧阵）

【笺】本首又见欧阳《近体乐府》。《雅词》《绝妙词选》亦作欧作。《花庵》题"初春"。

【校】萦方寸：《雅词》"萦"作"成"。

"寒梅"句：欧集作"东风已作寒梅信"。《绝妙词选》同。

又六（槛菊愁烟兰泣露）

【笺】许钞本此词及"紫府群仙名籍秘"一首均题《鹊踏枝》。毛刻注云："向另刻《鹊踏枝》，考是一调，今并入。"按《词谱》云："《蝶恋花》本名《鹊踏枝》，唐教坊曲，宋晏殊改。"是则《蝶恋花》之名，实自同叔始也。

《人间词话》云："《诗·蒹葭》一篇最得风人深致。晏同叔之'昨夜西风凋碧树，独上高楼，望尽天涯路'。意颇近之，但一洒落，一悲壮耳。"又曰："'我瞻四方，蹙蹙靡所骋。'诗人之忧生也。'昨夜西风……'似之。"又曰："古今之成大事业、大学问者必经过三种之境界。'昨夜西风……'此第一境也。"

本首亦见子野词。又杜安世有《端正好》词，与此字句颇同，词云："槛菊愁烟露秋露，天微冷，双燕辞去。月明空照别离苦，透素光，穿朱户。夜来西风凋寒树，凭阑望，迢遥长路。花笺写就此情绪，特传寄，知何处。"（《词律》谓《端正好》即《于中好》调）

【校】双飞去：子野词作"双来去"。

"欲寄彩笺"句：毛刻"笺"字下空一格，许钞本作"欲寄彩笺兼尺素"，子野词同。《遗文》作"欲寄彩笺兼书素"。《粹编》作"欲寄彩笺凭尺素"，《词综》作"欲寄彩笺无尺素"。

离恨苦：《词综》作"离别苦"。

又七（紫府群仙名籍秘）

【校】人间媚：许钞本"媚"作"世"。

玉堂春（帝城春暖）

【校】夸栊：《粹编》作"笼"，按《粹编》末句脱一"触"字。

又二（后园春早）

【笺】《冷雪盦丛书》本《漱玉词》据《梅苑》刻入，调作《小桃红》，颇有脱误。按《小桃红》乃《连理枝》，调名亦未合。

【校】么妹：许钞本"妹"作"姝"。

又三（斗城池馆）

【笺】《词律》录本首为式，注云："'脆管'下与前'玉辔'下同。《珠玉》三词如一，规矩森然，学者不可依《图谱》所注平仄。"

渔家傲（画鼓声中昏又晓）

【校】齐揭调：许钞本及《粹编》七均作"齐揭调"。

又二（荷叶荷花相间斗）

【校】红骄绿掩，波文皱：许钞本作"红娇绿嫩，波纹皱"。

又三（荷叶初开犹半卷）

【校】青凉绿映、争奈世人：许钞本"绿"作"伞"，"争奈"作"苦恨"。

又五（叶下鹢鶒眠未稳）

【校】芳心易尽情无尽：许钞本"易"作"拗"，"情"作"丝"。按"拗"字与上句"试折乱条"意贯，"丝"字双关，可从。

又七（宿蕊斗攒金粉闹）

【校】敛面似啼还似笑：许钞本及《遗文》"还"均作"开"。

叶软香清："叶"字，《遗文》胡本作"华"。

刚向道：许钞本"刚"作"凭"。

又九（越女采莲江北岸）

【校】斗艳：《遗文》"艳"作"间"。

又十（粉面啼红腰束素）

【校】曾相过、空怨慕、人不悟：许钞本"过"作"遇"，"慕"作"暮"，"悟"作"语"。

又十一（幽鹭慢来窥品格）

【笺】本首又见欧阳《近体乐府》二，毛刻《六一词》删。

【校】心似织：许钞本"似"作"如"。

粉泪：欧集作"珠泪"。

染就：许钞本及欧集"就"均作"尽"。

长相忆：许钞本"长"作"人"，有描补痕迹。

又十二（楚国细腰元自瘦）

【笺】本首又见欧阳《近体乐府》二，毛刻《六一词》删。

【校】长依旧、和蕊嗅：欧集"依"作"如"，"和"作"红"。

破阵子（海上蟠桃易熟）

【笺】《粹编》七题作《十拍子》，"湖上西风斜日"一首入《破阵子》。按《词律拾遗》七云："《破阵子》一名《十拍子》，本唐教坊乐，以此调一唱十拍，因以为名。"

又二（燕子欲归时节）

【校】蚕笺：许钞本作"鸾笺"。

又三（忆得去年今日）

【校】已满：许钞本作"正满"。

瑞鹧鸪（越娥红泪泣朝云）

【笺】毛刻题"咏红梅"，许钞本无。

【校】顿：许钞本作"频"。

又二（江南残腊欲归时）

【笺】《词律》五录此词为本调六十四字式。

殢人娇（二月春风）

【校】粉痕露污：许钞本原句作"任粉露痕汗"，墨笔改"任粉痕沾污"，与毛刻汲古阁原本同。按翻刻本亦有误"污"为"汗"者，此句须叶韵，其为"污"字无疑。翻印校对多疏，如"拆"字往往误为"折"字。汲古阁原刻，并非如此也。

【笺】《词律》六录苏轼"满院桃花"阕为六十八字式，附注云："《珠玉词》于两结句作平仄仄平平仄，或仄仄平平平仄，可以不拘，但别家俱与苏词同耳。"

又二（玉树微凉）

【校】嘉庆：《粹编》七作"喜庆"。题下有"上寿"二字。

又三（一叶秋高）

【校】喜瑞：许钞本作"嘉瑞"。

连理枝（玉宇秋风至）

【校】嘉宴：许钞本及《粹编》八均作"家宴"。

飘香：《粹编》"飘"字上有"风"字，疑衍。

画呈游艺：汲古阁原刻作"画"，通常各本遂作"画"，考许钞本及《粹编》均作"尽呈"，宜从改。

愿百千遐寿：许钞本脱"愿"字。

【笺】《词律》二录程垓"不恨残花辫"一首为式，注云："比前（按指李白'浅画云垂帔'阕）加后叠，故《虚舟集》名《小桃红》，同叔集名《连理枝》，其实一也，《图谱》两收，误。"

又二（绿树莺声老）

【校】按曲：《粹编》八"曲"作"旧"。

况兰堂：许钞本无"况"字。

长生乐（玉露金风月正圆）

【校】嘉会：《粹编》八"嘉"作"佳"。

来添福寿：《词律拾遗》云："叶本作'福寿来添'。"

【笺】《词律》十一云："此比前词（指'阆苑神仙平地见'阕）略明，然亦未必无误也，无可证，始依旧刻录存。'来添福寿'改用叶韵语，如前词'飘散歌声'，则佳，或原是'福寿来添'也。"

又二（阆苑神仙平地见）

【笺】《词律》云："中多难句读处，必有讹错。"按此词惟"玉女"句下四字误平仄失一韵，余均与第一首同。《词律拾遗·校勘记》云:"'装真延寿'句,'延'误作'筵',又'玉女双来,近彩云随步'二句,或谓'近'字以仄作平叶。按白石词,'近前舞丝丝'句,'近'字自注平声,本可通读,第考语气,似以'近'字属下较顺。"

山亭柳（家住西秦）

【校】落泪:《粹编》八作"泪落"。

毛本题作《赠歌者》,许钞本无。

拂霓裳（庆生辰）

【校】开雍宴:许钞本脱"开"字。

玉色:许钞本作"五色"。

又二（喜秋成）

【校】见千门万户:许钞本及《历代诗余》均无"见"字。证以其他二首,"见"字疑衍。《词律》作又一体,未当。

会此日:许钞本及《粹编》八均无"会"字,疑脱漏。

愿百千为寿:许钞本脱"愿"字,《历代诗余》"千"作"年",《词谱》作"愿百年万寿"。

【笺】《词律》注云:"次句比前多一'见'字,'宿雾'二句与前词平仄相反。按晏词三首前后共六用五字对句,惟此一联独异,前后两样,恐亦不宜,作者但学前调可也。'宴'字不叶,'清'字转叶,与前篇及别作异,作者亦当依前。"（按前篇指"笑秋天"首）

又三（笑秋天）

【校】笑秋天：许钞本及《粹编》"笑"均作"乐"。

花缀：许钞本及《粹编》俱作"花上"。

银簧：《粹编》"簧"作"筝"。

补遗

浣溪沙（青杏园林煮酒香）

【笺】许钞本次"三月和风满上林"后。《遗文》亦载之。毛刻《珠玉词》注云："考'青杏园林煮酒香'是永叔作，今删去。"又于《六一词》注云："或入《珠玉词》，或入《淮海词》。"按此阕《粹编》作同叔；《雅词》及《绝妙词选》均作欧阳修。《绝妙词选》题"春半"。

【校】初着薄罗裳：《遗文》、许钞本、《粹编》二、欧阳《近体乐府》三均同上。毛刻《六一词》及《绝妙词选》"着"作"试"。

柳丝无力：《遗文》、许钞本、《粹编》均同上。欧集作"柳丝摇曳"。

日偏长：《遗文》、许钞本、《粹编》《绝妙词选》均同上。欧集"日"作"昼"。

减容光：《遗文》、许钞本、《粹编》《绝妙词选》均同上。欧集"减"作"损"。

诉衷情（海棠[1]珠缀一重重）

【笺】许钞本下有此词，毛刻《珠玉词》注云："考'海棠珠缀一重重'是子瞻作，今删。"案此阕见《东坡乐府》下，毛本题作"海棠"。李之鼎据《全芳备祖》前集卷二十四辑入《元献遗文》。

【校】占取春风：《东坡乐府》"占取"作"共占"。

蝶恋花（玉碗冰寒消暑气）

【笺】许钞本次"六曲阑干偎碧树"后，毛刻《珠玉词》注云："考'玉碗冰寒消暑气'是子瞻作，'梨叶疏红蝉韵歇'是永叔作，今删去。"案毛本《东坡词》有此词，元刻《东坡乐府》未录。

又（梨叶疏红蝉韵秋）

【笺】许钞本次"玉碗冰寒"首后。毛本《六一词》注云："一刻同叔，一刻子瞻。"欧阳《近体乐府》亦列入。又见《粹编》七，注晏同叔作。

【校】梨叶疏红：《粹编》作"黎叶初红"，欧作"梨叶初红"。

铜露咽：《粹编》与许钞本同，欧集"咽"作"彻"。

蛩吟朱露结：《粹编》"虫吟珠露结"，欧作"虫吟秋露结"。

珠帘夜夜朦胧月：欧集同上。《粹编》"珠"作"朱"，"夜夜"作"一夜"。

---

[1] 棠　底本误作"裳"，据《全宋词》(P.124)改。

渔家傲（彩笔丹青描未得）

【笺】许钞本次"杨柳风前香百步"后，毛本《珠玉词》注云："考'粉笔丹青描未得'是《六一词》，删去。"今毛刻《六一词》及欧阳《近体乐府》俱列此词。

【校】彩笔丹青描未得：欧集"彩笔"作"粉蕊"，"未"作"不"。

金针彩线：欧集作"金针线线"。

新莲苘："莲"欧集均作"荷"，"苘"《近体乐府》作"的"。

阮郎归（南园春半踏青时）

【笺】许钞本次《瑞鹧鸪》调后，《遗文》亦录入。毛本《六一词》注云："或刻晏同叔。"按此词又见《阳春录》。《粹编》《全唐诗》《历代诗余》《唐五代词选》均作冯延巳，《雅词》《草堂》《绝妙词选》俱作欧阳修，《兰畹》更作晏叔原。

《绝妙词选》题作"踏青"。

《阳春录》调名《醉桃源》，按《历代诗余》云："用阮肇事名调，一名《醉桃源》《碧云春》。"

【校】春半：欧阳《近体乐府》作"春早"。

柳如眉：《全唐诗》《历代诗余》"眉"作"丝"。

花露重：《阳春录》"重"作"垂"。

双燕归：欧集、《雅词》《草堂》《绝妙词选》《全唐诗》"归"作"栖"。

破阵子（燕子来时新社）

【笺】《绝妙词选》《词律》及董毅之《续词选》均作同叔。

《绝妙》题"春景"。《词律》注云:"前后同。'飞''双'二字平,而上用'日''笑'二字仄,妙!'日''笑'或有用平者,然不如此发调。'四点''梦好''斗草'等去上,俱妙!"

玉楼春(绿杨芳草长亭路)

【笺】见同叔《遗文》《绝妙词选》《粹编》《词林纪事》。《绝妙》题"春恨",《粹编》题作"春景",名下注"集无",后附录《诗眼》叔原与蒲传正语。《词林纪事》注云:"《宾退录》:晏叔原见蒲传正曰:'先君平日小词虽多,未尝作妇人语也。'传正曰:'绿杨芳草长亭路,年少抛人容易去,岂非妇人语乎?'叔原曰:'公谓年少为所欢乎?因公言遂解得乐天诗两句,欲留所欢待富贵,富贵不来所欢去。'传正笑而悟。余案全篇云云,盖真谓所欢者,与乐天'欲留年少待富贵,富贵不来年少去'之句不同,叔原之言失之。"

【校】花底·《遗文》《绝妙词选》均作"花底"。《粹编》《词林纪事》"底"均作"外"。

玉楼人(去年寻处曾持酒)

【笺】见《词律拾遗》二,注云:"后第二句比前段少一字,余同,此词疑是《玉楼春》别体,叶本无'又'字,'待'一作'须'。"按《粹编》五录此词,未注明作者。细玩全词,如"没些儿风味减旧"等句,不类同叔作品。

忆人人(密传春信)

【笺】见《词律拾遗》二,注云:"与少游《鹊桥仙》相似,惟前次句起韵，后三句少一字，晏别作一首同，恐非一调。《粹编》'艳'作'景'，'英'下有'凌'字。"按《粹编》总目调作《忆人人》，词前题作《忆远人》，"英"下并无"凌"字，想徐氏所见系另一本。张藏明刊本次《玉楼人》后，虽其前《睿恩新》调二首，俱晏同叔作；但此两调下既未注明作者，证以《粹编》他例，未可遽断即同叔作也。

第二十章 《小山词》笺校记

《小山词》,《彊村丛书》本较毛刻《六十一家词》本为优。以其尚存明本之旧也。兹依其次序,校以毛刻、晏刻及诸钞本、选本,补其所遗,列其同异,录为笺校记一章。

临江仙（斗草阶前初见）

【校】羞脸:毛刻、许钞及晏瑞书本(以下简称"晏本")均作"羞艳"。赵氏星凤阁明钞本(以下简称"赵钞本")原亦作"艳",以朱笔改"脸"字。《遗文》劳本作"羞态"。

【笺】赵钞本题作"别意"。

又二（身外闲愁空满）

【笺】本首又见晁无咎《琴趣外篇》四。《绝妙词选》亦作晁词,题"别意",首句及换头均作七字。

【校】首二句,晁集及《绝妙》俱作"身外闲愁空满眼,就中欢事常稀"。

赵钞、许钞（以下合称"明钞"）两本"稀"均作"移"，彊从毛刻，晏同。

应赋送君诗：晁集"赋"作"赴"，当误。《绝妙》作"送春诗"。

细从：晁集作"试从"。

谁劝：晁集作"谁共劝"，《绝妙》作"谁共饮"。

又三（淡水三年欢意）

【笺】赵钞本题作"别意"。

又四（浅浅余寒春半）

【校】枝头：明钞原作"从前"，彊本从毛本改。晏刻同。

梅蕊闹：毛刻、晏刻均作"梅蕊闭"。

又五（长爱碧阑干影）

【校】薰：明钞误作"重"。

【笺】赵钞题"别意"。

又七（梦后楼台高[1]锁）

【校】小蘋：晏本作"小颦"，《阳春白雪》同。

彩云：《阳春白雪》作"彩鸾"。

【笺】《词林纪事》云："此词当系追忆蘋、云而作。又按小山词尚有《玉楼春》两阕，一云'小蘋若解愁春暮'，一云'小莲未解论心素'。其人之娟姿艳态，一座皆倾，可想见矣。"

---

[1] 高　底本误作"万"，据《全宋词》（P.286）改。

《升庵词品》云:"词家多用心字香,蒋捷词云'银字筝调,心字香烧'。张于湖词'心字夜香清'。晏小山词'记得年时初见,两重心字罗衣'。范石湖《骖鸾录》云:番禺人作心字香,用素馨茉莉半开者著净器中,以沉香薄劈层层相间,密封之,日一易,不待花萎,花过香成。所谓心字香者,以香末萦篆成心字也。心字罗衣则谓心字香熏之耳。或谓女人衣曲领如心字,又与此别。"谭献曰:"落花二句,为千古未有之名句,末二句正以见其柔厚。"

又八(东野亡来无丽句)

【校】追思:晏本"追"作"近"。

【笺】按此词前后起处,皆七字两句,故《词律》取为六十二字式。晏本亦另编在后,注又一体。

蝶恋花(卷絮风头寒欲尽)

【笺】《乐府雅词》《绝妙词选》六、《类编草堂诗余》二、《古今词统》九均以为赵令畤作,故赵万里辑入《聊复集》。《草堂》题作"春恨"。《词统》《绝妙》同。

【校】飘红、香成阵:《词统》同,余作"飘香""红成阵"。

莺飞:《草堂》"飞"作"来",《词统》《绝妙》同。

高楼:《草堂》作"楼高",《词统》《绝妙》同。

层波横一寸:毛刻"横"作"潢",晏刻作"横波秋一寸",各选本同。

又三（庭院碧苔红叶遍）

【校】重阳：毛本作"登高"，《绝妙词选》同。

金菊：《绝妙》《草堂》均作"黄菊"。

澄如练：《绝妙》《草堂》均作"明如练"。

吹愁怨：《绝妙》《草堂》"吹"俱作"吟"。

【笺】《草堂》编入"秋怨"类，赵钞题作"秋景"。《绝妙》作"秋深"。

又四（喜鹊桥成催凤驾）

【校】加意：明钞均作"如意"，毛刻、晏刻作"加意"，彊本从之。

【笺】赵钞题作"七夕"。

又六（碾玉钗头双凤小）

【校】嫩曲罗裙胜碧草：毛本作"嫩曲□□群胜□"，晏本同。明钞原作"嫩曲罢群胜碧草"，赵藏本朱改为"罗裙"。

芳意：毛本"芳"作"春"，晏同。

又七（醉别西楼醒不记）

【校】醉别：劳本"别"作"到"。

夜寒：《绝妙词选》作"夜阑"。

【笺】《绝妙》题作"别恨"。

又八（欲减罗衣寒未去）

【笺】《雅词》《绝妙》《草堂》《词统》《词综》及《历代诗余》均以为赵令時作，故赵万里辑入《聊复集》，《岁时广记》一"杏花雨"条引"红杏枝头花几许，啼痕正恨清明雨"，亦称赵德麟词。《粹编》七作小山。

《绝妙词选》题作"清明"，《类编草堂》《词统》并同。

【校】残杏：劳本"残"作"红"，《绝妙词选》同。《粹编》《词统》《词综》《历代诗余》仍作"残"。

啼红：《粹编》《词统》《词综》《历代诗余》并同。余选本作"啼痕"，赵辑从之。

沉香烬：赵辑作"沉烟香"，《绝妙》作"水沉香"，《草堂》作"水沉烟"，《词统》《词综》《历代诗余》并同。《粹编》仍作"沉香烟"。

宿酒：赵辑作"宿雨"，《粹编》《绝妙》《草堂》《词统》《词综》《历代诗余》均作"宿酒"。

远信还因归燕误：《粹编》同，《绝妙》作"飞燕又将归信吴"。

又九（千叶早梅夸百媚）

【校】一捻：明钞作"捻"，惟毛刻、晏刻俱作"稔"。

【笺】赵钞题"梅花"。

又十（金剪刀头芳意动）

【校】彩蕊：许钞"彩"作"采"。

闲时：丙明钞并同，彊本从毛刻作"开"。

缥缈：毛本作"缈缈"，晏本作"渺渺"。

又十一（笑艳秋莲生绿浦）

【校】又是：毛本"是"作"值"。

【笺】赵钞本题"秋莲"。

又十二（碧落秋风吹碧树）

【校】红旌：赵钞本作"红妆"，许钞本作"红旌"，毛刻、晏刻、《粹编》俱同，彊本从之。

泪痕：《粹编》"泪"误"浪"。

【笺】赵藏本题"七夕"。

又十三（碧玉高楼临水住）

【校】楼下路：《词综》"路"作"度"。

晓莺声、长在：《粹编》"莺声"二字颠倒，"长"作"常"。

又十四（梦入江南烟水路）

【校】锁魂误：《绝妙词选》《粹编》及晏本均作"佳期误"。

却倚缓弦歌别绪：毛本作"却倚鲲弦无别绪"，《粹编》作"却倚鲲弦歌别绪"，晏本同，惟"鲲"作"鹍"，"絃"作"弦"。明钞及《绝妙》俱同彊刻。

【笺】《绝妙》题下注"别恨"。

又十五（黄菊开时伤聚散）

【校】罗带：两明钞同。毛本、晏本俱作"罗袖"。

鹧鸪天（彩袖殷勤捧玉钟）

【校】当年：《绝妙》及《词林纪事》"年"作"筵"。

杨柳：两明钞及诸家诗话选本俱作"杨柳"，惟毛刻、晏刻作"杨叶"。按本集《清平乐》有'那回杨叶楼中"句,小山屡用,必有本事。

楼心:《遗文》劳本作"楼头"。

扇影:劳本及《绝妙词选》,俱作"扇底"。

【笺】《草堂》题"劝酒",《绝妙》题"佳会"。

《侯鲭录》七:"晁无咎言晏叔原不蹈袭人语,而风调闲雅,自是一家,如'舞低杨柳楼心月,歌尽桃花扇底风',是知此人不生在三家村中也。"(按《复斋漫录》引晁语,叔原作元献)《渔隐丛话》后集三十三:"苕溪渔隐曰:《雪浪斋日记》谓晏叔原工于小词,'舞低杨柳楼心月,歌尽桃花扇影风',不愧六朝宫掖体,晁无咎评乐章乃以为元献词,误也……全篇……词情婉丽。"

《野客丛书》:"晏叔原'今宵剩把银釭照,犹恐相逢是梦中',盖出于老杜'夜阑更秉烛,相对如梦寐'。戴叔伦'还作江南梦,翻疑梦里逢'。司空曙'乍见翻疑梦,相悲各问年'之意。"

《白雨斋词话》:"闲情之作,虽属词中下乘,然亦不易工……晏小山之'落花人独立,微雨燕双飞',又'当时明月在,曾照彩云归',又'从别后,忆相逢,几回魂梦与君同。今宵剩把银釭照,犹恐相逢是梦中'……似此则婉转缠绵,情深一往。丽而有则,耐人玩味。"又曰:"陶九成云:近世所谓大曲,苏小小《蝶恋花》、苏东坡《念奴娇》、晏叔原《鹧鸪天》、柳耆卿《雨霖铃》、辛稼轩《摸鱼子》、吴彦高《春草碧》、蔡伯坚《石州慢》、张子野《天仙子》、朱淑真《生查子》、邓千江《望海潮》。按其中惟稼轩《摸鱼子》一篇为古今杰作，叔原《鹧鸪天》为艳体中极致。"

又二（一醉醒来春又残）

【校】莺空怨：毛本、晏本俱作"莺"。

终易散：明钞缺"散"，彊本从毛刻补，晏同。

又三（梅蕊新妆桂叶眉）

【笺】赵钞题作"别意"。

又四（守得莲开结伴游）

【校】拚得：两明钞本，毛本、晏本"拚"俱作"判"。

西风动：赵钞独作"动"，余均作"西风劲"。

争奈朱颜不耐秋：毛本、晏本俱作"争尚朱颜不奈秋"，许钞本"尚"作"向"。

【笺】赵钞本题作"采莲"。

又五（斗鸭池南夜不归）

【校】新诗：毛本"诗"作"漓"，明钞及晏本俱作"诗"。

红琼：《遗文》劳本作"红裙"，许钞本"琼"字缺，毛本及晏本均作"红绡"。

又六（当日佳期鹊误传）

【校】人在：许钞本"在"作"立"。

【笺】晏本题"七夕"。

又七（题破香笺小砑红）

【校】诗成多寄：许钞本"成"作"篇"，毛本、晏本俱作"诗多远寄"。

春衫：晏本"衫"作"山"。

又八（清颍尊前酒满衣）

【校】颍：晏本同，明钞、毛刻均作"颖"。

细话：许钞本"话"作"语"。

【笺】赵钞本题"送应试"。

又十（小令尊前见玉箫）

【校】楚宫遥：毛本、晏本"遥"俱作"腰"，误。

【笺】《闻见后录》十五，程叔微云："伊川闻诵晏叔原'梦魂惯得无拘检，又踏杨花过谢桥'长短句，笑曰：'鬼语也。'"[1] 意亦赏之。

又十三（陌上濛濛残絮飞）

【校】怨月：毛、晏本及《粹编》具同，惟两明钞本作"日"。

曼倩：《遗文》劳本作"何事"，又"陌上"误作"陌陌"。

又十四（晓日迎长岁岁同）

【笺】赵钞本题"冬至"。按此词应蔡京之请而作，见《碧鸡漫志》二卷。

---

[1] 此段引文实出自《邵氏闻见后录》卷一九（F.151）。

又十六（手捻香笺忆小莲）

【校】忆小莲：毛本"忆"作"意"。

算有：毛本、晏本作"若有"。

又十七（九日悲秋不到心）

【校】须教：晏本同。毛本、明钞本均作"交"。

【笺】赵钞本题"九日"。《碧鸡漫志》谓："蔡京于重九日遣客求长短句，小山欣然为作《鹧鸪天》'九日悲秋不到心'，竟无一语及蔡者。"

又十八（碧藕花开水殿凉）

【校】皇州：毛本作"皇洲"。

【笺】《绝妙词选》注云："庆历中，开封府与棘寺同日奏狱空。仁宗与宫中宴集，宣晏叔原作此，大称上意。"

万年枝：《复斋漫录》云"晏元献诗'万年枝上凝烟动，百子池边瑞日长'……'万年枝'，江左人谓之冬青，惟禁中则否"。（《渔隐丛话》前集二十二）

生查子（金鞭美少年）

【校】金鞭：《遗文》劳本同，毛本、《粹编》《绝妙词选》均作"金鞍"。

绣被：《草堂》《粹编》俱作"翠被"。

背面：《草堂》作"背立"。

牵系：《词综》作"萦系"。

【笺】《草堂诗余》选入"春恨"类，《绝妙》题下注"闺思"。

《词律》三《生查子》调附注云："《图谱》注《生查子》名，改作《美少年》，可笑。夫'美少年'三字，因晏小山此词首句'金鞍美少年'故也。"

《后村诗话》前集："潘阆客舍诗'土床安枕稳，纸被转身鸣'，定非'慵便枕玉凉，绣被春寒夜'者，所能道也。"

又二（轻匀雨脸花）

【校】锦笺：毛、晏本均作"彩笺"。

又三（关山魂梦长）

【笺】《绝妙词选》五、《粹编》一、《词综》七、《历代诗余》四均作王观词，赵万里辑入《冠柳集》。

【校】魂梦：《历代诗余》作"梦里"。

鱼雁音尘少：各选本"鱼"作"塞"，"尘"作"书"。

只为相思老：各选本"只为"作"一夜"，《诗余》"相思"作"容颜"。

归梦：毛、晏本及各选本"梦"俱作"傍"。

又五（一分残酒霞）

【笺】《绝妙词选》题作"别思"。

又七（红尘陌上游）

【校】相思处：毛、晏本均作"相逢处"。

【笺】《绝妙词选》题"闺思"。

又八（长恨涉江遥）

【校】误入：毛、晏刻及许钞本均作"卧"。

【笺】李调元《雨村词话》一云:"小山词似古乐府,余绝爱其《生查子》(词略),公自序云:'《补亡》一编,补乐府之亡也。'可以当之。"

又九(远山眉黛长)

【校】腰肢袅:明钞本作"腰支袅"。

又十(落梅庭榭香)

【校】庭榭:明钞均作"庭树",毛、晏刻作"亭榭"。

日过:毛本作"月过"。

又十二(官身几日闲)

【校】笺:毛本同上,明钞作"盏",晏本作"院"。

南乡子(渌水带春潮)

【校】青潮:许钞本改"青"为"春"。按《粹编》作"青潮",《绝妙词选》《阳春白雪》及晏本均作"春"。

小渡桥:劳本"渡"作"度"。

落花朝:赵钞、晏刻、毛刻均同上,《绝妙》"落"作"与",许钞本改"落"为"与"。

迢迢:劳本作"飘萧"。

又二(小蕊受春风)

【校】受春风:毛本"受"作"爱"。

心字浓:晏本"字"作"事"。

又三(花落未须悲)

【校】未须悲:明钞及《粹编》均作"未消悲"。

红蕊:两明钞均作"红药",彊本从毛本改。

又五(画鸭懒熏香)

【校】更是无情:明钞、毛刻俱作"更是"。彊本《校记》云:"按'更'字疑'便'误。"考晏本正作"便"字。

又六(眼约也应虚)

【校】相于:毛、晏本均作"相期"。

清平乐二(千花百草)

【校】当筵:《粹编》三同上。毛、晏本俱作"当年"。

又四(可怜娇小)

【校】朱颜长好:毛本"长"作"常"。

又五(红英落尽)

【校】钿筝:《粹编》三"钿"作"细",疑误。

又七(波纹碧皱)

【校】清明:《绝妙词选》作"晴玥"。

花梢:《粹编》三作"花销",疑误。

【笺】《绝妙》题作"春情"。

又八(西池烟草)

【校】酉池烟草,恨不寻芳早:劳本"西池烟罩,何处寻芳草"。

又十二(暂来还去)

【校】犚:晏本作"趲"。

约略:《粹编》同上。毛本作"略约"。

又十三（双纹彩袖）

【校】有情须醉樽前：《粹编》三"须"作"酒"。

又十六（沉思暗记）

【校】秋少味、月浅：《粹编》"秋"作"酒","浅"作"淡"。

木兰花（秋千院落重帘暮）

【校】彩笔闲来题绣户：《草堂》作"寂寞春闲扃绣户",劳本同。

丹杏：《草堂》作"红"。劳本同。

风后絮：《粹编》六"风"作"花"。

【笺】《草堂》调作《玉楼春》,编入《人事类·离别》后。

沈东江（谦）曰："填词结句,或以动荡见奇,或以远离称隽。著一实语,败矣……晏叔原'紫骝认得旧游踪,嘶过画桥东畔路'……深得此法。"（见《词统源流》及《词苑丛谈》等）毛本入《玉楼春》调,于第八首注云："以上旧另刻《木兰花》,今考调同并入。"按《词律·发凡》云："词有调同名异者,如《木兰花》与《玉楼春》之类。"目次《木兰花》调下,杜文澜附注云："按《木兰花》唐人所作,如上四体是已,句多参差,平仄亦多不拘。至宋名《玉楼春》,则七言八句,皆整齐者矣,须记八句第二字先平后仄,相间用之。"《词律拾遗》七《木兰花》注："叶氏云：按《花间集》,《木兰花》只此三体,其五十六字皆题《玉楼春》。今诸词书五十六字亦题《木兰花》,似误。三体谓五十二字毛作、五十四字魏作及此韦词也,《粹编》三体自为一调。"又沈天羽曰:"调有定名,即有定格,其字数音韵较然,中有参差不同者,一曰衬字……一曰宫调……一曰体制……又有字数多寡同而所入之宫调异,名亦因之异者。如《玉楼春》与《木兰花》,同以《木兰花》歌之,即入大石调之类。"(见《词学全书·词论》)沈氏此说,较《词律》所云为近理,小山此八阕题《木兰花》,而别有《玉楼春》十三首,殆以所入之宫调不同也。

又三(小莲未解论心素)

【校】小莲:《阳春白雪》作"小怜"。

狂:赵钞本误作"旺",余本均作"狂"。

钿筝、绿阴、偷眼觑:《阳春白雪》"钿"作"秦","绿"作"欲","觑"作"处"。

又四(风帘向晓寒成阵)

【校】梅蒂:"蒂"许钞本、晏本及《粹编》均作"蕚"。

来报、开晚:毛本"来"作"未","晚"作"晓"。

又五(念奴初唱离亭宴)

【校】罗衣:毛本"衣"作"衫"。

又六(玉真能唱朱帘静)

【校】忆在:毛本作"忆上"。

又七(阿茸十五腰肢好)

【校】月会花期:毛本作"会合花期",晏本同。

减字木兰花二(留春不住)

【校】且占香红:毛本、《粹编》二均作"且伴香红"。

泛清波摘遍(催花雨小)

【笺】《词律》十八云:"此调丰神婉约,律度整齐,作者何寥寥耶?而各谱中失收,更不可解。愚按此词,当是四段合成,'催花'至'春早'为一段,'秋千'至'多少'为二段。而'长安道'三字,乃换头语也。只'露红'句与'倦客'句平仄异耳。'楚天渺'至'清晓'为三段,'帝城杳'至末为四段。此则字数整齐者。'华'字照后'月'字宜仄,恐是'影'字之讹。抑或后'月'字是作平,皆未可知。然此等不歇拍处,原不拘也。如前'露红''倦客'二句,唱宜皆平平带过,其势趋向下句。于'斗'字、'恨'字两去声,著力纵激,而以'早'字、'少'字两上收之。'空把''且趁'二句亦然,故后二段煞句,亦皆用上声。而'自'字、'翠'字,先用去声也。管见如此,知天下人,莫不以为迂且怪矣。前结句,《词汇》作'暗惜花光饮恨多少'。甚无义理,原疑其误。及查汲古刻《小山词》,又作'暗惜花光阴恨多少'。'花光阴'与'花光饮'皆不通,因恍然悟后结又用花月,则此'花'字乃误多,而《词汇》又因'阴'字,讹作'饮'字耳。"

《词律拾遗》八《泛清波摘遍》调名下注云:"叶本'都是'作'却是','芳草'作'春早','吴霜'下有'点'字。"杜文澜《校勘记》云:"按《词谱》'空把吴霜鬓华'句,'霜'字下有

'点'字，应遵补。"

按《泛清波》大曲见《宋史·乐志》，小山盖摘取其中四遍填之，故名之曰摘遍。万氏所论分段甚是，并非迂且怪也。杜氏谓应遵《词谱》补"点"字，愚以为"华"字或系衍文，倘去"华"字增'点'字，使成"空把吴霜点鬓"句，则与下叠"且趁朝花夜月"平仄正合，较万氏改"鬓"为"影"或叶"月"为平之说，似胜一筹也。

【校】暗惜光阴恨多少：两明钞本均同上，毛本及《粹编》十二"惜"字下均有"花"字，《四库总目·小山词提要》曾举其误，说与万氏同。

自悲清晓：许钞本同上，惟赵钞本"自"作"月"。

洞仙歌（春残雨过）

【校】信杳隔秦源：毛本"杳"作"香"。

菩萨蛮三（莺啼似作留春语）

【校】绿镜：毛本"镜"作"境"。

又四（春风未放花心吐）

【校】绿鬓红杏枝：晏本"绿须"作"淡匀"。

前夜月当楼：晏本"前夜"作"别后"。

又五（妖香淡染胭脂雪）

【校】花月镜边情：毛本、晏本"情"俱作"人"，《粹编》三作"明"。

又六（香莲烛下匀丹雪）

【校】双揭鼓：晏本作"催叠鼓"。

又七（哀筝一弄湘江曲）

【笺】毛本注或刻张子野，按《草堂》作子野，《粹编》作小山，《宋词钞》又作陈后山。《草堂》题"咏筝"。

【校】湘波：《草堂》作"江波"。

秋水慢：劳本"慢"作"漫"。

玉楼春（雕鞍好为莺花住）

【校】多被：毛本作"都被"。

又二（一尊相遇春风里）

【校】醉头扶不起：劳本"醉""扶"二字颠倒。

又五（旗亭西畔朝云住）

【校】朦腾：毛、晏两本均作"腾腾"。

又八（斑骓路与阳台近）

【校】饶似、寄与：毛本作"绕似""寄兴"。

又九（红绡学舞腰肢软）

【校】旋织：毛本作"施织"，晏本作"巧织"。

又十（当年信道情无价）

【校】阿谁：赵钞"阿"作"何"。

临分：《粹编》六作"临时"。

又十三（轻风拂柳冰初绽）

【校】有限：各本俱作"限"，惟毛本作"恨"。

阮郎归（粉痕闲印玉尖纤）

【校】粉痕闲印：《绝妙词选》"闲印"作"闲邸"。

晚衾：毛、晏本及《绝妙》俱作"晓衾"。

又三（旧香残粉似当初）

【校】旧香残粉：劳本作"残香剩粉"。

衾凤冷：劳本作"衾下冷"。

枕鸳孤：劳本作"枕中孤"，毛六作"枕鸾孤"。

又四（天边金掌露成霜）

【校】兰佩紫：毛、晏本均同上，两明钞本"佩"作"珮"。

旧狂：晏本作"旧妆"，非。

【笺】况周颐《蕙风词话》："'绿杯'二句，意已厚矣。'殷勤理旧狂'五字有三层意，狂者，一肚皮不合时宜发现于外者也。狂已旧矣，而理之，而殷勤理之，其狂若有甚不得已者。'欲将沉醉换悲凉'，是上句注脚；'清歌莫断肠'，仍含不尽之意。此词沉著厚重，得此结句，便觉竟体空灵。小晏神仙中人，重以父名之贻，贤师友相与沆瀣，其独造处岂凡夫肉眼所能见及？'梦魂惯得无拘检，又逐杨花过谢桥'，以是为至，乌足与论小山词耶！"

又五（晚妆长趁景阳钟）

【校】晚妆：赵钞本同上。毛、晏刻及许钞本俱作"晓妆"。

樱桃：厉钞本同上。毛、晏本均作"樱唇"。

归田乐（试把花期数）

【校】只恐花飞又春去：彊本从《词谱》。两明钞本及毛、晏刻本均作"只恐去"，将"春去"两字属下阕。无"花飞又"三字。

问此意、还会否：两明钞本及毛、晏刻本俱脱"问""还"二字。

花期数：赵钞本"数"误作"教"，许钞本未误。

浣溪沙二（卧鸭池头小苑开）

【校】柳长莎软路萦回：毛本作"长莎软路几萦回"。

静避：毛本"避"作"选"。

又三（二月和风到碧城）

【校】和风、眠雨、歌楼：毛本作"风和""弄日""歌台"。

【笺】赵钞本、晏刻本题均作"柳"。

又七（家近旗亭酒易酤）

【校】花时长得：赵钞本"时"误作"村"，晏本"长"作"常"。

歌笑：毛本"笑"作"扇"。

床前：毛本作"床头"，《词林纪事》同。

还解：《图书集成》作"不解"。（按《图书集成·博物类·娼妓部·艺文》注宋晏殊，题作"春宴"）

【笺】《词林纪事》："《能改斋漫录》，晏叔原'门外绿杨春系马，床前红烛夜呼卢'，盖用乐府《水调歌》云'户外碧潭春洗马，楼前红烛夜迎人'，然叔原之辞甚工。槱按唐韩翃诗'门外绿杨春系马,床前红烛夜呼卢',小山只易二字,放翁乃谓此联气格过于本句,余所不解。"

又九（飞鹊台前晕翠蛾）

【笺】毛、晏本无此阕,见毛刻山谷词。《粹编》二亦作黄鲁直,赵钞本题"画眉"。

【校】晕:山谷词作"近"。

新换绛仙螺:山谷词作"新买帝青螺",《粹编》作"带青螺"。

加意太鬵多:山谷词作"如意为情多",《粹编》同。

睡痕:山谷词及《粹编》均作"泪痕"。

又十一（一样宫妆簇彩舟）

【校】碧罗团扇、人在:毛、晏本俱作"碧团罗扇","人"作"时"。

又十二（已拆秋千不奈闲）

【校】擂:许钞本,毛、晏刻,俱作"褶"。

红窗红豆忆前欢:毛、晏本"红窗"俱作"绿笺",又石孝友《浣溪沙》集句作"绿残红豆忆前欢"（见《金谷遗音》及《粹编》二),岂因"笺""残"二字形似致讹欤?

又十四（团扇初随碧篆收）

【校】画檐:毛本"檐"作"帘"。

又十六（唱得红梅字字香）

【校】雕觞:晏本作"离觞"。

又十七（小杏春声学浪仙）

【校】水调：毛本作"新调"。

又十九（浦口莲香夜不收）

【校】东楼：晏刻作"东流"。按本集《满庭芳》"南苑吹花西楼题叶"及《六幺令》"常记东楼夜雪"则"流"字非是。

又廿一（楼上灯深欲闭门）

【笺】毛本注云："旧失题，次卷末。"

【校】归去：毛、晏本俱作"散处"。

向日：毛、晏本俱作"白日"。

六幺令二（雪残风信）

【校】消息：赵钞本"息"误"自"。

香莫白：毛本"白"作"拆"，《粹编》九作"密"。

又三（日高春睡）

【校】曾笑阳台梦短：《遗文》劳本作"可惜阳台梦杳"。

更漏子五（出墙花）

【校】谁有：毛、晏本俱作"可否"。

河满子（对镜偷匀玉箸）

【校】系谁红豆：晏本乙作"红豆系谁"，语顺而律失，不可从。

锁定：毛本作"销定"。

愁倚栏令（凭江阁）

【校】草绿花红：赵钞本及毛刻本作"草红花绿"，惟许钞本及晏刻本未颠倒。

又三（春罗薄）

【校】酒醒寒：毛、晏本"醒"均作"醒"。

【笺】按此调一名《春光好》。《词谱》云："唐教坊曲，《碧鸡漫志》引《羯鼓录》云：'明皇于春雨始晴，命取羯鼓临轩纵击，因歌此曲。'后晏几道词有'拚却一襟怀远泪，倚阑看'句，因名《愁倚阑》或名《倚阑令》。"

御街行（年光正似花梢露）

【校】艮月：明钞、晏刻、《粹编》俱同上，惟毛本作"凉月"。按同叔《望汉月》调亦有"好风良月"句，作"良月"是。

浪淘沙四（翠幕绮筵张）

【校】衷肠：毛本作"哀肠"。

丑奴儿（昭华凤管知名久）

【笺】毛本注云："此阕旧刻《丑奴儿》，另编，亦稍有异同。'日日'作'闻道'，'闲倚'作'方看'，'应从'作'可怜'。"两明钞本注云："此二曲亦见于《采桑子》，其间小有不同，今两存之。"

彊本校记云："按原本《采桑子》调，复载此词，'日日'作'闻道'，'闲'作'方'，'应说'作'可怜'。今删。"按毛、晏两本均入《采桑子》。

【校】应说：彊本从赵钞本作"应说"。许钞本，毛、晏刻俱作"应从"。

又二（日高庭院杨花转）

【笺】毛、晏本及《粹编》调均作《采桑子》。毛本注云："此阕向刻《丑奴儿》，另编。"

诉衷情（种花人自蕊宫来）

【校】今年芳意何似，应向旧枝开：毛本作"今年芳意无数，何似应枝开"。

又二（净揩妆脸浅匀眉）

【校】苦无：毛本作"方无"。

又四（凭觞静忆去年秋）

【校】寄东流：毛、晏本均作"向东流"。

又六（长因蕙草记罗裙）

【校】试写残花：晏本"残花"作"花笺"。

又七（御纱新制石榴裙）

【校】香痕：毛、晏本作"香芸"。

又八（都人离恨满歌筵）

【校】星屏：彊本校记云"按二字误倒"。

迎送：赵钞"迎"作"近"。

好女儿（绿遍西池）

【笺】《词律》九录此词为《好女儿》六十二字式。"满路"误作"沸路"。注云："'尽'字、'想'字上声，而'尽'字、'望'字去声。'更'字、'又'字去声，而'细雨'与'误了'去上声。如此发调，岂非作家！"

又卷四《绣带儿》调附注云:"按山谷有《好女儿》词三首。其二首与此(指曾觌'潇洒陇头春')字字相合。故《啸余》所收《绣带子》,即黄词也……至《好女儿》,又有晏小山六十二字一词,另列于后。盖调名重复讹混,不得不如此分晰耳。"

又二(酌酒殷勤)

【校】长新:《粹编》七同上。毛、晏本均作"常新"。

点绛唇(花信来时)

【校】占了:晏本"占"作"沾"。

又二(明日征鞍)

【校】明日:许钞、毛刻均作"明月",晏本作"日",赵钞改'月'为"日"。

倚处:毛刻"处"作"遍"。

又三(碧水东流)

【校】凉叶:毛本作"凉华",晏本作"桐华"。

未如:毛、晏本"如"均作"知"。

又五(湖上西风)

【校】新声:毛、晏本均同上,明钞均作"新亭"。

两同心(楚乡春晚)

【校】闲随:毛刻、明钞俱脱"闲"字,晏本有。彊本从《粹编》补。《词谱》作"漫随",《词律》作"闲寻"。又《宋词钞》注云:"'闲随',一刻'漫寻'。"

恶滋味:明钞、晏刻、《粹编》均同上。毛刻"恶"作"愁"。

【笺】《词律》十注云："此词用诗韵十三元，故用'源'字起韵，不知此字入词，实与余音不叶，今人皆知分用，不宜效之矣。"

《词律拾遗》七云："按'源'字系误用，今之诗韵，并元、魂、痕为一部者，起于刘渊。若《广韵》《集韵》《韵略》均不并。自来俱以元、寒、桓、删、山、先、仙通用。真、谆、臻、文、欣、魂、痕通用，'源'在元韵，不能叶'魂''痕'也。惟宋人周文璞《一剪梅》（词略）用寒删韵而阑入魂南二字。即以刘渊阴时中韵衡之，亦不尽合，尤为跃冶之金，学者慎勿效颦。"

少年游（绿勾阑畔）

【校】朦腾：毛本作"朦胧"，《粹编》五作"朦胧腾"三字。疑"腾"字原系小注。误入句中。

欢计：毛本作"归计"。《粹编》句末小字注云："'欢'作'归'。"许钞本此句作"劝口莫匆匆"。

又二（西溪丹杏）

【校】南楼：毛本作"南桥"，《粹编》同。

闻歌："闻"赵钞本误"间"。

又三（离多最是）

【校】离多：许钞本改"多"作"人"。

终似：晏本作"长似"。

者番：各本俱作"这番"。

虞美人（闲敲玉镫隋堤路）

【校】隋堤：毛、晏本"隋"作"随"。

又二（飞花自有牵情处）

【校】牵情处：《历代诗余》"处"作"地"。晏本从之。按"处""坠"同押，宋词屡见，改作"地"非。

枝边□："枝边"下疆本从明钞空格□，毛、晏本均有"坠"字。《遗文》劳本作"舞"。

东流：晏本作"东溪"。

阑干见：明钞及劳本同上，毛本作"遍"。

远弹：毛本"远"作"自"。

【笺】赵钞本题"落花"。

又七（小梅枝上东君信）

【校】总为：毛本作"甚为"。

小鸿：明钞及《粹编》六均作"小鸿"。毛、晏本作"小鸣"。

【笺】《粹编》六误注晏同叔作。

又九（一弦弹尽仙韶乐）

【校】香襟：毛、晏本俱作"千金"。

采桑子（花前独占春风早）

【校】花前：《梅苑》《粹编》"前"均作"中"。

秀艳：《梅苑》作"香艳"。

凤管催：毛、晏本"催"均作"吹"，《梅苑》及《粹编》俱作"调角催"。

更晚：《梅苑》《粹编》"晚"作"晓"。

【笺】赵钞本题作"梅"，《粹编》二录同叔《采桑子》三首，此列第三。

又三（芦鞭坠偏杨花陌）

【校】醉落：明钞作"醉归"。毛、晏本作"醉拂"，彊本从《粹编》二作"醉落"。

留解：赵钞本作"香解"，许钞本作"口解"，彊本从毛刻。按《粹编》亦作"留"。

金鞍：毛本、《粹编》均作"金鞭"。

又五（征人去日殷勤嘱）

【校】轻春：毛、晏本作"轻风"，《粹编》作"轻丝"。彊刻从赵钞本，《校记》云："'轻'字疑'经'误。"按许钞本正改为"经"字。

又七（春风不负年年信）

【校】短恨：毛、晏两本作"恨短"。

又八（秋来更觉销魂苦）

【校】凭看：彊本从赵钞本误作"看"字。按许钞本，毛、晏两刻本，《粹编》二俱作"凭肩"。

又九（谁收一点凄凉意）

【校】夜痕：晏本作"衣痕"，当误。

又十二（高吟烂醉淮西月）

【校】自写：毛本"自"误"再"，晏本作"字写"。

出画楼：毛、晏本俱作"到别州"。

又十四（无端恼破桃源梦）

【校】明日青楼：毛、晏本"日"作"月"，许钞本"青"作"清"。

又十五（年年此夕东城见）

【校】年年：毛本作"年时"。

又十六（双螺未学同心绾）

【校】敲尽：各本同。彊本《校记》谓"敲"字疑"散"误。

【笺】《词品》："张子野《减字木兰花》'垂螺近额'，又晏小山'双螺未绾同心结'，按'垂螺''双螺'盖当时角妓未破瓜时发饰之名。"（小山《采桑子》"红窗"阕，又有"犹绾双螺"句）

又十八（非花非雾前时见）

【校】垂穹：毛、晏两本作"重帘"。

又二十一（别来长记西楼事）

〔校〕襟：各本俱作"衿"。

逍遥：毛、晏本同上。明钞均作"逍逍"，当误。

又二十二（红窗碧玉新名旧）

【校】千斛：毛本作"一斛"。

又二十三（金风玉露初凉夜）

【校】暗传：毛、晏本俱作"倩传"。

踏莎行二（宿雨收尘）

【校】寻芳兴：毛、晏本俱作"寻芳信"。

又四（雪尽寒轻）

【校】犹记：晏本作"犹计"。

满庭芳（南苑吹花）

【校】可怜便流水西东：两明钞本俱脱"便"字作六字句，彊本从《花庵》《绝妙词选》补，《粹编》九同。毛、晏本均作"可怜流水各西东"。按此句应作上三下四，毛、晏刻失律，不可从。

西风：《绝妙》《粹编》俱作"凄风"。

共说：《绝妙》《粹编》俱作"说与"。

清愁：晏本"清"作"消"。

【笺】《绝妙》《粹编》均题作"秋思"。

留春令（画屏天畔）

【笺】《词律》目次杜文澜校《留春令》云："按此词前第四，后第三，两七字俱拗句，是正格。如小山'手捻红笺寄人书，楼下分流水声中'是也。"

又三（海棠风横）

【校】花飞：毛本作"飞絮"，晏本作"杨花"。彊本从明钞作"花飞"。

仔细：明钞本无"仔"字。"飞"字与"细"字，间有一"絮"字，彊本从毛本改"絮"为"仔"。

风入松（柳阴庭院杏梢墙）

【校】水沉□谁暖前香：赵钞本无空格，许钞本"水"字上略留余地。毛、晏本俱作"水沉难复暖前香"。《粹编》八作"水沉烟暖前香"。

按本调此句亦有作六字者，如厉伯可之"一宵风雨送春归"阕，此处填"与谁同捻花枝"，其平仄与"水沉谁暖前香"或"水沉烟暖前香"正合，且仄声俱作上。是知必有此句格。原词并无脱误，毛、晏本或经后人窜改也。

坠鞭人意：《粹编》"意"作"去"。

回肠：《粹编》作"愁肠"。

清商怨（庭花香信尚浅）

【校】庭花香信尚浅：明钞、晏刻及《粹编》二俱同上，惟毛本"信"字下有一空格。按《珠玉词》云"关河愁思望处满"，据此则小山词似脱一字。但考周美成有《伤情怨》及《关河令》各一首，此二调皆《清商怨》之异名，《关河令》即因同叔词首二字而得。美成《关河令》首句作"秋阴时晴渐向暝"，《伤情怨》首句作"枝头风势渐小"。其字数及四声，一合于同叔（按思字读平），一合于小山。是知此调有格式多种，毛氏或因同叔作七字句，遂妄增一空格欤？

秋蕊香（池苑清阴欲就）

【校】难欢偶：毛、晏本及《粹编》四俱作"欢难偶"。

皆如：《粹编》误"皆"为"背"。

思远人（红叶黄花秋意晚）

【笺】《词律拾遗·补注》上云："第三句《粹编》作'看云过尽'，多'看'字。"按张月宵藏明刻《花草粹编》五并无

"看"字。

碧牡丹（翠袖疏纨扇）

【校】毛本于"事何限"处分段，后阕自"怅望"起。《图谱》同，《词律》曾辨其失。又赵钞本"鸾"字下遗"笺"字，彊本从毛刻增。

醉落魄（满街斜月）

【校】满街：明钞及《粹编》六"街"作"鞭"，彊本从毛刻。

思归：毛本作"归思"。

短长亭下：毛本脱"长"字。

晏本调作《一斛珠》。

望仙楼（小春花信日边来）

【笺】按本调又名《胡捣练》，《词律》误分为两调。《粹编》四更将小山此词于《望仙楼》及《胡捣练》调名下各录一次，仅异数字。

【校】小春花信日边来：《粹编·胡捣练》"日边"作"雪中"。

未上江楼先坼：毛本"楼"作"梅"。《粹编·望仙楼》作"未上江梅先折"，《胡捣练》作"垄上小梅先拆"，《梅苑》作"陇上江梅先坼"，《词律》作"冰上江梅先拆"。

素衣染尽天香：《梅苑》作"素衣洗尽九天香"，《粹编·胡捣练》同。

国色：毛本作"团色"。

故溪:《粹编·胡捣练》作"故园"。

凤孤飞（一曲画楼钟动）

【校】飞尘满:毛本"尘"下有"座"字,《粹编》同。

更少:毛本及《粹编》均作"更入"。

【笺】《词律》五注云:"惟有此词,外无他证。"

西江月（愁黛颦成月浅）

【校】绿江春水寄书难:石孝友《浣溪沙》集句作"锦江"。

武陵春（绿蕙红兰芳信歇）

【笺】赵钞本题作"菊"。

又二（九日黄花如有意）

【笺】赵钞本题作"九日"。

解佩令（玉阶秋感）

【校】团扇无绪:《粹编》七及两明钞本同上,毛、晏二本"无"下有"情"字。

【笺】《粹编》七题作"宫词"。

行香子（晚绿寒红）

【校】粉屏:《粹编》七同,晏本"粉"作"锦"。

喜团圆（危楼静锁）

【校】远岫:毛本作"迢",晏本作"遥"。

【笺】《词律》五注云:"此调惟此词,后段同《人月圆》。"又毛稚黄《填词名解》云:"晏殊词'天还有意,不违人愿,与个团圆'。调名《与团圆》。"按《珠玉集》中无此调,惟《粹编》

四于小山《喜团圆》之后录其词,下阕末有此数语,但未注明作者姓氏,未可遽谓晏氏所作也。

忆闷令（取次临鸾匀画浅）

【校】月底相逢花下见：毛本、《粹编》三及《词律》均脱"花下"二字。

更教：毛本、《粹编》及《词律》"教"均作"交"。

梁州令（莫唱阳关曲）

【校】闻歌：毛本及《粹编》五作"于今"。

南楼：毛本及晏本"楼"作"桥"。

却似：《粹编》作"切似"。

【笺】《容斋随笔》初集十四："今乐府所传大曲,皆出于唐。而以州名者五,伊、凉、熙、石、渭也。凉州今转为梁州,唐人已多误用,其实从西凉府来也。"

戈载《词林正韵发凡》论入声作三声,略谓："入声作三声,词家亦多承用。押韵者如晏几道《梁州令》'莫唱阳关曲'曲作上……"

燕归来（莲叶雨）

【笺】晏本调作《喜迁莺》。明钞误作《燕归梁》,彊本从之非是。应依毛本改"梁"作"来"。

补遗

洞仙歌（江南腊尽）

【笺】晏本辑自《历代诗余》题作"柳"。按又见《梅苑》，题应改作"梅"。

探春令（绿杨枝上晓莺啼）

【笺】晏本据《历代诗余》辑入。又见《草堂诗余》"春恨"类、《花草粹编》五、《词律》六及《诗余图谱》等。

满江红（七十人稀）

【笺】晏本据《历代诗余》。按又见《粹编》九，题作"寿大山兄"，下注"小山"二字。此小山不知是否晏叔原，未考得其兄有号大山者。此词风格，颇不类叔原作也。

真珠髻（重重山外）

【笺】晏本题作"梅"，从《历代诗余》辑出。按又见《梅苑》。《粹编》十二次小山《泛清波摘遍》后，未注作者。《词律拾遗》五录晏词补《真珠髻》调。

如梦令（楼外残阳红满）

【笺】毛刻《淮海词》调作《忆仙姿》。注云："或刻晏叔原。"《草堂诗余》此调与《探春令》（绿杨枝上晓莺啼）均次小山《生查子》（金鞭美少年）后，未注明作者，《宋词钞》又作同叔。《粹编》一列少游《如梦令》词中。

御街行（霜风渐紧寒侵被）

【笺】《粹编》八、《词综》二十四、《词谱》十八均引《古今词话》。《词律拾遗》二作无名氏，劳季言辑入《元献遗文》附录小山词中，未知何据。

跋——《补亡》一编

【校】析醒：毛本"醒"作"丑"，当误。

陈君龙：毛本"龙"作"宠"。

为一笑乐而，已而君龙疾废卧家：许钞本"乐"字下无"而"字，赵钞本于"而已"处断句。按"而"字应属上为语助，下句起"已而"，文意始顺。

二十三年春晚完稿于安庆寓次。

附录
二晏轶事

同叔轶事：神童的传说 —— 立朝与出守 —— "怜才好事" —— 交游宴集 —— "文章擅天下" —— 择婿及待婿 —— 神怪故事一束 —— 晚年及卒后；小山轶事：鹧鸪天 —— "鬼语" —— 见蒲传正 —— 因诗出狱 —— 手写新词上韩缜[1] —— "乞儿搬漆碗"

文人轶事，多见于杂记。虽小说家言，不无妄诞；然其纪载翔实，足补正史之缺者，似亦未可厚非。二晏轶事，搜罗不下数百条。文中采用，多系节钞；淘沙得金，未忍遂弃。因删其雷同，并其类似，择要汇录，附诸篇末，既供谈助，亦存其真也。

---

[1] 韩缜　本章正文标题作"府师"。

同叔轶事

一、神童的传说

（1）张文节荐之于朝 ——《梦溪笔谈》：晏元献为童子时，张文节荐之于朝廷。召至阙下，适值御试进士，便令公就试。公一见试题曰："臣十日前已作此赋，有赋草尚在，乞别命题。"上极爱其不隐，及为馆职时，天下无事，许臣寮择胜燕饮。当时侍从文馆士大夫为燕集，以至市楼酒肆往皆供帐为游息之地。公是时贫甚，不能出，独家居与昆弟讲习。一日，选东宫官，忽自中批除晏殊。执政莫谕所因。次日进覆，上谕之曰："近闻馆阁臣寮，无不嬉游宴赏，弥日继夜。惟殊杜门与兄弟读书，如此谨厚，正可为东宫官。"公既受命得对，上面谕除授之意。公语言质野，对曰："臣非不乐燕游者，直以贫无可为之，臣若有钱，亦须往，但无钱不能出耳。"上益嘉其诚实，知事君体，眷注日深。仁宗朝，卒至大用。（本条曾载入《宋名臣言行录前集》。又《能改斋漫录》载同叔与兄手帖于其后加按语云："沈存中著书称公对章圣语'臣非不乐游谦，直以贫无可为之具，臣若有钱，亦须往'。后生晚进，道听途说，以诬大贤。余乃知小说不足信类如此。"）

（2）谒寇准 ——《续湘山野录》：晏殊相年七岁，自临川诣都下求举神童，时寇莱公出镇金陵，殊以所业求见。莱公一见器之，既辞，命所乘赐马、鞯、辔送还旅邸，复谕之曰："马即还之，鞯、辔奉资桂玉之费。"知人[1]之鉴，今鲜其比。(《宋史》同叔传谓："真宗嘉赏，赐同过士出身。寇准曰：'殊江外人。'帝顾曰：'张九龄非江外人耶？'"）

按《挥麈后录》云："《真宗实录》召试神童蔡伯俙，授官之后，寂无所传……后阅朱兴[2]仲《续归田录》云：伯俙，字景蕃，与晏元献俱五六岁以神童侍仁宗于东宫。元献自初梗介，蔡最柔媚。每太子过门阃高者，蔡伏地令太子履其背而登。既践阼，元献被知遇至宰相，蔡竟不大用。"上二事《挥麈后录》引《续归田录》谓以五六岁侍仁宗于东宫，显误；《续湘山野录》所云亦难置信，章八至道三年谱已疑及。又叶梦得论举神童，见《避暑录话》四。

二、立朝与出守

（1）怒责范仲淹——《儒林公议》上：天圣中，明肃太后垂帘渐久，阉臣用事，竞欲过尊母降，以征权宠。上势孤弱，中外疑之。四年各仗前诏，至曰皇帝率百僚上太后寿。时范仲淹职秘阁为校理，上疏请皇帝率亲王皇族于内中上皇太后寿，

---

[1] 人　底本误作"少"，据《湘山野录·续录》(2.70)改。
[2] 兴　底本误作"具"，据《续归田录》作者名字改。

请诏宰臣率百僚于前殿上两宫寿。太后不怿,遣大阉下仲淹章于政府,问其当否?晏殊方为资政殿学士居京师,尝荐仲淹于朝,遂贴职秘阁,闻其事,颇忧惧。亟呼仲淹于第,切责之曰:"尔岂忧国之人哉!众或议尔非中直者,特好奇邀名而已。苟率易不已,无乃为言者之累乎?"仲淹方对所以当言之意,殊又折之曰:"勿为强辞也!"仲淹退,移书于殊(书与今《范文正公集》所载者稍异,从略),殊甚服。(《宋名臣言行录》据《涑水纪闻》十录入)

按《石林燕语》云:"范文正公以晏元献荐入馆,终身以门生事之。后虽名位相亚,亦不敢稍变。庆历末,晏出守宛丘,文正起南阳,道过,特留欢饮数日。其书题门状,皆称门生。将别,以诗叙殷勤投元献而去,有'曾入黄扉陪国论,却来绛帐就师资'之句。(第六章曾据《范文正公集》,引全诗略有异字可参阅)闻者无不叹服。"同叔举仲淹经过见《涑水纪闻》十。

(2)误宣入禁中——江邻几《杂志》:晏相言昨知制诰,误宣入禁中,真宗已不豫。出一纸文字视之,乃除拜大臣。奏:"臣是外制,不敢越职领之。"须臾召到学士钱惟演,晏奏:"臣恐泄漏,乞宿学士院。"翌日麻出,皆非向所见者,深骇之,不敢言。

按真宗时以方寸小纸问同叔事,见《湘山野录》,已录入年谱。仁宗朝与婿富弼同处二府,力陈求去,不许。《避暑录话》三记其事,谓前未有比。《东轩笔录》九载曾布言同叔罢相,宋子京草麻，颇极诋斥，《渔隐丛话》录入，并附益以吊刘苏哥诗。《龙川别志》二载子京曾为之解救。《旧闻证误》二谓苏子由、曾子宣二说，皆误。

（3）十许日乃一出厅 ——《老学庵笔记》七：晏元献为藩郡，率十许日乃一出厅，僚吏旋揖而已。有欲论事，率因亲校转白。校复传可否以出，遂退。（下述吕正献接客，略）盖祖宗时相辅之尊严如此，时亦不以为非也。

按同叔自南都移陈留，离席官妓有歌千里伤行客者，同叔怒责之，见《复斋漫录》，《渔隐丛话》录入并附按语。《侯鲭录》七载颍妓曹苏奇死，同叔为戏题绝句，《西清诗话》谓为在亳吊营妓刘苏哥之作，已据以入年谱。

三、"怜才好事"

（1）惟贤一人识题 ——《默记》卷中：晏元献以前两府作御史中丞，知贡举，出《司空掌舆地之图赋》。既而举人上请者，皆不契元献之意。最后，一目眊瘦弱少年独至帘前，上请云："据赋题出《周礼·司空》，郑康成注云：'如今之司空，掌舆地图也；若周司空，不止掌舆地之图而已。'若如郑说'今司空掌舆地之图'，汉司空也。不知做周司空与汉司空也。"元献微应曰："今一场中，惟贤一人识题，正谓汉司空也。"盖欲举人自理会得寓意于此，少年举人乃欧阳公也，是榜为省元。

（2）能容于物，物亦容焉。——《默记》卷中：王荆公于杨寘榜下第四人及第，是时晏元献为枢密使，上令十人往谢。晏公俟众人退，独留荆公，再三谓曰："廷评乃殊乡里，久闻德行乡评之美。况殊备位执政，而乡人之贤者取高科，实预荣焉。"又曰："休沐之日，相邀一饭。"荆公唯唯。既出，又使直省官相约饭会，甚殷勤也。比往时，待遇极至。饭罢，又延坐，谓荆公曰："乡人他日名位如殊坐处，为之有余。"且叹慕之，又数十百言。最后曰："然有二语欲奉闻，不知敢言否？"晏公言至此，语欲出而拟议久之，晏公泛谓荆公曰："能容于物，物亦容矣。"荆公但微应之，遂散。公归至旅舍，叹曰："晏公为大臣而教人者以此，何其卑也！"心颇不平。荆公后罢相，其弟和甫知金陵时说此事，且曰："当时我大不以为然。我在政府，平生交友，人人与之为敌，不保其终，今日思之，不知晏公何以知之。复不知'能容于物，物亦容焉'二句，有出处或公自为之言也。"（《清波杂志》四亦记此事，甚简略）

（3）倒綳孩儿——《东轩笔录》七：苗振以第四人及第。既而召试馆职。一日，谒晏丞相，晏语之曰："君久从吏事，必疏笔砚，今将就试，宜稍温习也。"振卒然对曰："岂有三十年为老娘而倒綳孩儿者乎？"晏公俯而哂之。既而试泽宫选士赋，韵叶有壬字。振叶之曰："率土之滨莫非王。"由是不中选，晏公闻而笑曰："苗君竟倒綳孩儿矣。"（此条又见《宋稗类钞》）

按《后村诗话》前集云："本朝大臣多怜才好事，如……晏元献于宋景文,皆为翘材上客。"考同叔此类轶事甚多,如其悦第以居子京(见《东轩笔录》),又为子京润诗(见《西清诗话》),子京《笔记》上云:"晏相国,今世之工为诗者也,末年见编集者乃过万篇,唐人以来所未有。然相国不自贵重其文,凡门下客及官属解声韵者,悉与之酬唱。"其赏识王琪乃因属对"无可奈何花落去"一联,见《复斋漫录》。(《渔隐丛话》《宋稗类钞》《词苑丛谈》等俱转录)使刘恕讲《春秋》,亲帅官属往听(见《宋史·刘恕传》)。惟与柳永不相投。《画墁录》云:"柳三变既以词忤仁庙,吏部不放改官。三变不能堪,诣政府。晏公曰:'贤俊作曲子么?'三变曰:'只如相公亦作曲子。'公曰:'殊虽作曲子,不曾道彩线慵拈伴伊坐。'柳遂退。"

四、交游宴集

(1)酒阑呈艺——《石林避暑录话》:晏元献公虽早富贵,而奉养极约。惟善宾客,未尝一日不燕饮,而盘馔皆不预办。客至,旋营之。顷见苏丞相子容尝在公幕府,见每有嘉客必留,但人设一空案、一杯。既命酒,果实、蔬茹渐至,亦必歌乐相佐。谈笑杂出,数行之后,案上已粲然矣。稍阑,即罢。遣歌乐曰:"汝曹呈艺已遍,吾当呈艺。"乃具笔札相与赋诗,率以为常。前辈风流,未之有比也。

(2)中秋——《石林诗话》:晏元献公留守南郡,王君玉时已为馆阁校勘，公特请于朝，以为府签判。朝廷不得已使带馆职从公外官，带馆职自君玉始。宾主相得，日以赋诗饮酒为乐。佳时胜日，未尝辄废也。尝遇中秋阴晦，斋厨夙为备，公适无命。既至夜，君玉密使人伺公，曰："已寝矣。"君玉亟为诗以入，曰："只在浮云最深处，试凭弦管一吹开。"公枕上得诗大喜，即索衣起，径召客治具，大合乐。至夜分，月果出，遂乐饮达旦。前辈风流固不凡，然幕府有佳客，风月亦自如人意也。（《宋文鉴》二十七，王琪答永叔问客诗云："斑斑疏雨寒无定，皎皎圆蟾望欲阑。应在浮云尽深处，更凭丝竹一催看。"此诗末联与《石林诗话》所引只异数字，疑《宋文鉴》诗题误）

（3）赏雪——《东轩笔录》十：庆历中，西师未解，晏元献公殊为枢密使。会大雪，欧阳文忠公与陆学士经同往候之，遂置酒于西园。欧阳公即席赋《晏太尉西园赏雪歌》，其断章曰："主人与国共休戚，不惟喜悦将[1]丰登。须怜铁甲冷彻骨，四十余万屯边兵。"晏深不平之，尝语人曰："昔日韩愈亦能作诗词，每赴裴度会，但云：'园林穷胜事，钟鼓乐清时。'却不曾如此作闹。"[2]（《隐居诗话》亦记此事，《渔隐丛话》据以录入前集二十六。并采《潘子真诗话》附后，谓欧作启致谢，晏终不平，《宋稗类钞》所载赏雪事，字句与《隐居诗话》《东轩笔录》均异。欧谢晏事又见《闻见后录》十五）

---

[1] 将 底本误作"断"，据《东轩笔录》(P.127)改。
[2] 此段引文实出自《东轩笔录》卷一一(P.127)。

按同叔关于宴集韵事颇多,如《西清诗话》云:"《义山杂纂》品目数十,盖以文滑稽者。其一曰杀风景,谓清泉濯足、花上晒裈、背山起楼、烧琴煮鹤、对花啜茶、松下喝道。晏元献庆历中罢相守颍,以惠山泉烹日注,从客置酒,赋诗曰:'稽山新茗绿如烟,静挈都蓝煮惠泉。但向人间杀风景,更持醪醑醉花前。'"又云:"红梅清艳两绝,昔独盛于姑苏,晏元献始移植西冈第中,特称赏之。一日,贵游赂园吏得一枝分接,由是都下有二本。公尝与客饮花下,赋诗曰:'若更迟开二三月,北人应作杏花看。'客曰:'公诗固佳,待北俗何浅也。'公笑曰:'顾伧父安得不然。'坐绝倒,王君玉闻盗花事,以诗遗公云:'馆娃宫里旧精神,粉瘦琼寒露蕊新。园吏无端偷折去,凤城从此有双身。'"此外尚有与梅圣俞置酒颍河上论诗,亦见《西清诗话》,已录入年谱。

五、"文章擅天下"

(1)"何不言诞育朕躬"——《湘山野录》:晏元献公撰《章懿太后神道碑》,破题云:"五岳峥嵘,昆山出玉;四溟浩渺,丽水生金。"盖言诞育圣躬,实系懿后,奈仁宗夙以母仪事明肃刘太后,膺先帝拥佑之托,难为直致。然才者则爱其善比[1]

---

[1]比 底本误作"此",据《湘山野录·续录》(P.16)改。

也,独仁宗不悦,谓晏曰:"何不直言诞育朕躬? 使天下知之。"晏公具以前意奏之,上曰:"此等事卿宜置之,区区不足较,当更别改。"晏曰:"已焚草于神寝。"上终不悦。迨升祔二后赦文,孙承旨抃当笔,协圣意直叙曰:"章懿太后丕拥圣羡,实生藐冲。顾复之恩深,保绥之念重。神驭即往,仙游斯邈。嗟乎!为天下之母,育天下之君,不逮乎九重之承颜,不及乎四海之致养。念言一至,追慕增结。"上览之感泣弥月,明赐之外,悉以东宫旧玩密赉之。岁余参大政。

按《孙公谈圃》云:"仁庙圣诞,乃李淑妃也,谥章懿太后,晏殊撰碑。薨时上幼,章献养为己子,虽上亦不知也。及即位,章献称制。而杨太妃疾革,上问疾,杨密语其事,上大恸,即见执政欲行服。章献难之,众无敢言。独吕夷简不去,进曰:'陛下万岁后,独不念刘氏乎?'于是持心丧,然宫中稍有异说。章献崩,即日遣人发李太后棺验之。形色如生,鬓发郁然无少异。上于是存抚诸刘。晏殊撰《神道碑》不白其事,上不悦。后升祔二后赦文,孙抃当笔,直言'为天下之母,育天下之君',上览之感涕,孙遂参大政。"《龙川别志》二亦记此事,说略异。已节录年谱中。

(2)"非我极致"——《六一诗话》:晏元献公文章擅天下,尤善为诗,而多称引后进,一时名士往往出其门,圣俞平生所作诗多矣,然公独爱其两联云:"寒鱼犹着底,白鹭已飞前。"又"絮暖鮆鱼繁,露添莼菜紫"。余尝于圣俞家见公自书手简,再三称赏此二联。余疑而问之。圣俞曰:"此非我之极致,岂公偶得意于其间乎?"乃知自古文二,不独知己难得,而知人亦难也。(《扪虱新话》五亦记此事,谓文章似无定论,殆是由人所见为高下耳)

按《古今诗话》云:"杨大年、钱文僖、晏元献、刘子仪为诗,皆宗义山,号西昆体。后进效之,多窃取义山诗句。尝内宴,优人有为义山者,衣服败裂,告人曰:'吾为诸馆职挦扯至此。'闻者大噱。"(《渔隐丛话》录入前集二十二,《宋稗类钞》四亦载之)又《老学庵笔记》:"李虚己侍郎,字公受,少从江南先达学为诗。后与曾致尧唱酬,曾每曰:'公受之诗虽工,恨哑耳。'虚己初未悟,久乃造入,以其法授晏元献,元献以授二宋。自是遂不传,然江西诸人每谓五言第三字,七言第五字要响,亦此意也。"(李虚己诗哑,《宋史·李传》《清波杂志》十二、《困学纪闻》十八、《宋稗类钞》二十均载之)据此则同叔之诗,当近于西昆体,惟按之实际,并不与于西昆酬唱之列。同叔爱韦应物诗,见《青箱杂记》卷五,同叔解诗,亦有与人特异处,如其解"瀼西春水縠纹生"句是。(见宋景文《笔记》上及《闻见后录》十七)则其评梅圣俞,或竟别得意于其间也。

(3)"老矣师丹"——《豫章诗话》三:晏元献晚岁有诗云"老矣师丹多忘事,少之烛武不如人"。其后元厚之作执政参知政事,一日奏事差误,神宗顾谓曰:"卿如此忘事耶?"明日乞退,遂用元献语作《乞致仕表》云:"少之烛武,尚不如人;老矣师丹，仍多忘事。"神宗读表至此，怜其意而留之。

按同叔诗本事之见于笔记者，如《老学庵笔记》七云："故都残暑，不过七月中旬。俗以望日具素馔享先。织竹作盆盎状，贮纸钱，承以一竹。焚之，视盆倒所向，以占气候。谓向北则冬寒，向南则冬温，向东南则寒温得中，谓之盂兰盆，盖俚俗老媪辈之言也。又每云盂兰盆倒则寒来矣。晏元献诗云：'红白薇英落，朱黄槿艳残。家人愁溽暑，计日望盂兰。'盖亦戏述俗语耳。"《石林诗话》云："旧中书南厅壁间有晏元献题《咏上竿伎》一诗云：'百尺竿头袅袅身，足腾跟倒骇傍人。汉阴有叟君知否，抱瓮区区亦未贫。'当时必有所谓。文潞公在枢府，一日过中书与荆公行至题下，特留诵诗久之，亦不能无意也。"《挥麈后录》一云："太祖皇帝草昧日，客游睢阳，醉卧阏伯庙，梦中觉有异。既醒，焚香殿上，取木环珓以卜平生。自裨将至大帅皆不应，遂以九五占之，珓盘旋空中，已而大契，太祖益以自负。后以归德军节度使建国号大宋，升府曰应天。晏元献为留守，以诗题庙中云：'炎宋肇英祖，初九方潜鳞。尝用蓍蔡占，来决天地屯。庚契大横兆，謦咳如有闻。'"（《石林燕语》十亦记太祖被酒入南京高辛庙事）此外诗及断句甚多。如《复斋漫录》所载之《中书即事》《和子京召还学士院》及"似红如白海棠花"等句，不及备录。

（4）《蜩蛙赋》——《避暑录话》四云：晏元献为参知政事，后仁宗亲政，与同列皆罢。知亳州。先有摘其为《章懿太后墓志》，不言帝所生以自结者，然亦不免俱去。一日游涡水，见蛙有跃而登木捕蝉者，既得之，口不能容，乃相与坠地。遂作《蜩蛙赋》，略云："匿蕞质以潜进，跳轻躯而猛噬；虽多口而连获，终扼吭而弗制。"欧阳文忠公滁州之贬，作《憎蝇赋》。晚以濮庙事，亦厌言者屡困不已，又作《憎蚊赋》。苏子瞻扬州题诗之谤，作《黠鼠赋》。皆不能无芥蒂于中而发于言，欲茹之不可，故惟知道者为能忘心。（《亳州志》据沈括《笔谈》录入）

六、择婿及待婿

（1）择富弼为婿——《东轩笔录》十四：晏元献判西京（按《宋名臣录》引作南京是），范希文以大理寺丞丁忧，权掌西监。一日，晏谓范曰："吾女及笄，仗君为我择婿。"范曰："监中有二举子，富皋、张为善皆有文行，它日皆至卿辅，并可婿也。"晏曰："然则孰优？"范曰："富修谨，张疏俊。"晏曰："唯！"即取富皋为婿。后改名，即丞相郑国富公弼。（《石林燕语》三所记与上事实同而较略）又《孙公谈圃》三：王青，晏元献公门下常卖人，自号王实头。常遇奇士，传一相术，时时相公之奴婢，辄中。夫人一日呼至堂下，青遽相其女曰："此国夫人也。"夫人笑曰："为我择一佳婿。"青应声曰："恰有一秀才姓富，须做宰相，明年状元及第，在兴国寺下。"元献退朝，夫人具道其事，使人通好，明年富黜于春官，晏以青为妄，大悔之。未几，富中大科，恩比状元，即大丞相郑公也。青有女婿时秀才，仪貌甚伟，众以青善相，必得非常人。青曰："吾女命薄，安敢适富贵人？时生亦非远到。"果及第而卒。（王士祯《香祖笔记》十一并载此二说，谓不知《孙公谈圃》何据）

（2）传婿砚——《挥麈前录》二：晏元献夫人王氏，国初勋臣超之女，枢密使德用之妹也。元献婿，郑富公也。郑公婿，冯文简。文简孙婿蔡彦清、朱圣予。（钱大昕《养新余录》下注云：大昕案朱谔字圣予）圣予女适滕子济，俱为执政。元献有古砚一，奇甚，王氏旧物也。诸女相授，号传婿砚，今藏滕氏。朱之孙女适洪景严，近又登二府，亦盛事也。又有古犀带一，亦元献旧物，今亦藏滕氏。明清尝于子济子琪处见之。（《宋稗类钞》亦录此事）

（3）待婿有轻重——《珍席放谈》下：富文忠、杨隐甫，皆晏元献公婿也。公在二府日，二人已升贵仕。富每诣谒，则书室中会话竟日，家膳而去。杨或来见，坐堂上，置酒，从容出姬侍，奏管弦，按歌舞以相娱。人以是知公待二婿之重轻也。二婿之功名年位，亦自不相伦矣。

七、神怪故事一束

（1）孔大娘——《文昌杂录》一：膳部鲁郎中言昔年陈州

有女妖,自云孔大娘,每昏夜于瓿腔中与人语言,尤知未来事。时故相晏元献公守陈,方制小词一阕,修改未定,而孔大娘已能歌之矣,又何怪也?(《渔隐丛话》录入后集三十八)

(2)仁宗问嗣——《默记》上:世传王迥遇女仙周瑶英事,或言非实,托寓而为之尔,是诚不然。当是时盛传天下,禁中亦知,是时皇嗣屡夭,晏元献为相。一日,遣人请召迥之父郎官王璹,至私第,款密久之。王璹不测其意,忽问曰:"贤郎与神仙游,其人名在帝所,果否?"王璹惊惶不知所对,徐曰:"此子心疾,为妖鬼所凭,为家中之害,所不胜言。"晏曰:"无深讳!不知每与贤郎言未来之事有验否?"王璹对曰:"闻有后验而未尝问也。"晏曰:"此上旨也,上令殊呼郎中密托令似,以皇子屡夭,深轸上心,试于帝所问早晚之期,与后来皇子还得定否?"王璹曰:"不敢辞。"后数日来云:"密言谩令小子问之,小子言其人亲到九天,见主典籍簿者,言圣上若以族从为嗣,即圣祚绵久,未见诞育之期也。虽其言若此,愿相公勿以为信,以保家族。"晏公默然,其后闻所奏者亦不敢尽言。富郑公乃晏婿也。富公为宰相,皇子犹未降,故与文潞公、刘丞相、王文忠首进建储之议,盖本诸此。

(3)玉髑髅——《默记》上:晏元献守长安,有村中富民异财,云:"素事一玉髑髅,因大富,今弟兄异居,欲分为数段。"元献取而观之,自额骨左右皆玉也,瑰异非常者可比。公喟然叹曰:"此岂得于华州蒲城县唐明皇泰陵乎?"民言其祖实于彼得之也。元献因为僚属言唐小说,唐玄宗为上皇,迁西内,李辅国令刺客夜携铁捶击其脑,玄宗卧未起,中其脑,皆作磬声。上皇惊谓刺客曰:"我固知命尽于汝手[1],然叶法善曾劝我服玉,今我脑骨皆成玉。且法善劝我服金丹,今有丹在首,固自难死。汝可破脑取丹,我乃可死矣。"刺客如其言,取丹乃死。孙光宪《续通录》云:"玄宗将死,云上帝命我作孔昇真人,爆然有声,视之崩矣。"亦微意也。然则此乃真玄宗之髑髅骨也。因潜命瘗于泰陵云,肃宗之罪著矣。或云肃宗如武乙之死,可验其非虚也。

(4)伏暑取柿 ——《默记》中:李宗易郎中,陈州人,诗文、琴棋、游艺皆妙绝过人,前辈中名士也。晏临淄公为陈守,属伏暑中,同诸客集于州之后圃。时炎曦赫然,晏公叹曰:"江南盛冬烘柿,当此时得而食之,应可涤暑也。"宗易忽对曰:"此极易致,愿借四大食盒。"公大惊,遽令取之,宗易起入于堂之西房,令取合,复掩关。少刻而出,振衣就席,徐曰:"可令开合。"既如言,烘柿四盒俱满,正如盛冬初熟者,霜粉蓬勃。分遗众客及其家,靡不沾足。晏公曰:"此人能如此,甚事不可做?"自是遂疏之。

(5)擒踏索妖人 ——《默记》下:晏元献罢相守颍州。一日,有岐路人献杂手艺者,作踏索之伎。已而掷索向空,索直

---

[1] 手 底本误作"首",据《默记》(P.7)改。

立。遂缘索而上，快若风雨，遂飞空而去，不知所在。公大骇莫测，已而守衙排军白公曰："顷尝出戍，曾记见此等事，但请阖郡谯门大索，必获。盖斯等妖术，未能遽出府门也。"公如请，戒众兵曰："凡遇非衙中旧有之物，即以斧斫之。"既周视无有，后于马院旁，卒曰："旧有系马柱五枚，今有六枚，何也。"亟斫之，即大呼，乃人尔，遂获妖人。

八、晚年及卒后

（1）"人生行乐耳"——《道山清话》：晏元献公为京兆，辟张先为通判。新纳侍儿，公甚属意。先字子野，能为诗词，公雅重之。每张来，即令侍儿出侑觞，往往歌子野所为之词。其后王夫人浸不容，公即出之。一日，子野至，公与之饮。子野作《碧牡丹》词，令营妓歌之云："望极南桥，但暮云千里，几重山，几重水。"公闻之，怃然曰："人生行乐耳！何自苦如此？"亟命于宅库支钱若干，复取前所出侍儿。既来，夫人亦不复谁何也。

（2）久病讳死——《默记》上：晏元献自西京以久病请归京师，留冀讲筵。病既革，上将临问之，甥杨文仲谋谓凡问疾大臣者，车驾既出，必携纸钱，盖已膏肓或遂不起，即以吊之，免万乘再临亡。遂奏臣病稍安，不足仰烦临问。仁宗然之。实久病，忌携奠礼以行，然后数日即薨。（下引《神道碑》从略）

按《挥麈后录》六云："晏元献父名固,在相位,有朝士乃固始人,往谒元献。问其乡里,朝士曰:'本贯固县。'元献怒曰:'岂有人而讳始字乎?'盖其始欲避之,生狞误以应也。前人亦常记之。"据此则同叔平居亦多讳也。

（3）《盈盈传》与《虢国夫人夜游图》——《默记》下:《达奚盈盈传》,晏元献家有之,盖唐人所撰也。（中述《盈盈传》内容,略）此传晏元献手书,在其甥杨文仲家,其间叙妇人姿色及情好曲折甚详。又《瓮牖闲评》五:余尝见《虢国夫人夜游图》,乃晏元献公家物,后归于内府。徽宗亲题其上,云张萱所作。苏东坡诸公有诗皆在其后,而黄太史跋东坡此诗乃云周昉所作《虢国夫人图》,疑太史未尝见此图,以意而言之耳。

（4）厚葬完躯,薄葬碎骨——《东轩笔录》七:寿州张侍中,抚州晏丞相俱葬阳翟,地相去数里。有发冢盗先筑室于二冢之间,自其家𡾀穴以通其隧道。始发张墓,得金宝珠玉甚多。遂完其棺椁以掩覆其穴。次发晏公墓,若有猛兽噑吼。盗甚惧,遽出,呼其徒一人同入。又闻甲兵鼓噪之声,盗亦惧。又呼一人同之,则寂然无响。三盗笑曰:"丞相之神尽于是矣。"及穿椁樟,殊无所有。供设之器,皆陶瓮为之。又破其棺,棺中惟木胎金裹带一条,金无数两,余皆衣服,腐朽如尘矣。盗失望而恚,遂以刀斧劈碎其骨而出。既而货张墓金盂于市,为人擒,遂伏罪,及言其事。世谓均破冢,而张以厚葬完躯,晏以薄葬碎骨,事有不可知如此者。(《曲洧旧闻》七称为元丰元年事,

《闻见后录》二十二称在元祐中，所记略同）

小山轶事

一、鹧鸪天

《图书集成·词曲部纪事》引《古今词话》云："开封府与棘寺同日狱空，仁宗宫中宴集，宣晏几道作《鹧鸪天》以歌之。得旨受赏。大意先赋升平之盛，又见祥瑞之征，而末句略近之，极为得体，所谓'朝来又奏圜扉静，十样宫眉捧寿觞'句是也。亦以志一町之治化云。"

按《绝妙词选》亦注此事，《词藻》《词苑丛谈》三并录全词。

二、"鬼语"

《闻见后录》十九，程叔微云："伊川闻诵晏叔原'梦魂惯得无拘检，又踏杨花过谢桥'长短句，笑曰：'鬼语也。'"意亦赏之。程、晏二家有连云。

三、见蒲传正

《诗眼》:"晏叔原见蒲传正云:'先公平日小词虽多,未尝作妇人语也。'传正云:'绿杨芳草长亭路,年少抛人容易去,岂非妇人语乎?'晏曰:'公谓年少为何语?'传正曰:'岂不谓其所欢乎?'晏曰:'因公之言,遂晓乐天诗两句云:欲留年少待富贵,富贵不来年少去。'传正笑而悟。"

按《渔隐丛话》据此录入前集二十六,附晏元献后。《词藻》及《词苑丛谈·品藻》一俱载之。

四、因诗出狱

《侯鲭录》四:熙宁中,郑侠上书事作下狱,悉治平时往还厚善者,晏几道叔原皆在数中。侠家搜得叔原与侠诗云(诗已引见第十四章)裕陵称之,即令释出。(《渔隐丛话》据此录入)

五、手写新词上府师

《闻见后录》十九:晏叔原,临淄公晚子,监颍昌府许田镇,手写自作长短句上府帅韩少师。少师报书:"得新词盈卷,盖才有余而德不足者。愿郎君捐有余之才,补不足之德,不胜门下老吏之望云。"一监镇官敢以杯酒间自作长短句示本道大帅,以大帅之严,犹尽门生忠于郎君之意。在叔原为甚豪,在韩公为盛德也。

按《清波杂志》八:"晏叔原著乐府,黄山谷为序,而其父执韩官师玉汝曰:'愿郎君捐有余之才,崇未至之德。'前哲训迪后进,拳拳如此,为后进者得不服膺而书绅。贺方回、柳耆卿为文甚多,皆不传于世,独以乐章脍炙人口,大抵作文岂可不谨。"又《砚北杂志》上亦载此事 惟作韩持国。

六、"乞儿搬漆碗"

《墨庄漫录》:晏叔原聚书甚多。每有迁徙,其妻厌之。谓叔原曰:"有类乞儿搬漆碗。"叔原戏作诗云:"生计惟兹碗,搬擎岂惮劳……(原诗已引见第十四章末)……愿君同此器,珍重到霜毛。"

本次整理征引文献

脱脱等撰:《宋史》,中华书局1977年版。
释文莹撰,郑世刚、杨立扬点校:《湘山野录·续录》,中华书局1984年版。
魏泰撰,李裕民点校:《东轩笔录》,中华书局1983年版。
王铚撰,朱杰人点校:《默记》,中华书局1981年版。
邵博撰,刘德权、李剑雄点校:《邵氏闻见后录》,中华书局1983年版。
王应麟著,翁元圻等注,栾保群、田松青、吕宗力点校:《困学纪闻(全校本)》,上海古籍出版社2008年版。
周密撰,孔凡礼点校:《浩然斋雅谈》,中华书局2010年版。
傅璇琮等主编:《全宋诗》,北京大学出版社1991年版。
曾枣庄、刘琳主编:《全宋文》,上海辞书出版社、安徽教育出版社2006年版。
柳永著,薛瑞生校注:《乐章集校注》,中华书局1994年版。
李逸安点校:《欧阳修全集》,中华书局2001年版。
唐圭璋编,王仲闻参订,孔凡礼补辑:《全宋词》,中华书局1999年版。
唐圭璋编:《词话丛编》,中华书局1986年版。
何文焕辑:《历代诗话》,中华书局1981年版。
吴梅著:《词学通论》,上海古籍出版社2006年版。